내 잔이 넘치옵니다

祝刊揮毫

勤倹治家

謙和愛を

海藝康周熙

내 잔이 넘치옵니다

류문수 수필집

한국문인

내 잔이 넘치옵니다.

류문수 회장님 수필집 '내 잔이 넘치옵니다'를 대하니, 다윗 왕의
체험적 고백이 생각납니다. 일개 목동에 지나지 않았던 다윗이 이스
라엘 최고의 자리인 왕위에 올랐습니다. 물론 '사울' 왕의 실수와 실
패로 말미암아 그렇게 되었지만 결국은 하느님께서 다윗을 축복한
것이 아니겠습니까? 다윗은 오만하지 않고 겸손하게 '내 잔이 넘치옵
니다'라고 하느님께 고백과 감사를 먼저 올렸습니다.

저자가 희수喜壽를 맞아 내놓은 글도 신앙인의 겸손과 사회정의 그
리고 인간애가 충만합니다. 글은 글쓴이의 인품이 묻어나기 마련인
데, 진솔하고 정성스런 삶을 사신 작가의 향기가 이 수필집에 피어납
니다.

삶, 친구, 죽음, 믿음, 가족애, 향토애 등 일상과 신앙을 의미 있고
재미있게 엮었습니다. 나도 머리숱이 빠지기 시작했는데 작가의 유
머와 재치가 넘치는 해결책을 읽으면서 큰 숙제 하나를 해결한 기분

입니다. 또한 술에 대한 단상도 내 눈을 즐겁게 하고 술 침샘도 자극하게 했습니다.

글 쓸 용기가 없었던 나에게 "신부님 강론은 쉬우면서도 공감이 많이 가니까 글을 써 보십시오." 하고 조언을 줘서, 이때 도움으로 등단하여 책을 다섯 권이나 쓸 수 있었습니다. 참 좋은 멘토로 기억됩니다.

이 책은 우리 안에 깊이 감추어진 아름다운 감성을 깨어나게 할 것입니다. 아울러 늘 바쁘고 혼란한 세상에서 진실한 삶이 무엇인지, 지녀야 할 가치가 무엇인지 알려주고 이끌어 줄 것입니다.

평창 필립보 생태마을에서
황 창 연 신부

● 저자의 말

올해로 희수를 맞았습니다.

스스로 '喜壽희수'를 말하면서도 깜짝 놀랐습니다. 희자축喜字祝하기보다 이제 팔순傘壽이 코앞이니 놀라지 않을 수 없습니다. "세월은 얻기 어렵고, 잃기는 쉽다"했거늘 그동안 엉거주춤 서성이며 무었을 했나? 세월을 허송하며 쉽게 낭비한 감을 지울 수 없습니다.

한편, 크게 내세울 것은 없으나 그런대로 주어진 세월에 크고 작게 호응하여 오늘을 이루지 않았나 생각도 합니다. 특별한 재능이 없으니 삶의 결과가 미약할 수밖에 없지요. 나름대로 성실한 삶의 자세를 내세워 위안을 삼고자 합니다.

저의 삶에서 '글쓰기'는 자신을 채찍질하는 도구였습니다. 또한 이를 통해 생활의 멋과 묘미도 살리고 싶었습니다. 수필은 시와 소설과는 달리 작품의 주인공이 항상 작자 자신이라는 '독자성'과 자신의 일상사나 신변사를 소재로 하고 있기에 자유로운 고백과 성찰이 용이했습니다. 생활 속의 덜 익은 사유의 편린들을 정화시켜 진실에 바탕을 둔 온아우미溫雅優美를 추구하고자 했지요. 그러나 항상 부족하고 부끄러운 파편들만 날리고 있으니, 더욱 더 자신을 추슬러야 할 것 같습니다.

중동에서는 물이 부족해서 잔에 넘치도록 붓지 않는답니다. 길손에게 물을 넘치도록 부었다면 그것은 환대의 표시이고, 잔이 비었는데도 채우지 않으면 그것은 떠나라는 뜻이랍니다. 또한 계속 넘치도록 잔을 채우면 그 주인이 여전히 손님을 환대한다는 사인sign이고요.

저는 70여 년을 살면서 하느님의 넘치는 축복 속에 살아왔습니다. 저는 제 인생이라는 잔에 합당한 분량보다 훨씬 넘치는 축복을 하느님께서 채워 주셨음을 고백하지 않을 수 없습니다. 그러므로 큰 감사를 드리는 마음으로 살고 있습니다. 저는 저의 소시민적 소박한 가치 기준 때문인지 아쉬울 게 하나도 없이 모두 충만하여 행복하기만 합니다.

감사하는 사람의 잔은 항상 넘치지요. 욕심이 크면 그 잔은 채우기 어렵고 불평의 구멍으로 물이 빠져나갑니다. 그러나 작은 것이라도 감사한다면 그 잔은 넘칩니다. 저는 어렸을 때 6·25 전쟁을 겪었습니다. 그리고 오늘엔 풍요롭게 살고 있습니다. 그때의 사람들은 배고픈 전시戰時에도 감사하는 마음을 잊지 않고 살았는데, 풍요로운 오늘의 사람들은 감사를 모르고 삽니다. 몸은 비대해졌는데 마음은 빈곤해짐을 느낍니다.

저의 잔이 넘쳐나서 옆 사람의 잔까지 채워주는 향기로운 삶을 살았으면 좋겠습니다.

2017년 겨울 퉁점골에서
남곡 류 문 수

차례

추천의 말   6

저자의 말   8

작품해설 | 이철호(문학평론가)   294

작품해설 | 박상률(작가)   313

1. 누구시더라

시간의 굴레   16

누구시더라?   21

고향은 어머니   27

내 얼굴 보기   33

문제없는 녀석   37

문형산 기욕氣慾   44

밥보   46

사라져버린 고향   48

사랑의 진통제   52

야생화의 속삭임   55

2. 저녁이 있는 삶

내 멍에는 편하고 내 짐은 가볍다   62

살붙이 아가씨, 하나 둘 셋 넷   67

성물聖物을 함부로 만집니까?   75

세족벌洗足罰   81

술자리, 이승에서 저승으로   90

어이 맞을까 죽음을   95

이젠 웃어라 '톤즈'   100

저녁이 있는 삶   105

추기경의 선종   111

팁과 덤   116

3. 행복한 비역사적 인간

너 어디 있느냐　　　　　　　　　　122

넓은 이마의 변辯　　　　　　　　　128

살붙이, 정붙이　　　　　　　　　　134

술이 이불을 먹어버리고　　　　　　140

여운　　　　　　　　　　　　　　　144

2천 원의 행복　　　　　　　　　　149

포천 아트밸리Art valley　　　　　　154

품위 있게 죽을 권리　　　　　　　160

한라산 백록담　　　　　　　　　　165

행복한 비역사적 인간　　　　　　　173

4. 차이와 차별

차이와 차별   178

33   182

고마리는 잡초가 아니다   189

끝장냅시다   194

하느님 나라를 지향하며   199

새들의 위험신호   209

술잔의 심리   214

싹수는 있다   218

운 좋은 신앙인   223

행복 연대   227

5. 종착지 퉁점골

교우촌 퉁점골   234

동서와우東西臥牛 퉁점골   241

땅은 살아 있나?   246

문형산이 부른다   252

백설이 없는 겨울은 죽은 겨울이다   259

종착지 퉁점골   264

퉁점 그리고 동막골   272

퉁점골 사계四季   276

퉁점골의 소나무   279

6. 교직 외길 40년

교직 외길 40년   286

1부

누구시더라

시간의 굴레

시계 바늘이 새벽 2시를 가리킨다. 어제 오후에 마신 커피 몇 잔이 신경을 자극하는가 보다. 신문과 책을 뒤적이고 음악을 들으며 온갖 공상에 빠지기도 하고 TV를 켰다 껐다 몇 번을 반복해 보지만 잠은 오지 않는다. 그래도 잠 안 오는 이 새벽이 마냥 즐겁고 한가로이 편안하다. 몇 달 전 40여 년 간의 직장생활을 마친 나는 오랜 세월 감옥 생활에서 벗어난 듯 몸도 마음도 밤낮과 시간의 굴레에서 더없이 자유롭다.

아! 이제 나는 먹고 싶을 때 먹고 자고 싶을 때 자며 신나게 여행도 즐기리라. 읽고 싶은 책과 듣고 싶은 음악, 만나고 싶은 사람들, 그리고 힘차게 운동도 하며 시계의 시침과 분침의 지시를 무시하고 살리라. 이렇게도 홀가분하고 느긋하게 시간을 즐길 수 있다니… 꿈속 환영에 잠겨 노니고 있는 것은 아닌지 의심스럽다.

그러나 이렇게 자유롭고 편안함 속에서도 얼마 전 직장 생활이 문득 문득 떠올라 아련한 미몽으로 몸을 움츠리게 한다. 좁은 공간, 나의 마을에서도 신명나게 즐겁고 희망찬 것을 왜 그리 많은 사람들의 눈치를 살피며 나 자신을 죽여야 했던가? 공동체와의 조화, 구성원간의 인화 앞에 자신의 소신을 접어야 했던 쓸쓸함은 지금도 짓궂은 잔영殘影들로 내 가슴을 아리게 한다.

인생은 짧지 않은 8, 9십 년 간의 긴 여정인데 무엇에 그리 쫓겨 분, 초를 다투며 무엇을 위해 허겁지겁 달려와야만 했던가? 계획된 내일을 위해 오늘이 지배되어야 하고, 내년을 이루기 위해 금년이 지극히 숙고熟考되어야 하는 지난날들이 아찔하게 오감을 일깨워 몸서리치게 한다. 고요한 이 새벽, 마치 42.195킬로미터의 마라톤 경기를 완주한 후련함을 되새기게 한다.

공동체 속에서 시간을 지킨다는 것은 결국 공공의 목표 달성을 위한 것이다. 공동체에서 이탈된 지금의 나는 개인만의 목표에 충실하면 그만이다. 또한 공동체 간의 목표 경쟁에서 벗어나 자유로운 참 나를 실현할 수 있게 되었다. 무엇을 이뤄 내야만 유지되던 삶에서 이젠 무엇이든지 할 수 있는 진정한 나의 삶으로 온 누리 무한한 미지의 세계를 훨훨 날아 나를 채울 수 있게 되었다.

직장, 시간의 굴레에서 벗어난 자유로움!

일상적 고정 시간 관념에서 해방되어 시간을 조정하는 주체가 되었다. 주어진 시간을 따르는 피동적 시간 지킴이에서 시간의 주관자가 된 것이다.

얼마나 갈구하던 자유로움인가!

이 자유로운 시간으로 나를 가득 채워 아름다운 꽃을, 풍성한 열매를 거둘 것이다. 내가 하고자 하는 일을 마음껏 할 수 있다는 것보다 더 기쁜 일은 없을 것이다. 나의 제2 인생은 이것만으로도 가슴 벅차오른다. 내일을 위해 나를 괴롭히지 말고 현재를 즐기자.

이제는 진정 가슴 떨리는 삶을 엮어 나가자. 나의 의미가 속속들이 배어있는 보람으로 가는 곳마다 장식하자. 여유롭게 세상의 온갖 아름다움을 만끽해 보자. 채워지지 않던 삶의 심원心願속에 푹 파묻혀 보자. 그리하여 더 많은 시간 속에 가족과 함께하며 이웃을 사랑하고, 나를 보듬어 조용히 감사하는 시간을 가져보고 싶다.

오늘의 시작인 일출을 기뻐하고 기적으로 바라보며, 지는 해를 바라보고 황홀하게 멋진 하루를 감사할 것이다. 나의 딸들이 무엇을 좋아하며 무슨 꿈을 가꾸고 있는지, 함께하는 한 끼 소박한 식사에선 무엇이 오고 가는지. 아내가 힘겨워했던 일을 살피고 도와주며 손도 잡아주자. 저녁이 있는 삶을 가족과 함께 나누며 행복이 어떻게 찾아드는지 살펴보자. 사시사철 초목의 삶에서는 무엇을 배우고 자연에서는 무엇을 느끼며 사는지, 이웃들과는 무엇을 나누며 어떻게 돕고 살아가는지. 시간에 얽매어 보이지 않던 것을 찾아 나서자. 그리하여 참 나를 실현하자.

그러나 웬일일까?

무엇 때문일까?

두 달, 석 달, 그리고 넉 달 시간 흐름이 더해감에 따라 이상기류가 짙게 드리우고 있음을 감지한다. 넉넉하고 태평한 이 방만한 시간의 자유로움은 신혼의 꿈을 깨듯 알 수 없는 불안으로 살금살금 다가와 내 마음에 초조와 공허를 잉태하고 있다. 언젠가는 폭발하지 않을까? 두려움마저 깃들이고 있다.

지루한 시간을 견딜 수 없게 하는 그 무엇에 빠져버린 것이다. 안일한 시간의 조종자가 되어서일까? 자유분방이 지나쳐서일까? 이것저것 부딪쳐 보았으나 사회 공동체에서 해방되어 자유로이 시간을 구가하고 방만한 자유를 향유하면서도 무엇인가 마음속 깊이 채워지지 않는 부분이 있음을 조금씩 발견하게 된다. 마음의 허기가 온몸을 휘감아 허탈을 부르고 있다. 이 허기는 태만을, 권태를, 그리고 무용無用과 불안을 가져오게 했고 자괴감自壞感마저 엄습하게 했다.

"자유는 자율이다."
독일의 철인 임마뉴엘 칸트의 말이 생각난다. 자율적 능력이 있는 사람에게 자유가 주어져야 하고, 자율적 능력은 자유로운 가운데 성장할 수 있음을 일깨운다. 30여 년 간, 주어진 시간에 얽매어 사는데 익숙한 나는 시간의 주관자로서의 자율적 능력이 미흡한 데서 오는 불안이 아닐까? 새로운 환경에 새로운 목표를 설정하지 못한 방만한 시간의 주관자. 산만한 시간의 운영에서 오는 공허에 초조焦燥가 활개를 친다.

'왜 내가 여기서 허우적거리나, 이게 아닌데! 이건 아닌데…'
공허를 몰아내자! 공허지지空虛之地에 풍요를 일궈내자.
흉몽에서 깨어나듯 정신이 허공을 가르며 새로운 힘찬 일출을 떠올린다.
자유로운 시간의 조종자인 나는 자율능력을 찾아 회복하고 포만한 여유를 찾으리라 다짐한다.

지루한 이 시간들을, 허허로운 이 순간들을 거둬들일 시간의 운영자가 되어야겠다. 이제 좀 더 숙고하여 확고한 제2의 인생 목표를 설정하고 시간의 주체자로서의 자세를 가다듬어야 할 시점임을 깨닫는다. 진정한 자유가 살아 숨 쉬는 삶의 공간을 창조해야 한다. 절제된 활동으로 성취를 이뤄내고 거기에 감사하고 기쁨을 만끽하자.

이제 나는 안일하고 방만함이 주는 나의 생체 요구보다 제2 인생 목표에 꾸준히 호응하는 삶을 엮어 보려 한다. 육신의 무절제한 욕구에서 질서를 찾고 새로운 창조에 몰두 하련다. 시간을 잘 지켜 나간다는 관념보다, 유용하게 시간을 활용하여 보람차고 정돈된 생활을 펼치려 한다.

즐거운 시간의 속박.

얼마간의 절제와 규칙적 활동은 자유분방한 불안에서 벗어난 진정한 시간의 굴레를 벗을 수 있지 않을까?

새로운 환경에의 적응은 누구에게나 쉽지 않은 것 같다. 제2 인생에 걸맞은 삶의 목표부터 살펴 나가자. 그리하여 새로운 목표에 새로운 도전을 위해 시간을 선용하자.

과연 불완전한 인간에게 완전한 시간의 굴레를 벗어날 자유로움은 존재하는 것일까?

누구시더라?

아내의 성화에 못 이겨 어렵게 결심을 하고 H모발 마트를 찾았다. 늙어가는 모양 그대로가 좋았으나 아내의 마음은 그게 아닌 것 같다. '뚝배기보다 장맛'이라 했는데 '빛 좋은 개살구'가 되어 무엇 하나… 하긴 '보기 좋은 떡이 먹기도 좋다'란 말이 있기는 하지만, 외모야 어떻든 반듯하고 곱게 늙으려는 노력이 있으면 되는 것이 아닌가 생각했었다.

조상님이 물려주신 '넓은 이마' 그대로 점잖게 살고자 했는데, 남편이 '대머리'라고 오가는 말을 듣기 싫단다. 같이 사는 한 이 또한 배려하지 않을 수 없어 여기까지 오게 됐다.

"벗어진 부분이 넓으시네요." 스타일리스트(머리기술자)가 두피를 이리 재고 저리 재고 하더니 가발 색깔과 흰머리 첨가량을 물어왔다. 70세 나이에 알맞게 하되 조금 젊어 보이게 해달라고 아내가 말한다. 내 머리인데 모든 것을 아내가 결정했다. 주체적 삶이 흔들리는 늙은 이의 힘 빠진 모습이다.

늙은 남편은 '방콕' 않고 아내가 데려가 주는 것만도 감지덕지해야 한단다. 아내가 만족하면 늙은 남편은 따라서 만족해야 하는 것이 요즘의 대세란다. 이 또한 가장의 권위가 늙어가면서 정비례로 떨어지는 허약한 풍경이기도 하다.

　대머리가 되어 늙어가면서 자격지심이나 또는 과민 반응이 쉽게 발동하게 된다. 특히 아내와 동행할 때 가끔 섭섭한 생각이 들 때가 있다. 아내가 거리를 두고 따라 오거나 아는 사람을 만나도 모르는 척 하는 모습을 보이면 매우 고깝다. '저 사람이 대머리인 남편을 기피 하는구나' 생각이 들면서 아내에게 몹시 서운하다. 다른 때와 달리 연륜이 쌓인 인격체로서 늙은 남편을 소중하게 생각하지 않고 별 볼 일 없는 사람으로, 대머리 남편을 부끄럽게 생각하는 아내. 이 또한 인격적으로 대하기 곤란하지 않은가. 여러 생각과 감정이 오간다.

　그러나 어찌하랴, 느낌에는 윤리성이 없다 하지 않았는가. 하는 수 없이 모발 마트까지 오는 것을 감수하지 않을 수 없었다.

　젊었을 때는 몰랐으나 30대 후반부터 머리숱이 조금씩 빠지더니 60대를 접어들면서 완전 대머리가 되어 버렸다. 10년은 적이 더 늙어 보였다. 나보다도 아내가 더 실망하는 것 같았다. 50대까지만 해도 여러 처방 정보를 듣고 와 머리숱을 살려 보려 애썼으나 허사였다. 아내는 60대에 들어와서는 완전히 포기하는 기색이 역력했다. 대머리만 아니면 봐 줄만한 인품이었는데 몹시 아쉬워하는 아내를 보면서 그 인품만을 내세울 수 없었다. 외모지상주의 시대에 태어나 개방사회 속에 사는 내가 잘못이려니 생각했다.

　신체발부身體髮膚를 부모로부터 받아 이를 조금도 훼손하지 않는 게 효의 첫걸음이라 했다. 그러므로 본래 있던 머리를 살려내는 가발은 부모로부터 받은 발부를 원상회복 시키는 것이니 더없는 효행으로 보아줌이 무방할 것이다.

반면에 얼굴의 꼴을 바꾸려는 성형은 원상을 파괴하는 행위이니 불효의 극치라 말할 수 있지 않을까?

서울의 성형외과는 어디를 가나 남녀불문하고 많이 모여들어 대만원을 이룬다고 한다. 지구상의 모든 사물은 태생 그대로, 자연 그대로의 모습이 가장 아름답고 가치 있는 것이라 했다. 그런데도 부모님이 주신 소중한 신체에 인공미를 첨삭하려 얼굴에 칼을 대는 의술이 성황을 이룬다니 끔찍한 일이다. 그나마 나는 천만다행이다. 성형외과가 아니라 모발 마트에서 외모를 손본다하니 원형을 보존하며 젊음을 살려보려는 것으로 부모님께 불효는 면하게 됐다. 여러 생각이 오가며 스스로 위안을 가져본다.

얼만가 있더니 담당 스타일리스트가 가발 값이 150만원이라며 선불을 요구해 왔다. 몇 10만 원 정도 되겠거니 하고 가발 마트를 찾았는데, 우리 부부는 깜짝 놀랐다. 모든 가발 제품은 중국에서 수공 제작되어 약 2개월 뒤에 완제품이 나온다는 것이다.

성형 수술비만 비싼 줄 알았더니 가발이 이리 고가인 줄은 미처 생각지 못했다. 늙은이가 머리치장 하자고 백 여 만원을 들여야 하나? 몹시 망설여졌다. 아내가 "가발 하나면 7, 8년 쓸 수 있대요, 기왕 왔으니 맞추고 갑시다."라고 채근했다.

"건강한 대머리로 그냥 지내면 되지 뭔 돈이 많다고 백 여 만원씩 머리에 이고 다니나. 다 늙어 기생오라비 시켜 줄 건가"

"그럼, 나 이제 당신하고 같이 다니지 않을래요."

"이제야 본심이 나오는군! 알았네!" 문을 확 열고 모발마트를 나와 버렸다.

그동안 가발은 잊어버리고 두어 달이 지났다.

"여보, H모발 마트에서 당신 좀 들르시래요." 아내가 조심스럽게 내 눈치를 살피며 말했다.

"그 얘기는 없던 것 아닌가."

"사실은… 사실은 그때 내가 가발을 맞춰버렸어요." 아내가 나를 껴안고 파고들며 말했다. "당신 멋지게 만들고 싶어서 그랬으니까 야단치지 말아요." 자기 마음을 이해해 달라는 절규로 들렸다.

순간, 아내의 체온이 느껴지며 아내의 눈을 통해 '간곡한 염원'이 내 몸에 닿아 있었다. 어느새 잘잘못과 가치를 따지고 싶지 않았다. 외모나 돈 문제가 아니라 아내의 마음만 헤아리고 싶었다. 오히려 아내가 더욱 사랑스럽고 뭔가 헤아릴 수 없는 진실에 녹아들었다. 오죽했으면 그랬을까… 내 머리가 원망스러웠다.

H모발 마트에 들러 가발을 썼다. 내가 보기에도 10년은 젊어 보였다. 이리 보고 저리 보며 아내는 더없이 만족스러워 했다. 마트를 나와 아내는 오랜만에 팔짱을 끼고 기고만장하여 거리를 활보하였다. 축 처져 걷던 아내의 걸음이 생기발랄하여 젊어진 자기 신랑을 자랑하는 것 같았다.

젊어진 외모는 기분 좋은 일이나 이제 아는 사람을 만나면 어쩌나 하는 걱정이 앞섰다. 이제는 안면 있는 사람을 만날까봐 얼굴을 반듯하게 들고 다니기가 면구스러웠다.

무엇보다도 내일 모레가 일요일이라 주일 미사 참례가 걱정되었다. 대머리가 하루아침에 청년머리가 되었으니 성당의 교우들이 우스꽝스러운 내 머리 꼴을 보고 얼마나 웃어댈까 매우 걱정이 앞섰다.

그러나 언젠가 모두 한번은 부딪칠 것 아닌가. 내가 죄를 지은 것도 아니고 부끄러워할게 뭐 있나. 이럴 때는 용기가 아니라 뻔뻔스런 뱃심이 필요했다. 가발을 멋지게 쓰고 주일미사에 나가 자연스럽게 교우들에게 인사를 했다.

"신부님 안녕하셨습니까?" 신부님이 깜짝 놀라며

"누구시더라?" 자세히 살피며

"아~ 류 회장님!" 신부님이 박장대소 하지 않는가. 주위의 여러 교우들도 박수를 하며 웃어댔다. 유쾌하게 악수를 나누며 순간 무안했으나 배에 힘을 주고,

"어제, 저녁을 잘 먹고 잠을 실컷 잤더니 이렇게 머리가 났습니다." 라고 능청을 떨며 얼버무렸다. 만나는 교우들마다 빙글 빙글 웃어댔다. 그럴수록 천연덕스럽게 인사를 하고 신경을 쓰지 않으려 노력했다. 그러기를 2, 3개월이 지나면서 모든 사람들과의 대면이 진정되며 자연스러워졌다.

한번은 처삼촌이 돌아 가셔서 문상을 갔다. 문상을 마치고 친척들에게 인사를 드렸다. 그중 처당숙에게 인사를 드렸더니 의아스러운

표정으로 아내와 나를 번갈아 보셨다. 그러면서 처에게 너의 새 남편이냐 애인이냐 묻고 이혼은 언제 했으며 재혼은 언제 했냐며 종주먹을 대서 두고두고 웃은 적이 있었다.

그 후 나의 일상에 변화가 왔다. 가발을 쓰고 나가서 활동을 할 때는 무언가 자신을 드러내며 전보다 더 적극적으로 모든 일에 참여하고 있음을 스스로 느끼게 되었다. 그리고 모든 사람들이 나를 멋지게 보아 줄 것이란 망상에 쉽게 빠져 들기도 했다. 나르시시즘Narcissism에 빠져버린 것이다. 대머리로 앞장서기를 꺼리고 모든 일에 소극적이던 내가 당당하고 활달하게 매사 세심한 관심을 갖고 임하게 되었다.

외모가 마음도, 제반 활동도 바뀌게 하는가?

고향은 어머니

언제 걸어도 고향 길은 꽃길이 되어 나를 반긴다. 추운 겨울이든 무더운 여름이든 발걸음도 가볍게 어깨를 우쭐거리며 항상 정겨움이 춤춘다. 길가의 이름 모를 잡초도, 그 위를 나는 고추잠자리도 옛 주인을 알아 본 듯 반갑다. 높다란 언덕 위 어른어른 어머니의 손 마중! 잡힐 듯, 맞손 칠 듯 마주 흔들어 보았으나 이내 흩어져 아쉬움만 날리는구나.

어머니와 손잡고 으스대며 처음으로 학교 가던 신작로.

동네 친구들과 재잘대며 오가던 학교 길은 갖가지 사연들로 가득하다. 힘이 세던 대섭이, 언제나 잘났다고 거들먹거리던 조구연, 얌전한 양순이는 지금 뭘 하고 지낼까?

나의 유년이 살아 숨 쉬는 곳. 정든 길섶엔 민들레, 제비꽃, 코스모스, 들국화 등 갖가지 풀꽃들이 봄부터 늦가을까지 흐드러지게 피어 우리들 이야기에 끼어들었다.

언제나 평온한 안식을 주던 고향 산하! 철없는 유년을 포근하게 안아 키워주던 동네! 나를 낳아주신 어머니 품과 같은 순결무구純潔無垢한 땅. 무심한 동심에 기쁨과 슬픔을 그리고 동경과 감사를 함께 안겨준 아늑한 산천의 사계절. 어느 한 자락도 거침이 없는 소박한 풍정으로 마음속 깊이 자리 잡게 한 그리운 고향이로다.

고향을 뒤로한 지 몇 년이 흘렀던가? 50년이, 아니 60년이 가까웠
구나. 이젠 셈하기도 쉽지 않게 된 타향살이. 오랠수록 고향의 환상이
더욱 또렷해짐은 무엇인가. 얼굴 주름은 늘고 머리는 백발이 성성한
데, 유년 사진 앞에 웃음 머금고, 고향산천을 더듬는다. 사진 속 어여
쁜 어머니가 이 늙어빠진 아들을 알아보실까? 저승이 얼마 남지 않았
기에 고향 앞산만큼 걱정이 코앞이네.

나는 경기도 용인군 양지면 남곡리 아랫마을 벌터에서 유년기를,
윗마을 뱀아실에서 소년기를 보냈다.

저녁때가 되면 어머니와 손잡고 읍내로 출근하신 아버지를 기다리
던 높직한 언덕배기. 어머니가 둥근달을 바라보며 장래 소망을 말씀
해 주시던 곳. "문수야, 달빛이 환해서 좋지, 너도 어른이 되면 저 달
과 같이 모든 사람에게 도움이 되는 사람이 되어라."

양털 같은 바람이 언제나 어머니의 희망을 실어 속삭이던 곳이다.
지금도 변함없이 이 아들에게 포근한 기대를 저승에서 하고 계실까.
아니, 실망을 하고 계실까? 오늘도 구름에 실어 석양 따라 그리어진
서산의 황혼은 사랑 가득한 어머니의 말씀이어라. 얼굴이리라.

서북쪽으로 펼쳐진 벌터 들녘은 마을 사람들에게 생명을 주는 어
머니 같은 생활 터전이다. 모심기와 가을걷이가 시작되면 들판은 활
력이 넘쳤다. 두레패들의 흥겨운 노래와 춤. 먹거리를 준비하는 아낙
들의 분주한 모습. 들녘은 성시를 이룬 듯 벅적거렸다. 오늘은 어머

니가 어떤 음식을 가지고 오실까? 어머니의 치맛자락이 보일 듯 말듯 꼬불꼬불 조바심이 어린 길. 어머니를 마중 나가 보채 보고 싶구나.

들판 위 언덕에 우뚝 서 있는 고풍스런 성당과 종탑은 온 동네를 호위하며 정결한 마을임을 알 수 있게 했다. 아버지와 어머니께서는 이 성당에서 혼인성사婚姻聖事를 받고 부부의 연을 맺었다고 한다. 나도 이 성당에서 유아세례를 받고 하느님의 자녀가 되었다.

어머니 마음을 품은 성당!

천주교 신앙촌 남곡리.

이곳은 우리나라 중부지방 가톨릭 신앙의 모태가 된 촌락이다. 조선말 천주교 박해를 피해 김대건 신부의 부친 김제준이 가솔을 이끌고 이곳에 살다가 순교했다. 그리고 그의 아들 한국 최초의 신부인 김대건이 1836년 신학생으로 선발되어 마카오로 유학길에 오른 곳도 이곳이요, 9년 만에 사제가 되어 돌아와 첫 선교지로 활동한 곳도 이 마을이다. 농사를 주로하며 살아가는 이 마을 사람들은 천주교 교리에 매료되어 모두가 신자가 되었고, 하느님의 가르침에 따라 서로 사랑하고 도우며 살아가는 천주교 신앙촌을 이루었다.

고향에서의 일상은 성당을 중심으로 이루어졌다. 부모님을 따라 매일같이 아침기도와 미사, 그리고 저녁기도를 성당에 가서 바치곤 했다. 교리문답을 가르쳐 주시던 어머니의 낭랑한 목소리가 솔바람에 실려 정신을 가다듬게 한다. 교리를 가르쳐 주시는 시간만은 종아리채를 옆에 놓고 무서운 어머니로 돌변하셨다. 나는 이곳에서 하느님의 존재를 어렴풋이나마 마음 깊숙이 받아들이기 시작했다.

유년기를 보낸 나의 집은 성당에서 2백 미터 정도 떨어진 외딴 곳에 있는 검은 양철집이었다. 이곳에는 어린 시절 가장 친한 친구였던 원길이 집과 나의 집뿐이었다. 성당에 가려면 낮은 산길을 돌아가야만 했는데 그 길 중간에는 2기의 무덤이 나란히 있었다. 내가 제일 싫어하는 곳이었다. 어른들 말씀이 이곳에서 머리를 산발하고 흰 치마저고리를 입은 여자 귀신이 가끔씩 밤에 나타난다고 말했기 때문이다. 밤이 되면 난 이곳을 쳐다보기도 싫어했다.

하루는 성당에서 저녁 기도를 마치고 원길이와 둘이서 집에 돌아오는 데, 어른들이 안 계시니 집에 가는 길에 귀신이 나타날까 봐 큰 걱정이 앞섰다. 원길이와 나는 무덤 근처까지는 걷다가 무덤에서 집까지는 뛰어 가기로 하고 어둠을 헤치며 살금살금 걷기 시작했다. 앞에 가던 원길이가 뛰기 시작하자 나도 뛰었다. 무덤가를 막 지났는데 앞에 뛰던 원길이가 '픽' 하고 넘어지는 바람에 나도 걸려 넘어졌다. 뒤에서 허연 손이 잡아당기는 것 같아서 허겁지겁 정신없이 다시 일어나 뛰는데 나는 돌 뿌리에 채어 또 다시 넘어졌다. 그 후 어떻게 집까지 왔는지 대문 안에 들어와서 엄마를 큰 소리로 부르고 털썩 안마당에 주저앉았다. 이마에 땀이 비 오듯 쏟아지고 온몸에 힘이 쏙 빠져 움직일 수가 없었다. 그 때 "웬일이냐?"며 허겁지겁 나오셔서 나를 꼭 안아 주시던 어머니. 나는 어머니 가슴을 마구 때리며 엄마 품을 파고들었던 기억이 아직도 생생하다. 지금도 따뜻한 어머니의 체온이 온몸을 감싸, 숨 가쁜 평온이 감도는 듯하다.

그러나, 항상 따뜻하고 평화롭기만 할 것 같던 이 곳 벌터는 내 인생의 가장 큰 시련을 안겨 주기도 했다. 그러므로 고향하면 가장 먼저 떠오르는 것은 어머니 생각뿐이다.

일곱 살 되던 해 2월.

겨울 기운이 채 가시기도 전에 어머니의 죽음을 받아 들여야만 했다. 어머니의 사랑과 평화가 산산 조각되어 날아가 버리는 것조차 알지 못하고 어머니 죽음 앞에 선 벌거숭이. 이 참담한 현실 앞에 죽음의 의미도 모르고, 막연하게 눈물을 흘리다가도 동네 아이들이 불러내면 마당에 나가 자치기 놀이, 제기차기를 함께하곤 했던 철부지. 외할머니의 오열 앞에 묵묵부답 눈물만 글썽이던 외손자.

"할머니, 이 추운 날 베옷은 왜 입어?"

외손자의 철없는 이 말은 두고두고 외조모를 괴롭혔던 것으로 기억된다.

어머니를 여의고 나는 어린이답지 않게 어른스런 점잖은 아이로 살아야만 했다. 어머니의 사랑 결핍증 환자로 시들어 버린 소년기를 주어지는 대로 버텨야만 했다. 어른들 요구에 따라 자기주장을 포기한 눈치 빠른 아이. 어리광 한번 부려보지 못한 풀죽은 무기력한 아이로 뒤편에 항상 서 있었다.

이 아이를 보고 어른들은 착한 아이, 일찍 철든 아이라고 말했지만, 실제로는 욕구불만이 가득한, 가식에 익숙한 아이였다.

"엄마, 어머니, 엄마!"

아무리 불러도 대답 없는 어머니를 호흡하며 그리움에 신음하고 풀린 시선에 아무것도 보이지 않았다. 오직 어머니에 대한 기억이 절절히 사무쳐 이때 비로소 참 어머니를 알게 되었다.

어머니가 돌아가신지 1년 후 성당이 윗동네 뱀아실로 옮겨졌다. 우리 집도 성당 따라 옮겨 짓고 정든 벌터를 떠났다. 엄마가 없는 새집은 언제나 낯설고 적막하기만 했다. 그런대로 성당이 이웃하여 교우 친구들과 더불어 국민 학교를 다니며 정을 붙여 갔다.

나는 이곳에서 국민학교를 마치고 7킬로 떨어진 용인의 T중학교를, 지금은 폐선 됐지만 수여선 기차와 도보, 자전거로 어렵게 통학하며 졸업했다. 이어 서울사범학교로 진학했다. 낯설고 각박한 서울 생활이 시작되면서, 고향의 따스함과 사랑이 더욱 그립고 소중하게 다가왔다. 방학이 되면 곧바로 고향으로 달려가곤 했으나 어머니가 없는 나의 집은 쓸쓸함만 감돌았다. 그러나 동네 어른들은 객지에서 고생했다고 돌려가며 점심이나 저녁 식사에 초대하고 위로와 용기를 주셨다. 그리고 꼬깃꼬깃 모아온 얼마간의 용돈도 주시는 분도 계셨다. 어머니가 안 계시니 불쌍하게 보였으리라. 어머니같이 아껴주시던 동네 어른들. 이젠 영영 뵈올 길이 없다. 그 어른들의 티 없는 큰 사랑을 되새기며 때가 되면 모락모락 굴뚝 연기 한가롭던 초가집들을 생각한다. 그리도 사랑을 주시던 초가의 그 어른들은 모두가 돌아가신 어머니였음을 뒤늦게 깨달았다.

고기도 저 놀던 물이 좋다고 한다. 모든 외롭고 가난한 영혼의 진정한 안식처는 역시 고향일 수밖에 없다.

껍질 없는 털이 있을까. 고향은 모든 이의 어머니가 아닐까?

내 얼굴 보기

고희古稀를 넘기니 외모에 신경을 쓰게 된다. 젊었을 때보다 자연히 거울을 더 자주 본다. 늙수그레 삭아 시들어 가는 모습을 남에게 보이기 싫다. 남들에게 연민의 대상이 되어 불편한 인상을 남기고 싶지 않은 것이다. 얼굴은 마음의 모습 또는 거울이라 했거늘, 흐트러진 내면은 더욱 더 보이기 싫다.

아침식사는 언제나 늦장부리며 먹고, 성당 가는 길은 항상 바삐 돌아간다. 미사시간에 늦지 않으려고 복장도 대충 갖춰 입고 집을 나왔다. 거울도 보지 못하고. 내 눈으로 내 얼굴을 볼 수 없으니 답답하다.

늘 나와 함께 하면서도 평생 직접 볼 수 없는 내 자신의 얼굴. 거울을 통해서만 볼 수 있다는 것이 약간은 현기증 나도록 안타깝다. 조물주께서 인간의 눈을 손가락 끝에 하나 더 달아 주셨으면 얼마나 좋았을까. 나의 몸 구석구석을 다 볼 수 있었을 터인데… 여러 편리와 불편한 생각이 왔다 갔다 한다. 그러나 이런 편리는 더 큰 부조리와 불행한 세상을 만들 수 있지 않을까 싶다.

내 눈이 나를 직접 보지 못하지만 다른 사람은 직접 이리저리 살펴볼 수 있다. 이러한 가운데에 자칫 우리 눈은 오류誤謬를 범할 수도 있다. 하물며 손가락 끝에 눈이 하나 더 있다면 상상을 초월하는 일이 이 세상에 벌어질 것으로 공상에 빠져 본다.

오늘 미사 중에 신부님의 복음福音 말씀이 나 자신을 깊이 돌아보게 한다.

"너는 어찌하여 형제의 눈 속에 있는 티는 보면서, 네 눈 속에 있는 들보는 깨닫지 못하느냐? 네 눈 속에는 들보가 있는데, 어떻게 형제에게 '가만, 네 눈 속에서 티를 빼내 주겠다.' 하고 말 할 수 있느냐? 위선자야, 먼저 네 눈에서 들보를 빼 내어라." (마태, 7, 3~4)

며칠 전 밤새도록 온 눈을 엉덩방아를 쪄가며 힘겹게 치우고 나니 몸이 지쳐 꼼짝도 할 수 없었다. 좀 짜증스럽기도 하여 아내에게 한마디 했다.

"남들은 내 집 앞 눈도 치워주는데 이 녀석들은 전화도 한번 없어, 뭔가 가정교육이 부실해 이 모양이야" 은근히 아내의 가정교육을 꼬집었다.

"당신 나를 질책하는 거예요? 이 집엔 나만 살았고 자기는 없었어요?"라며 아내의 거친 말투가 귀를 자극했다.

"당신은 젊어서 아버님께 잘 했어요? 결혼 후엔 나만 잘하면 된다며 자기는 신경 꺼버리고, 돌아가시니 불효를 후회하면서… 바쁜 아이들 나무랄 것 하나도 없어요." 우리 아이들만 같으면 됐다고 출가한 딸들과 사위들을 적극 방어하고 나선다. 줄줄이 이어지는 격한 소리를 듣고 나니 괜히 건드렸나 후회막급이다.

기실 나는 우리 아이들보다 부모님께 잘한 게 없다. 그렇지만 아이들로부터 조금이라도 소홀한 느낌이 들면 섭섭하기 이를 데 없다. 예수님께서 말씀하시듯, 사람들이 형제의 눈 속의 티는 잘 보면서 자신의 눈 속에 있는 들보는 깨닫지 못한다는 말씀이 꼭 나를 두고 하시는 말씀으로 새겨진다.

이렇듯 우리는 다른 사람에 대해서는 대체로 잘 알고 말하면서도 자신에 대해서는 관대하여 의외로 잘 모르고 산다. 남의 언행은 옳고 그름을 잘 지적하면서도 정작 자신의 마음이나 행동은 주관적 편견에 빠져 제대로 보지 못한다. 그래서 자신을 객관화하여 하루에 자신을 3번 살펴야 한다고 '논어'에서 일일삼성一日三省을 가르쳤을 것이다. 성당에서도 하루에 아침, 점심, 저녁 세 번 기도할 것을 권하고 있다. 이는 자기를 3번 살피라는 뜻으로도 볼 수 있을 것이다.

나는 3번이 아니라, 10여 번 이상 거울을 드려다 보고 하루를 보내는 것 같다. 그러나 나의 내면의 얼굴은 얼마나 자주 살펴보는지 기억되는 바 없다. 우리는 만나는 사람들을 수시로 잘도 평가하고 판단하며 산다. 그렇다면 나의 행동과 태도는 얼마나 자주 들여다보고 반성하는지 부끄럽기 그지없다.

나이 들어감에 따라 남들에게 추한 외모를 보이지 않으려는 노력은 하고 있다. 젊었을 때보다 목욕도 자주하고 수염도 자주 깎는다. 그리고 되도록 옷도 단정하게 입고 외출하려고 한다. 뿐만 아니라 꾸부정한 모습도 미리 방지하기 위하여 허리를 중심으로 근육운동도 열심히 하고 있다. 주로 외모에 집중하여 신경을 쓴다. 진정 남에게 비쳐지는 나의 늙어가는 인상은 어떨까 걱정이 된다.

서울 시내 거리를 걷다보면 사람들의 얼굴이 점점 아름다워져 가는 것 같다. 이것은 인간의 미적 감각이 점점 높아져가는 데에도 기인하지만 자기 외모 가꾸기에 더욱 투자를 많이 했기 때문이다. 심지어 부모가 준 얼굴뼈를 깎아 내고 성형시켜 아름다움을 살리는 끔찍한 일이 다반사라 한다. 외모지상주의가 불러온 비정한 결과라 보겠다.

사람의 얼굴은 그 얼굴 배후에 있는 마음에 의하여 형形이 잡혀 모양을 이뤄, 조금씩 정화되어 아름다움을 가꿔가는 것이 자연스러운 미모일 것이다. 마음이 고상, 우아함을 생각하면서 행동하고 살다보면 그 사람의 얼굴도 자연히 품격을 지닌 고상한 향기를 발산하게 된다. 또한 야비하고 고약한 마음을 가지고 행동하면 바로 그 사람의 얼굴도 야비하게 비틀리게 될 것이다. 마음이 안면 근육을 작용하여 빚어낸 얼굴. 사람의 얼굴에는 300여 개의 근육이 작용하여 모양을 만든다고 한다. 나는 마음을 어떻게 쓰고 살았는가? 마음의 향배가 안면근육을 작동시켜 마음먹은 대로 얼굴이 굳어지는 것. 늙어서의 내 얼굴은 내 마음이다. 그러므로 A. 링컨은 "40을 지낸 사람은 자기 얼굴에 책임을 져야한다."라고 했다.

사람들 얼굴의 아름다움이 마음의 향배가 아니라 단순히 메이크업 기술이나 성형에 의한 것이라면 그 아름다움은 눈속임에 불과할 것이다. 나도 마음의 인덱스index가 아니라 눈속임에 불과한 외모는 아닌지.

거울 볼 때마다 마음도 함께 살피며 살아야 되지 않겠나.

문제없는 녀석

오늘도 일과 후 등산에 나섰다. 관악산 동북쪽 등산로는 나의 근무지였던 인헌 고교에서 시작된다. 이 등산로는 산등성이로만 계속 이어져 있다. 그러므로 정상까지 사방 조망권이 트여 지루하지 않고 시원하게 오를 수 있다. 거의 매일 오르는 산이지만 정상에서의 쾌감은 한결같다. 숨을 몰아쉬며 산 정상에서 상쾌함을 만끽하고 있는데 영등포고등학교 졸업생 J군이 오는 토요일 뵙기를 청해서 약속을 해 두었다.

J군과의 사제지간 인연은 영등포고등학교로 전근한 지 2년 차에 문과 반 고3 담임을 맡으면서 시작되었다. 내 반 학생이 된 J군을 어떻게든지 적성에 맞는 좋은 대학에 진학시켜 성공적인 인생길로 나아가도록 도움을 주고자 정성을 다했다. 이러한 생각은 내가 맡은 반의 모든 학생들에게 향하는 담임으로서 당연한 일이다.

지금은 장족의 발전을 이뤄 훌륭한 학교로 성장했지만 1980년대 초 영등포고등학교는 누구나 기피하는 학교였다. 선생님도 학생도 그리고 학부모도 모두 원치 않는 학교였다. 그러니 대학 진학률이 좋을 수가 없었다.

당시 교장선생님은 학교발전계획을 세우고 학교 환경개선과 면학 분위기를 일신시켜 저조한 대학진학률을 높일 목표로 열심히 교직원을 독려하였다.

어느새 대입 예비고사도 끝나고 연말이 다가오면서 대학 입시철이 시작 되었다. 각종 대입자료를 수집하고 본교생의 각 대학 학과별 입학가능 배치표를 작성 하였다. 이어서 입학원서를 쓰기 위한 개별 면담에 들어갔다. 수업에 들어가랴, 학생, 학부형과 면담하랴 참으로 피곤했지만 학생 개개인에게는 일생일대의 매우 소중한 선택의 기회이기에 한 점도 소홀할 수가 없었다.

차례대로 J군을 진학 지도실로 불러 진학소견서를 받고 여러 정황과 조건을 배려하여 진학대학 결정을 위한 면담에 들어갔다. 거의 모든 학생들이 그렇듯이 J군도 자기성적 몇 단계 이상의 대학을 희망하고 있었다. 'In 서울' 하겠다는 것이다. 그것도 신문방송학과에, 지방대학이나 서울소재 대학지방분교도 만만치 않은데… 한참 설득을 하다가 짜증도 나고 피곤하여 네 성적을 감안하여 생각이 바뀌면 오라고 보내버렸다. J군의 학교성적은 중하위권이었다. 특히 당시 신문방송학과는 학생들에게 인기가 높았다. J군은 전혀 가능성이 없는 배짱지원을 하려 했다.

J군은 체격이 크고 강건하며 운동기능도 좋아 교내외 체육대회에 나가면 언제나 승리를 이끌곤 했다. 성품도 남자답고 너그러워 그의 주변에는 늘 친구들이 떠나질 않았다. 선생님들에게도 항상 예의 바르고 명쾌하여 정이 가는 학생이었다.

"야, 이 녀석아! 넌 도서실보다도 운동장에서 많이 보내니, 대학 포기했냐?"라고 하면 '씨~익' 웃으면서 "네, 이제 노력하고 있으니 문제 없습니다."라고 소리쳐 대답했다. "열심히 하겠습니다."가 아니라 무어라 말하면 말끝마다 "~문제없습니다."라고 대답하는 습관이 있었다. 그래서 J군에게는 '문제없는 녀석'이란 별명이 붙게 되었다.

며칠 후 반장에게 '문제없는 녀석' 좀 진학지도실로 오라고 전했다. J군이 풀이 죽어 문을 열고 들어와 꾸벅 인사를 하고 아버지가 주신 편지라며 봉투를 내 놓았다. 내용인즉 대학 진학에 관한 모든 것을 담임선생님께 위임한다는 내용이었다. 떨어져도 후회하지 않겠으니 선생님께서 결정해 주라는 각서 겸 위임의 글이었다.

"너의 아버님 말씀대로 네 대입원서는 내가 쓸 터이니 너는 도장만 찍어."라고 딱 부러지게 말했다. J군이 대답도 없이 나가기에 다시 불러 "당당하게 나가 봐라."했더니 큰소리로 "네 문제없습니다."를 외치고 나갔다.

여러 조건을 감안하여 고민 끝에 서울의 K대학 체육교육과로 생각을 모았다. K대학은 당년에 처음 체육 교육과를 사범대학에 신설하고 학생모집을 하고 있었다. 대체로 상위 중간이상 학생들이 선호하는 대학으로 남학생들이 특히 좋아하는 대학이었다. J군의 성적으로 보아서는 어림도 없으나, 인기대학이기에 다른 학생들이 겁먹고 지원율이 저조하지 않을까라는 기대와 신설학과라는 것, 그리고 본인의 취향에 맞을 것으로 보아 모험을 감행하기로 했다. J군을 불러 설명하고 의견을 물었다.

J군은 "선생님 고맙습니다. 훌륭한 선생님이 되겠습니다."라고 거듭

말했다. In 서울에, 인기대학, 떨어져도 다시 도전하겠다는 것이다. 나도 J군도 걱정이 많이 되었으나, 자신을 가지고 실기시험 준비를 하도록 했다. 운동장에서 열심히 실기시험 준비를 하고 있는 모습을 보면서 떨어지면 얼마나 실망이 클까 걱정이 앞서기도 했다.

J군 원서를 K대학에 접수시켰는데 경쟁률은 2대 1정도로 그리 높지 않았다. 실기시험과 면접만 잘 보면 합격이 예상되었다. "떨어져도 문제없다! 내년에 다시 보면 되니까." 긴장을 풀어주고 시험장에 보냈다. "문제없습니다!"를 크게 외치고 다녀왔다 하나 불안함이 역력하였다. "~문제없습니다."란 말도 쑥 들어가고 말수도 적어졌다.

합격 발표일이 되었다. K대학에는 우리 학급에서 통틀어 5명이 응시했는데 J군을 포함하여 4명이 합격하고 1명이 낙방의 고배를 마셨다. 합격한 학생들에게 축하의 말을 전하기도 전에, 떨어진 학생에게 위로와 희망을 줄 여건을 찾아 나서기에 바빴다.

그 후 J군은 K대학 사범대학에서 학업에 열중하였고 나는 관악구 소재 인헌 고등학교 개설요원으로 차출되어 학교신설을 위한 업무에 전념하였다. 그간 대학생활이 재미있다는 J군의 연락이 가끔 왔다. 그런데 이날 전화는 나에게 뵙고 말씀드릴 게 있다는 것이다. 그럼 학교로 오라고 했더니 굳이 집으로 오겠다고 고집을 부렸다.

J군이 찾아왔다. 4년만이니 이 녀석이 얼마나 변했을까 상상을 하고 있었는데, 예쁜 여학생까지 데리고 와서 선생님, 절 받으시라며 둘이서 큰절을 했다. 아내 될 사람이라고 당당하게 소개를 하며 잘 부

탁드린다고 말했다. "자넨 그 동안 연애만 하고 다녔나?"라고 웃으며 핀잔을 주었더니, 이번에는 여학생이 연애에는 숙맥이라고 거들었다. 녀석들의 말과 행동이 당돌하기도 하고 황당하기도 하여 시쳇말로 표정관리가 불편했다.

J군이 그간의 이야기를 죽 들려주었다. 선생님의 현명한 배려가 없었으면 오늘의 저는 없다고 단언했다. 그 고마움에 보답하는 길은 대학에서 열심히 공부하여 훌륭한 교육자가 되는 길이라 생각하고 무엇이든지 최선을 다했다는 것이다. 그 결과 K대학에서 가장 어렵다는 교우회 장학생이 되어 전액 장학금을 받고 학업에 열중할 수 있었다고 한다. 뿐만 아니라 사범대학 수석 졸업의 영광도 차지할 수 있었다는 것이다. 그리고 제 인생에서 더욱 중요한 것은 평생을 함께 할 아내 될 사람을 만나게 됐다고 기뻐했다. 참으로 놀라운 변화였다. 대견하기도 하고 자랑스럽기도 하여 기분이 좋아 아내에게 술상을 차리게 했다. 늦게나마 훌륭한 대학 생활을 축하해 주었다.

"자네 고등학교 때 말끝마다 '문제없습니다! 문제없습니다!' 외치던 버릇 지금도 가지고 있나?"라며 술잔을 권했더니 거수경례를 하며 "예, 문제없습니다!"라고 소리쳐 한바탕 웃었다.

그렇다, 고교시절 J군이 말끝마다 외쳐대던 "~문제없습니다."란 말은 무엇이든지 해낼 수 있다는 긍정적 사고가 잠재된 말이었다. 비록 J군이 무의식적으로 외쳤던 말이라도 그 말이 오랫동안 자신에게 세뇌되어 자신감을 불러일으켰을 것이다. 인생은 단적으로 보면 끊임없이 이어지는 문제를 해결하는 과정이 아니겠는가. 학업성적은 떨어져도 낙담하지 않고 자신감에 차있던 모습이 떠오른다.

자신감의 힘!

R.W. 에머어슨은 "자신自信은 성공의 제일의 비결이다."라 했다. 자신 없이 성공한 사례는 거의 찾기 어렵다. 마음이 확신하는 희망과 신뢰를 가지고 앞을 바라보며 나아갈 때 힘은 배가될 것이다. 그러므로 중요한 것은 큰 목표를 가지고 그것을 이뤄낼 수 있는 기능과 인내를 갖는 것, 그 외에는 모두 그리 중요하게 보이지 않는다.

J군이 술을 마시다가 갑자기 정자세를 하고,

"오늘 선생님 댁을 방문한 것은 저희 두 사람 결혼 주례를 부탁드리러 왔습니다. 거절하지 마시고 수고해주세요, 선생님. 간청합니다."라고 말했다. J군의 엉뚱한 말에 또 한 번 당황했다.

"자네 이제 막 대학졸업을 했는데 빨리 결혼해야 할 이유가 뭔가?" 물으니 결혼해 아내와 미국 유학길에 올라야 한다는 것이다. 그럼 자네가 대학시절 가장 존경했던 교수님에게 주례 부탁을 하라고 간곡히 권했다. 그러나 막무가내였다. 선생님이 해주시지 않으면 제 결혼에, 제 인생에 큰 의미를 둘 수 없다며 부탁을 해 오기에 나도 내 인생 최초로 40대에 주례를 세게 되었다.

J군은 그 후 오하이오 유니버시티 대학원에서 스포츠경영(마케팅) 석사를 하고 돌아와 모교 K대학에서 스포츠경영 박사를 받고 현재 강원도 K대학 교수로 봉직하고 있다. 사회활동도 활발하여 평창 동계올림픽 유치를 비롯하여 각종 국제대회를 유치하는데 공헌하였고

각종 경기 조직 및 전문위원으로 활동하고 있다. 특히 각종 스포츠 마케팅 자문교수와 전문통역위원으로 활동영역을 넓혀가고 있다.

J교수가 이만큼 성공적인 사회활동을 할 수 있었던 원동력은 그가 말했듯이 모든 일에 자신감. 그리고 자기적성과 일치된 투지fighting spirit가 아니었을까.

문제없는 녀석! 언제까지 "~ 문제없습니다."를 외칠 건가

J교수! 이젠 문제 있는 것들을 문제없도록 해 보게나.

문형산 기욕氣慾

검푸름이 문형에 가득 찬 채
무게를 더해 가면

속세에 찌든 심신
풍성한 초목에 묻어
산기운에 나를 맡긴다.

적막한 곡신谷神의 숨결 속에
훈풍에 속삭이는 잎새들
노래하는 산새
계곡의 옥구슬 물소리 들으며
포근한 기운에 잠겨
나 속의 나를 들여다본다.

일상에 묻혔던 삶의 깊이와 무게를
헤아려 내밀한 마음 일깨우고
깊이 귀 기울여 주님께 기도하는 이 시간

더 아름다운 황혼을 남기기 위해
내 자신도 문형산 수림이 된다.

　문형산은 내 삶의 일부가 되어 나의 황혼을 풍요롭게 장식하고 있다.
산과 더불어 호흡한 지 어언 18년. 중산 간 산야가 어머니 품과 같이 포
근히 내 집을 감싸 안고 고개 들면 장대한 산봉우리가 우리 마을을 호
위하고 있다. 여기 고요와 평안이 함께하니 더 이상 무엇을 찾으랴.

　맑은 물, 상쾌한 공기, 포근한 햇살이 항시 감돌고 무성한 수림이
활력을 키워 희망찬 내일을 약속한다. 또한 온화한 하늘이 지붕을 이
루어 우주와 소통하니 내게는 이 이상 별유천지가 없다. 충족한 황혼
에 감사할 뿐이다.

밥보

'받아 논 밥상'이라 했나, 아내가 정성 드려 차린 아침밥을 식욕 없다고 물리치기 어렵다. 밥은 배고플 때 먹어야 맛이 나는데 허기도 없이 먹으니 맛날 리가 없다. 아내의 정성만 먹고 싶다.

청소년 시절에는 식욕이 왕성하여 '남양 원님 굴 회 마시듯' 밥을 먹어 '밥보'라는 말을 들었을 때도 있었다. 먹기 위해 살던 시절이었다. 그때도 밥보는 자랑도 유쾌한 말도 아닌 우둔한 미련한 뜻으로 썼던 것 같다.

김수환 추기경은 선종하기 몇 해 전, 그의 모교인 동성 중고교 개교 100주년 기념 전에 참여한 바 있다. 직접 그린 자화상을 '바보야'라는 제목으로 출품했다. 그 자화상은 어린이 솜씨다운 그림이지만 '바보야'라는 표제와 함께 추기경의 모습만큼이나 천진난만해 보였다. 추기경은 적어도 한 시대와 사회를 이끌었던 가장 존경스러운 정신적 지도자였으면서도 당신 한 평생을 '바보'라고 결론지었다.

'바보'는 '밥보'에서 나왔다는 말이 있다. 이 견해를 받아들인다면 '밥'에 대한 식탐이 유독 많은 사람의 뜻을 더하는 접미사 '보'가 붙어 '밥보'가 되었을 것이다. 거기다 '바보'는 '밥보'의 동음 'ㅂ'이 탈락하여 '바보'가 되었음을 알게 된다. '바보'의 다른 견해로는 '바사기'에서 나왔다는 견해도 있는데 '바사기'란 '팔삭동이'라는 뜻이다. 역시 보통사람 보다 모자란다는 의미이다. 어떻든 밥이나 축내면서 어리석고 미련스럽게 사는 사람을 가리킬 때 '바보'라고 하였던 것 같다.

추기경은 자신의 얼굴을 그려 놓고 주님께 더 가까이 가지 못하고 잘 살지 못했음을 스스로 꾸짖으며 겸허한 마음으로 자신을 '바보'라고 표현했다.

오늘날 영악하고 약삭빠른 사람들이 이익을 선점하기 위해 남을 속이거나 불법을 밥 먹듯 하는 시대가 되다보니, '바보'라는 말이 순수純粹하게 다가온다. 오히려 그립기도하다. 남의 눈치 보지 않고 소신껏 정직하고 우직하게 뚜벅뚜벅 자기 길을 걸어가는 사람들. 그런 사람들에 의해 이 사회는 굳건하게 지탱되는 것이 아닐까. 묵묵히 이 사회의 밑거름이 되는 그들이 몹시 아쉽다. 존경스럽다.

추기경의 그 '바보'는 시대에 영합하지 않고 가난하고 힘들어하는 이를 사랑하셨던 한 어른의 부족했던 점을 고백한 것이다. 그들의 맛있는 밥이 더 되어주지 못한 점을 한탄한 것이다.

'바보' 자체가 순수는 아니지만 적어도 남을 속이거나 해악을 끼치는 일은 없지 않은가. 오히려 그들은 티 없는 선행을 지향한다.

이기도 이타도 모르고 자기실현을 위한 바보.

'못 생긴 나무가 선산을 지킨다.'라는 말이 있듯, '병신자식이 효도한다'라는 말과 더불어 세상 곳곳에서 묵묵히 살아가는 '못나고 바보처럼 사는 사람'들이 오히려 세상은 더 아름답게 가꾸지 않을까.

시기에 맞으면 바보의 말도 정설이 되고 예술이 된다.

사라져버린 고향

고향을 지키며 살아가는 K가 한번 다녀가라고 연락을 주었다. 그는 몇 년 전부터 지병을 얻어 투병중이다. 고향 소식을 들을 수 있는 유일한 친구이다. 조금은 불길한 생각이 들어 고향을 바로 찾았다. 힘들어하는 친구를 만나 위로와 용기를 나름대로 주고자 찾은 고향 길. 그러나 친구를 보는 순간 초췌한 모습에 나도 힘이 빠져 그와 같이 비감에 휩싸이게 되었다.

"자네가 힘을 잃으면 고향은 나에게 아무런 의미가 없네."

"어서 일어나 동네 한 바퀴 돌며 그간의 변화를 짚어주게나."

초등학교 동창들 생활은 여전한지? 골 안 입구에는 뭔 건물들이 그리 많이 들어섰는가? 모두들 성당 잘 다니고 신앙생활 잘 하는지? 희망찬 활력을 주려 여러 이야기를 나눴으나 연약한 대답뿐이었다. 그는 이야기를 나누며 미소를 잃지 않으려 했으나 그것도 몹시 힘겨워 했다. 이런 저런 얘기를 나누다 보니 서너 시간이 흘렀다.

힘들어하는 친구를 누이고 밝은 표정으로 인사를 남기며 돌아 섰다.

"다음에 올 때는 쾌차하여 막걸리 한잔 같이 나누세."

"그러세 문수. 고맙네, 잘 가게나."

신음소리와 같은 가냘픈 대답에 가슴이 미어졌다.

무거운 마음을 안고 동네를 한 바퀴 돌아봤다. 친구의 힘들어 하는 모습이 여기저기서 휘청거리며 불안하게 다가온다. 애처롭기만 하다. 내 발걸음도 뒤뚱거리며 중심이 오락가락 어지럽다.

만물은 끊임없이 유전流轉한다지만 고향 마을은 무수한 변화 속에 타향에 온 듯 낯설기만 하다.

누가 '정겹고 그리운 고향'이라 했나?

어디를 보아도 고향 마을 남곡은 어린 시절 한가롭고 평온한 농촌이 아니고 도심의 변방으로 어지럽기만 하다. 예스러운 모습은 스산한 가을 바람에 모두 날아가 버린 듯 찾을 길이 없다. 흐뭇한 미소를 지으며 마음속 그리던 옛 추억은 머물 곳을 잃고 승천해 버렸나 보다. 아름답던 산야와 태평스러운 마을은 할퀴고 찢어져 들쑥날쑥 사납기만 하다. 어디 한구석에도 옛 향기와 인정이 머무를 만한 곳은 없다. 소박한 풍요와 느긋한 가을의 옛 정취도 찾을 길 없이 스산하기만 하다.

행정구역도 '군' 단위가 '시'로 바뀌어 많은 변화가 있었으리라 짐작할 만하다. 이곳은 60여 년 전 1940년대와 '50년대 중반까지 유년기와 소년기를 보낸 곳이다. 어린 시절 각가지 추억이 가슴 깊이 새기어진 곳. 잊으려야 잊을 수 없는 소중한 내 정한情恨이 깊이 각인된 고향산천이다.

강산이 6번 이상 변한 고향 남곡 마을과 산야! 옛날을 찾아보려는 발걸음은 욕심이었나? 옛날을 이야기 할 사람은 모두 사라지고 차가운 발걸음만 무심하게 움직일 뿐이다.

마을 동남쪽 태고의 신비를 간직한 '골안'은 무수한 수난 속에 낯선

이국의 풍정을 품고 있었다. 이젠 외지인들을 유혹하려는 화려한 현대식 시설로 가득하다. 추억의 보고였었던 울창한 숲은 골프클럽, 스키장, 콘도미니엄, 수영장 등 레저 센터가 자리 잡아 문명에 시달린 사람들의 안식처로 자리매김 한다던가? 생뚱맞아 공허한 상실감으로 다가 온다.

21C를 맞은 문명인은 진정한 의미의 고향을 잃었거나 갖지 못하게 되었다. W. H. 화이트는 현대 문명은 고향을 떠나는 데서 시작된다고 말했다. 그러면서 고향을 등진 사람을 '조직인'이라 부른다. 나도 고향을 지키지 못하고 60여 년 간 떠돌았다. 이제야 문명의 조직에서 떨어져 나왔으나 아직도 타향에서 헤매고 있다.

이렇게 근대화, 산업화, 세계화, 정보화를 안은 문명의 빠른 변모는 우리 마음을 어느 한곳에 정착할 수 없게 했다. 그것은 아름다운 추억과 향수를 간직할 공간을 모두 파괴해 버렸고 우리들의 사랑과 인정을 나눌 여유조차 주지 않았다. 선조들과의 거룩한 삶의 맥도 끊어 버렸다. 그러므로 우리 모두는 외지인으로 삶의 조건에 따라 이리저리 떠도는 떠돌이가 아닌가.

끝없는 떠돌이!

칠십 평생을 살며 7번의 이사를 하고 겨우 유소년의 고향 추억만 되새기며 그것마저 잃을까 안절부절 이다.

고원故園에 죄스럽고 미안할 뿐이다.

남곡 마을의 곡창이었던 벌터는 옛날 고향 사람들의 생활 터전이었다. 가을이면 풍요가 넘실거리며 평화와 기쁨이 마주하던 들녘은 찾을 길이 없다. 흉물스런 공장들, 험상궂은 높다란 굴뚝, 외설스런 러브호텔, 불규칙한 포장도로, 크고 작은 빌라 등으로 탈바꿈되어 버린 고향. 추수의 활력과 인정이 오가던 황금빛 벌판은 옛이야기가 되어버린 지 오래다.

잃어버린 고향!

고향을 등지고 돌아오는 곳곳의 풍광도 다를 바가 없었다. 저녁연기 모락모락 한가롭던 고향은 이제 나만의 환상이 되어버렸다. 찾아볼 수 없는 영원한 환상. 이젠 그리움 속에 묻어두고 삶이 힘들어질 때 꺼내어 매혹적인 추억으로 즐기리라. 심연 속에 꽃피우리라.

전화벨이 집안을 흔들었다. K가 끝내 운명했다 한다.

가여운 친구! 약속도 어기고 한마디 말도 없이 떠나버렸구나… 무엇이 그리 급해 그 어질고 가슴 저미는 다정한 눈짓도 없이 가버렸나. 네가 없는 고향도 고향이라 말할 수 있을까?

친구의 장례절차를 끝내고 무덤가 언덕배기에서 내려다 본 고향마을은 뿌옇고 희미하게 어른거린다. 친구가 화사하게 웃으며 다가 왔다 사라진다. 무디어진 고향 마을에 겹쳐진 얼굴. 끝내 아쉬움을 그리며 사라지는구나!

사라진 친구는 그리움으로 다시 만나리라. 그리고 고향을 속삭이리라.

고향은 잃어버린 것이 아니고 사라지는 것이로다.

사랑의 진통제

벌써 17년째 전원생활을 하고 있다. 전원생활은 작은 즐거움의 연속인가 하면 뜻하지 않은 사고도 가끔 일어난다.

금년 초 여름 텃밭에 나가 풀 뽑는 작업을 하다 어이없이 팔목이 골절되어 5개월간 불편과 고통을 감내해야만 했다. 밭에서 풀 뽑는 일이 뭐가 그리 대단하다고 팔까지 부러뜨려야 하나 하겠지만, 예고된 사고는 그리 흔치 않을 것이다. 허리가 부실하여 낮은 플라스틱 의자에 앉아 무심코 풀을 뽑은 것이 화근을 불렀다. 억센 풀이 왼 손에 뽑히는 순간 약한 플라스틱 의자가 비틀려 몸이 균형을 잃고 뒤쪽 연못으로 굴러버렸다. 구르며 체중이 실린 왼손이 연못 바닥에 닿는 순간 '으지직' 소리를 내며 골절되었다. 골절된 팔의 위쪽과 아래쪽이 엇갈려 튀어나온 부분이 부어오르기 시작했다.

통증이 극심했다.

아내가 신속히 승용차를 몰아 분당 서울대 병원 응급실에 도착하여 치료를 기다렸다. 아내는 발을 동동 구르며 빠른 치료를 요구했으나 당직의사와 간호사들은 순서를 기다리라며 급할 것이 없었다. 30분쯤 기다렸나, X레이 촬영을 하고 또 기다렸다. 통증은 점점 심해져 구토증과 더불어 머리까지 지끈지끈 아파왔다. 얼마 뒤에 간호사가

정형외과 의사를 찾는 전화 소리가 들렸다.

다부진 체격의 젊은 남자의사가 나타났다. 이 의사 또한 급할 리 없었다. 차트와 X레이 사진만 번갈아 보더니 골절된 왼팔을 마구 이리저리 젖히며 상태를 파악하고만 있었다. 내가 소리치며 통증을 호소해도 소용이 없었다. 아내만 안타까워 살살 다루라고 크고 작은 소리로 말해도, 못들은 척 막무가내였다. 그러더니 젊은 의사는 "다행히 뼈가 부서지지는 않았으니 잘 맞추어 고정시키면 되겠습니다." 하고 응급실을 나가 버렸다. 또 30여 분을 기다렸나? 이번에는 이 의사가 평복차림의 힘세 보이는 청년을 데리고 나타났다. 그러더니 이 청년에게 골절된 팔의 위쪽을 흔들리지 않도록 꽉 잡으라고 말했다. 그리고 자기는 아래쪽 팔을 비틀고 잡아 당겨 원위치를 찾기 시작했다.

고통의 극치!

고통이 온몸에 전달되어 참기 어려웠다.

통증을 이겨 보려고 어금니를 꽉 으스러지도록 물었다. 허사였다. 나도 모르게 응급실이 떠나가도록 소리친 것 같다. 순간 단말마의 고통이 이런 것이 아닌가 생각되었다. 예수님은 못으로 뼈를 뚫렸는데 나는 뼈를 맞추는 것도 참을 수가 없으니… 그리스도의 오상五傷을 생각했다.

아내가 마취하고 치료하라고 소리쳤다. 그러나 젊은 의사는 아랑곳없이 아래팔을 이리 비틀고 저리 비틀며 잡아 당겨 뼈를 계속 맞춰 나갔다. 아내가 의사의 손을 잡고 항의했다.

"간호사! 이 아줌마 좀 저쪽으로 모셔!"

간호사가 아내를 한편 구석 의자에 앉혔다. 앉아서 보다 못한 아내가 뛰어와 내 허리를 꽉 끌어 앉고 가슴에 얼굴을 묻었다. 아내의 애끊는 마음을 보았다. 아내가 내 고통 안에 들어와 있었다.

고통을 함께한 아내! 의학적 설명은 할 수 없으나 진통제 엔도르핀이 온몸을 자극하는 듯, 몽롱한 기분이 되어 통증이 반감되었다. 이것은 사랑의 엔도르핀으로 물리적 설명이 될 수 없었다.

사랑의 감전! 사랑의 진통!

아내의 지극한 사랑이 몸과 마음을 일체화시켜 고통을 날려 보냈다. 내 아픔에 함께 하겠다는 짙은 정성이 고통을 쫓아버리고 평온과 새로운 희열을 안겨 주었다.

난 여기서 기적이라고 말할 수는 없지만 최면에 걸린 듯, 마취가된 듯, 몽혼曚昏한 상태에서 진정 아픔을 크게 느끼지 못 했다.

"고통은 나누면 반으로 줄고 사랑은 나누면 배로 늘어난다."란 말은 과거 관념 속에 저장된 언어에 불과했으나, 이제 오늘 여기서 체험을 통해 내 삶 속에 살아 움직이는 실체화된 확신으로 자리하는 순간이기도 했다.

진정으로 아내가 아픔을 함께 한 사랑이 고통을 반감시킨 것으로 믿어 의심치 않는다.

'너를 사랑하는 사람은 너를 울릴 것이다.'란 말이 머리에 감돌며 아내에게 감사의 눈길을 보낸다. 사랑의 포옹을 나눈다.

사랑의 진통제! 이 보다 더 귀한 마취제가 있을까?

사랑의 마취제! 이 보다 더 고귀한 진통제가 있을까?

야생화의 속삭임

문형산文衡山 자락에 잔설이 걷히고 저 아랫마을 동막골에 연두색 봄기운이 완연하면 꽃시장을 찾아간다. 벌써 헌인능 꽃시장은 만원이었다.

아내가 선호하는 꽃은 매년 거의 같다. 카멜레온, 포테리카, 임파첸스, 배고니아, 두피아, 만데빌라, 제라늄 등이다. 이 꽃들은 봄부터 가을까지 피고 지고를 계속하여 눈과 마음을 즐겁게 해준다.

매년 이 꽃만을 선호하는 것은 적은 노력으로 오랫동안 꽃을 볼 수 있기 때문이다. 게다가 나이 들어가면서 힘겨움 그리고 게으름의 소치이기도 하다. 봄에 한번 심어 놓으면 가을 찬바람이 날 때까지 즐길 수 있는 꽃들. 여러 번 꽃을 피워 즐겁게 해주어 꽃들에게 감사한다. 이 꽃들은 늦가을이 되면 거의 말라 죽어버린다. 그 이듬해에도 다시 꽃을 피어주었으면 좋으련만 한해살이로 끝내고 만다. 몹시 아쉽다. 봄이 다시 왔을 때 그 꽃들을 또 사다 심지 않아도 그 예뻤던 꽃을 보았으면 하는 욕심. 말 타면 종 부리고 싶다고 염치없는 마음이라 꽃들에게 미안하다.

그래서 생각한 것이 한해살이 꽃보다 여러해살이 꽃을 선호하면 매년 심는 노력 없이 그 아름다움을 즐길 수 있지 않을까하는 것이다. 한번 심어 놓으면 겨울을 나고 이듬해 봄에도 볼 수 있는 다년 생 꽃. 편하게 꽃을 즐기려는 안이한 마음이라 어렵게 피어낸 꽃들에게 는 염치없는 마음으로 받아들여지지 않을까 조금은 부끄러운 생각이 든다.

꽃시장에서 알아보니 우리나라 재래종 꽃들이나 야생화는 한번 심어 놓으면 매년 볼 수 있단다. 야생화는 말 그대로 산과 들에 자생하는 꽃이다. 산과 들의 한 모퉁이에서 쉽게 찾아 볼 수 있지만 슬프도록 아름다운 우리 꽃. 꽃들에게서 어머니의 모습과 향기를 찾아낸다. 야생화를 정성스레 돌보시다 봄꽃 피어나던 어느 날 돌아가신 어머니. 이젠 가물가물 숨어 피는 야생화같이 아련하다.

꽃이 아름답다는 야생화 몇 상자를 차에 실어 달라고 했다. 구절 초, 복주머니란, 광대수염, 파랭이 꽃, 하늘 매발톱, 옥잠화, 초롱꽃 등 의 야생화를 꽃가게 주인이 골라주는 대로 가져왔다.

그리고 동남쪽 문형산을 등산 겸 살펴서 꽃 풀을 몇 뿌리 캐왔다. 원추리, 붓꽃, 제비꽃, 할미꽃, 노랑꽃 창포 등으로 봄, 여름에 주로 피는 꽃이다. 야생화 꽃밭을 정성스레 만들었다. 우리나라 산야에서 피는 꽃들인데도 이름이 아름아름하다. 우리 것에 대한 무관심이 미안한 마음으로 다가온다.

이제까지 서양 꽃 화단만 보아왔기 때문에 우리 야생화 꽃밭에 대한 기대가 컸다. 작지만 소박하고 애잔한 우리 꽃. 꽃밭에 거름을 듬뿍 듬뿍 주어 정성스레 꽃밭을 일구고 야생화를 심었다. 꽃밭의 잡초도 자주 뽑아주고 가물면 물도 줘가며 쓰러진 꽃 풀은 꽃대로 지지해

주어 무럭무럭 자라도록 관심과 사랑을 아끼지 않았다. 야생화 꽃밭의 꽃들은 그런대로 싱싱하게 활력을 유지하며 잘 자랐다.

그런데 이게 웬일인가?

잘 자라던 야생화 꽃 풀들이 여기저기서 시들시들 맥없이 늘어져 죽어가고 있었다. 파랭이꽃, 구절초, 옥잠화, 원추리 등 몇몇 꽃 풀만 생명력이 보이고 다른 꽃 풀은 이미 널브러져 죽었거나 죽어가고 있었다. 심은 지 한 달도 채 안됐는데 실망이 컸다. 우리 꽃에 대한 기대와 애정이 무참히 무너졌다. 몹시 안타까웠다. 우리 산야를 아름답게 장식했던 꽃들이 우리 집 꽃밭을 거부한 불상사가 일어난 것이다. 여기엔 뭔가 야생화 생태를 무시한 원인이 있을 것이라는 생각이 들었다.

그러던 중 우연히 수원 북수동 본당 나 신부님 이야기를 들으면서 그 까닭을 알게 되었다. 나 신부님은 수원성지 전담인데 성지를 야생화로 아름답게 가꾸려했으나 실패한 것이다. 실패한 경험을 바탕으로 글을 쓰셨는데 큰 도움이 되었다.

야생화는 말 그대로 야생하는 꽃이기에 자연 그대로 내버려 두면 스스로 자라게 된다는 말씀이다. 그러므로 야생화는 주변의 잡초를 뽑아주거나 물을 주고 거름을 많이 주면 게을러져서 뿌리를 내리지 못하고 이내 죽어 버린다는 것이다. 척박한 토질과 환경에서 온갖 잡초들과 함께 자라야 뿌리를 더 깊게 내리고 튼튼하게 자라더라는 경험담이다. 그리돼야 생기를 뿜으며 꽃도 아름답게 피운다는 것을 새롭게 알게 됐다. 야생의 생리를 무시하고 서양화초 재배 방법을 적용

시킨 것이 문제였다.

가을을 맞은 야생화 꽃밭은 초라했다. 대여섯 종의 꽃만 띄엄띄엄 피고 지는데 지금은 구절초만이 외로이 꽃밭을 지키고 있었다. 금년 주인이 야생화 사랑의 결과를 혼자서 살려 내려는 듯 제법 노란 꽃술에 흰 꽃잎 삼십여 송이가 향을 뿜어내고 있었다. 이 구절초는 음력 9월 9일이 되면 마디가 아홉 마디가 된다고 해서 구절초九節草라 했다 한다.

여름 내내 무시해 버렸던 야생화 밭이다. 내년에는 울타리 곁에 야생화를 띄엄띄엄 심어 잡풀과 더불어 자라게 할 것이다. 그리하여 야생화가 숨어있는 울타리의 꽃을 찾아내 마음으로 부터 사랑을 주리라.

서양의 꽃을 즐기다 이제야 우리 꽃 야생화의 매력을 조금씩 터득하고 있다. 서양에서 온 꽃들은 화려하고 꽃송이도 커서 사람들의 눈에 잘 띈다. 그런데 비해 야생화는 꽃도 자그맣고 풀 섶에 숨어서 사람들 눈에 잘 띄지 않는다.

통점골에 정착한지 15년! 이제야 보이지 않던 온갖 야생화가 갖가지 모양으로 다가온다. 풀숲에서 나를 찾아보아 달라는 속삭임. 하나하나 앙증맞으면서도 또렷한 모양이 수줍은 영혼을 지닌 꽃으로 나의 무관심을 원망하는 것 같았다.

고향에서도 우리 꽃 야생화에 둘러싸여 유년을 살았었다. 야생화를 보면 볼수록 겸손하고 청초한 모습이 돌아가신 어머니를 생각나게 한다. 언제나 깨끗하고 고운 모습으로 가난을 살면서 집안의 온갖 고통을 짊어지셨던 어머니! 당신의 고된 헌신으로 행복을 키우신 어머니! 야생화가 야생의 고통을 참아내며 꽃을 피웠듯 어머니도 그렇게 사셨다. 어느 풀 섶의 작은 야생화 같이.

야생화의 소박함과 겸손은 우리에게 위안과 기도와 사색의 마음을 준다. 행복을 얻으려고 고통을 멀리하면 내가 얻으려했던 행복도 함께 잃어버린다는 야생화의 속삭임. 야생화를 기르면서 좋은 꽃을 보기 위해 나쁜 것을 없애려 한다면 좋은 것까지 잃게 된다는 것을 말없이 가르쳐 준다.

우리 집의 온갖 고통을 혼자 짊어지고 말없이 사라진 어머니가 피워낸 꽃은 어디서 찾을 수 있을까? 탐스럽고 아름다운 꽃이 되어 드리지 못하여 죄송스럽다.

야생화 꽃밭이 애처롭게 다가온다.

2부

저녁이 있는 삶

내 멍에는 편하고 내 짐은 가볍다

백로白露가 영롱하더니 아침저녁 바람도 서늘해지고 드디어 엊그제 추분을 맞았다. 가을이 본디의 모습을 재촉하려나 보다. 자연도 때가 되면 회피하지 않고 주어진 길을 그의 법칙에 따라 순응하는구나. 자연속의 인간 또한 제게 주어진 길에 순종하는 것이 최선의 삶임을 배워야하지 않을까?

통점골 산야는 아직도 검푸름이 대세다. 하지만 연약한 황색 기운이 스며들며 단풍을 준비하고 있음이 분명하다.

지금쯤 고향은 가을걷이로 한창이리라.

"가을 판에는 대부인 마님이 나막신 짝 들고 나선다."라 했으니 분주한 모습이 눈에 선하다. 그 바쁜 와중에도 여유로운 모습에 충직한 소牛의 움직임이 인상적이었다. 지금은 기계의 힘으로 농촌 인력을 대신하지만 나의 유년시절에는 소가 절대적이었다. 사람들은 바삐 움직이지만 소는 항상 느긋하다. 농부가 모는 대로 거부하지 않고 한결같이 일을 한다.

어린 시절 소는 가까이 있는 큰 볼거리였다.

어린 송아지가 어미젖을 갓 떼고 나면 목에 고삐를 매어 끌고 다닌다. 그러다가 얼마쯤 자라면 코를 뚫어서 코뚜레를 건다. 힘이 세어진 송아지를 다루기 쉽게 하려는 것이다. 이어 1년 반쯤 지나면 멍에를 메는데 익숙하게 연습을 시킨다. 처음에는 가벼운 짐을 나르다가 멍에에 익숙해지면 크고 무거운 짐을 나르게 된다. 이제 일소로서 논밭을 가는 등 크고 작은 농사일을 한다.

이렇게 일소가 되어 죽을 때까지 워낭을 달고 멍에를 메고 일하는 일소. 지금은 거의 사라진 농촌의 풍경이지만 일소의 근면한 모습은 쉽게 지워지지 않을 것 같다. 순하고 충직하게 자신의 멍에를 메고 일생을 하루같이 일하며 살았던 일소. 주인이 시키는 대로 마다않고 뚜벅뚜벅 움직이는 모습에서 신뢰를 본다.

일소는 죽음을 눈앞에 두고서야 코뚜레와 워낭을 떼어 낸다. 이로써 일과 농부와 뗄려야 뗄 수 없었던 삶에서 해방되는 것이다.

우리 인간 사회에도 소처럼 묵묵히 살아가는 사람들이 많이 있다. 그들은 일소가 멍에를 메고 일터로 나가듯 자신의 삶의 멍에를 묵묵히 메고 성실하게 살아가는 사람들이다. 누구나 삶의 등짐이 있고 멍에가 있다. 열심히 살다보면 어느덧 짐은 가벼워지고 멍에는 편해진다. 이들도 죽음을 앞두고서야 삶의 코뚜레와 워낭을 떼어낼 수 있을까? 사는 동안 자신의 십자가를 지고 묵묵히 나아가는 사람은 행복하다.

누군가는 요즈음 눈치 빠르게 남을 속이고 자기 짐을 가볍게 하려는 약삭빠른 사람만이 살아남을 수 있는 세상이라 주장할지 모른다. 그러나 자기 삶의 멍에를 거부하지 않고 소처럼 정직하고 우직하게 살아가는 사람들. 자신에게 인연된 짐과 삶의 정황을 기꺼이 받아들이며 겸손하고 온유하게 살아가는 그들이 우리 공동체에 평화와 사랑을 일구는 사람들이 아닐까?

행복해지기 위해 멍에를 벗고 짐을 회피했으나 불행의 늪으로 빠져버린 삶이 허다하다. 그런가하면 자기에게 주어진 짐을 충실히 지고 꾸준히 헤쳐 나가 짐을 가벼이 하고 행복의 나래를 편 사람도 많다.

고향에 효자를 자처하는 L형이 고교를 졸업하고 농사를 지으며 성실하게 살고 있었다. 그는 아버지를 일찍 여의고 어머니와 조부, 홀로되신 고모할머니 등 13명의 대가족을 이끌고 불평 없이 가장 노릇에 충실했다. 장남으로서 웃어른을 모시고 동생들을 보살피며 최선을 다하는 삶이 믿음직스럽고 아름답게 보였다. 동료들에게 귀감이 되어 동네 어른들의 칭찬도 자자했었다.

그러나 결혼을 하면서 가장의 모습이 흔들리기 시작했다. 밝고 활력 넘치던 얼굴에 따분하고 짜증스러움이 역력하였다. 자기 멍에가 너무나 답답했던 모양이다. 모든 일에 앞장 서 일했으나 가족들에게 떠넘기고 자주 술을 마시며 불평불만으로 자학하는 모습으로 변했다. 자기 짐이 무겁게만 생각되어 이를 극복할 용기를 잃은 것이다. 자연히 가정불화도 깊어만 갔다.

L형은 드디어 가장을 포기하고 독립을 선언하기에 이르렀다. 어른들은 고심 끝에 분가를 허락하고 부동산을 일부 정리하여 분가자금을 장남 내외에게 마련해 주었다. 그 뒤 중소도시 수원에 정착한 L형은 여러 작은 사업에 손을 댔으나 번번이 실패했다는 소문이 들렸다.

L형은 사업자금이 떨어지자 자기 몫의 유산을 어른들께 요구하며

가정 분란을 일으켰다. 유산을 찾아간 지 몇 년이 지난 장남은 계속 어려운 생활을 한다는 소문이 들렸다.

한편 장남이 포기한 대가족의 멍에와 짐은 차남이 물려받았다. 차남은 그 짐이 좋아서가 아니라 자기가 짊어질 수밖에 없는 처지이기에 십자가를 울며 겨자 먹기로 지게 되었다. 그는 형이 포기한 가장의 멍에를 원망으로 받으면서도 열심히 그 짐에 충실했다. 형만 믿고 살았던 철없는 차남 가장은 엄청난 가사를 극복하기 위해 서툴지만 불철주야 최선을 다하였다. 일소와 같이 억척스럽게 젊음을 불살랐다.

어리고 나약한 개구쟁이로만 보아왔던 동네 사람들은 차남의 변신에 놀라움과 박수를 보냈다. 몇 년이 흘러 차남은 농사일도 익숙해지고 등짐도 수월하게 이겨낼 수 있었다. 마을 일에도 마다하지 않고 돕는 모범 농부가 되어, 지역사회에서도 신망이 도타와 즐겁게 생활하는 모습이 행복해 보였다.

차남의 변화!

참으로 놀라왔다. 철부지의 활력 넘치는 변신.

차남에게 대가족 가정의 가장으로서 짐이 지어지지 않았다면 그는 아직도 어리광스럽게 살고 있었을 것이다. 대가족을 이끌어야하는 멍에와 그 무거운 짐이 자신의 삶의 무게가 되어 이를 감당하게 하였다. 빨리 철들게 하였다.

참으로 멋진 젊은이의 모습으로 찬사를 받을 만하다. 이 무거운 짐은 철부지 차남을 성숙시킨 생에 귀한 보물이었음을 깨닫게 해준다.

또한 그 짐의 고통스런 무게를 통해 형님의 고뇌를 이해할 수 있었고 이를 통해 이해와 용서와 사랑도 알았다. 그리고 이 무거운 짐을 기꺼이 지다보니 방황하지 않고 불의와 안일의 물결을 피해 젊음의 불확실한 삶의 단초를 잘 풀어 안정된 생활을 얻었다. 행복한 일상을 꿈 꿀 수 있게 했다.

모든 이웃들에게도 나와 같은 멍에를 메고 무거운 짐을 지고 가고 있음을 알게 되었고 그들과 함께 짐을 나누고 돕는 협동을 배웠다. 가족의 짐을 통하여 나라의 짐, 직장의 짐, 사회의 짐, 생로병사의 짐이 있음을 파악하게 되었고 그 짐을 극복하기 위해 오늘도 최선을 다하는 삶을 살게 했다.

E. 칸트는 "자율은 자유이다." 말했다. 자율이라는 멍에를 즐겨 메지 않고는 모든 사람은 자유를 즐길 수 없다. 그러므로 내 멍에와 짐은 나의 삶이며 기쁨의 원천임을 깨달아야 하지 않을까?

"고생하며 무거운 짐을 진 너희는 모두 나에게 오너라. 내가 너희에게 안식을 주겠다. 나는 마음이 온유하고 겸손하니 내 멍에를 메고 나에게 배워라. 그러면 너희가 안식을 얻을 것이다. 정녕 내 멍에는 편하고 내 짐은 가볍다 (마태 11,28-30)."

살붙이 아가씨, 하나 둘 셋 넷

"이齒 없으면 잇몸으로 산다." "궁하면 통한다."란 말이 있다.

뒤돌아보니 '그렇구나!' 생각된다. 살아 있는 한, 없으면 없는 대로 있으면 있는 대로 살게 마련인가 보다. 그래서 "살붙이 없으면 정붙이로 산다."는 말을 하게 된다.

애지중지 키우던 피붙이 4형제가 없으면 무슨 낙으로 살아갈까. 여식 네 자매를 키우며 동고동락하던 맛이 어지간했는데…

"산새들이 노래한다. 수풀 속에서 아가씨들아 숲으로 가자 우리들은 아름다운 나무를 심고 아가씨들아 풀을 베어라 트랄 랄랄라, 트랄 랄랄라 트랄 랄 라라…."

나의 살붙이 네 자매 아가씨들이 어디를 가나 함께 부르던 신나는 노래이다. 모두 제 어미를 닮아서 노래를 맛깔스럽게 잘도 부른다. 넷이 부르지만 음색이 같아서 한 사람이 부르는 것 같이 산뜻하고 해맑게 들린다.

집안에 대소사가 생기면 기도와 축하의 자리를 마련하고 평소 생각을 편지로 써서 낭송하며 기쁨과 감사와 위로를 주던 네 아가씨들!

이 아이들이 출가하면 동그마니 남은 부부가 무슨 맛으로 그 많은 날들을 지낼 수 있을까? 딸들이 예쁘게 커갈수록 대견하면서도 수심도 그만큼 깊어만 갔었다.

피붙이 네 자매를 키우면서 믿음, 책임, 절약, 당당을 가르쳤다. 가르쳤다기보다는 수범垂範을 보였다. 특히 아내는 손수 절약을 실천하여 아이들에게 모범을 보였고 생활 속에 가톨릭 신앙을 깊이 심어 주었다. 서로 칭찬과 격려와 축하가 오갔고 경우에 따라서는 종아리를 치기도 했다. 애들은 시름과 실망을 주기도 하고 기쁨과 선망을 안기기도 했다. 그러면서 저희들끼리 희희낙락하고 싸우기도 하며 건강하게 잘 자라주었다.

지나간 세월이 주마등같이 눈가를 스친다.

이젠 류문희, 남희, 근희, 지희가 제 짝을 찾아 홀홀 날아가 버렸으니 이 없이 잇몸으로 사는 신세를 면치 못하게 되었다. 세월은 사람을 기다리지 않는다지만…

첫 번째 큰 아이가 일곱 가족이 함께 살던 둥지를 떠나 짝을 찾아 새 둥지로 날아가 버렸을 때는 당혹스럽기 이를 데 없었다. 언제나 함께 살리라 생각했었는데… 사위될 사람이 첫째 여고시절부터 줄곧 대학 졸업 후까지 끈을 놓지 않아 성당에서 세례를 받고 청혼하여 결혼에 이르게 됐다.

혼인미사 봉헌은 방배동 성당에서 최성균 신부가 집전했다. 얼떨결에 개혼을 맞아 혼사만 추슬렀지 큰애를 여읜다는 생각은 황망 중에 묻혀버리고 있었다. 집에 돌아와 보니 빈 공간 하나가 이리도 큰 자리였었나! 빈자리 하나가 허상으로 채워져 목을 메이게 한 그때가 아련하다. 제 형제들끼리 법석을 떨며 밥 먹던 자리마저도 활기를 잃고 수저소리로 크게 채워졌던 때가 엊그제 같은 데 벌써 십 수 년이 흘러갔다.

첫 번째 피붙이를 여읜 가슴앓이가 쉽게 사라질 것 같지 않았었다. 그러나 이 하나 빠졌다고 죽을 수야 없지 않은가. 남은 피붙이와 주변 잇몸으로 잘 견뎌야만 했다.

"결혼은 쉽고, 가정은 어렵다."했거늘 불같은 성격에 대쪽같이 곧은 큰애가 신랑과 시댁과의 푸근한 조화를 이뤄낼지 크게 걱정이 앞섰다. 살붙이를 떠나보내는 신부 측은 이별의 아픔과 잘 살아낼까 하는 걱정을 함께 안아야 했다. 새로운 울타리 안에서 둥지를 틀어 한 가족이라는 정서와 사랑을 일구기 위해선 얼마나 많은 인고가 있어야 할는지? 특히 불의를 참지 못하고 활활 타 오르다가도 이해만 되면 뒤끝 없이 상쾌한 큰애는 인간관계에 장점이자 단점을 함께 지녀 늘 걱정이었다.

"비싼 밥 먹고 헐한 걱정 한다."란 말이 있지만 어린 새끼를 여읜 부모 맘이란 다 그런 게 아닐까? 잘 해낼 것이란 생각을 하다가도 근원 벨 칼이 없고 근심 없앨 약이 없는 마음으로 이어지기 일쑤이다.

이어 둘째가 대학을 졸업하면서 짝을 찾아 설왕설래하더니 마음을 굳히고 결혼을 하겠단다. 매사 까다롭기 짝이 없던 피곤한 둘째가 어떻게 빨리 결심을 하게 됐는지, 남녀 간의 인력권은 불가사의한 마력으로 엉켜지게 마련인가 보다.

결혼 승낙을 하고 보니 걱정거리가 한두 가지가 아니었다. 한곳에 집중하면 주변을 두루두루 살필 줄 모르는 둘째가 시댁에서 잘 생활할 수 있을지, 걱정이 되어 혼사를 거두어들일까 고민하기도 했었다.

"가정을 다스리는 것보다 왕국을 통치하는 쪽이 쉽다."란 말이 떠올라 혼란스럽게 했다. 자기표현도 미숙한 둘째가 낯 설은 시댁 가족과 잘 조화를 이뤄낼지 잡다한 걱정이 산더미 같이 쌓여만 갔다. 이래저래 혼사절차는 빨리도 진행되었다.

혼례미사가 명동성당에서 박건순 신부 주례로 봉헌되었다. 미사 중 딸아이의 행복한 결혼생활을 차분히 기원했는데 기념촬영 후 둘째 아이를 시댁에 넘겨주면서 감정을 추스를 수가 없었다. 무겁고 두꺼운 문이 다쳐져 열리지 않을 것 같은 느낌이었다. 왜 그리 쉴 새 없이 눈물이 솟아났는지?

셋째는 유독 혼인엔 무관심하고 친구들만 들끓었다. 인정이 많고 퍼주기를 잘하며 놀기를 좋아해서 걱정이었다. 성격은 느긋하고 낙천적이기는 하나 매사 합리적이고 확실하게 처신하기에 그다지 걱정은 하지 않았다.

일반 교과공부에는 게을렀으나 미술공부를 할 때는 밤새워 집중하는 것을 보고 적성의 중요성을 실감할 수 있었다. 동양화 공부를 끈질기게 하여 제법 대학, 대학원 교수들에게 인정도 받고 수상 경력도 꽤 쌓았으나 혼기를 놓칠까봐 걱정이었다.

그러기를 몇 년, 오래전에 알게 되어 군대를 마치고 IT 회사에 근무한다는 남자 친구를 데리고 왔다. 키도 훤칠하고 순박해 보이는 청년이었다. 첫 방문에는 별 의미를 두는 것 같지 않았는데 얼마 후 그 청년과 결혼을 하겠단다. 좀 더 숙고하고 6개월 후에 보자고 했다. 서로 혼기가 꽉 찬 터라 두 사람의 판단을 믿고 그때까지도 변함없으면 결혼을 허락할 생각이었다.

그 후 셋째는 기독교(신교) 신자인 이 청년을 가톨릭으로 개종시켜 결혼 승낙을 받으러 왔다. 사위될 청년이 딸에게 마음을 두고 몇 년을 기다리다 가톨릭으로 개종까지 한 터라 결혼을 쉽게 승낙했다. 한편 개종은 했으나 신앙생활에 충실할지 걱정을 많이 했다. 그러나 지금까지 사돈댁과 사위도 약속을 잘 지켜 가톨릭 신앙생활에 열심이라 고맙게 생각한다.

셋째는 혼배성사를 능평 성당 황창연 신부에게 따로 받고 성당에서 혼인식을 올리지 못했다. 하느님 앞에서 많은 하객들의 축하를 받지 못한 셋째가 애처롭게 생각되기도 했으나 뭐라 말할 수 없었다. 몹시 서운하면서도 하느님과 조상들께 죄스러움으로 마음이 불편했고 얼마동안 씁쓸한 생각이 가시질 않았다.

결혼식은 사돈댁과 의견을 조율하여 성당도 예배당도 아닌 사회 예식장에서 결혼식을 올렸다. 성당에서 총회장을 맡고 있었던 터라 교우 하객들에게 면목이 없게 됐다. 불편한 속내를 감추려니 안절부절 시간이 흘렀다. 그나마 능평 성당 합창단이 축가를 불러주어 훈훈한 분위기에 한결 마음이 가벼워졌다. 애비로서 기쁨과 석별의 정이 교차되는 혼란스러움으로 예식을 마쳤다. 어떻든 신랑 신부가 건강하고 행복한 가정을 일궈주길 기원하는 마음뿐이었다. 모든 겉치레는 흘려버리기로 마음을 비웠다.

일곱 식구에서 피붙이 세 식구가 제짝 찾아 날아가 버리니, 까마귀 절간을 배회하듯 집안이 허허롭고 썰렁하기만 했다.

셋째가 결혼하자마자 막내 넷째가 결혼하겠다고 서둘렀다. 대학생활에서 짝될 사람을 사귄 지 몇 년이 되었고 그 생각에는 일편단심 요지부동이었다. 가족 모두가 뭐가 부족하여 먼 원주로 시집가느냐고 반대를 했으나 신랑 될 사람에 대한 확신에는 변함이 없었다.

가족 모두가 고민에 빠졌다. 그런 와중에 넷째는 신랑 될 사람을 성당에서 세례를 받도록 준비시켜 가톨릭 신자로 만들고 둘이서 결혼 허락을 받으러 왔다. 자식 이기는 부모 없다고 저희들의 지극한 사랑을 외면할 수가 없었다.

결혼 허락을 했다.

넷째가 감격의 눈물을 보이는 것을 보고 두 사람 사랑의 깊이를 실감할 수 있었다.

결혼 허락은 어렵게 했으나 결혼식은 빠르게 진행했다. 결혼식은 셋째 결혼 후 3개월 째 되는 추운 2월 말에 날을 잡고 서둘렀다. 시댁될 집안에서 '아홉 수'하면서 사위될 사람의 나이와 운수를 거론하며 날짜를 받아와서 내친김에 모두 받아드렸다.

셋째, 넷째 결혼식을 연달아 올리는 결과가 되어 하객들에게 번거로움을 또 드릴 수가 없었다. 일반 하객은 초청 없이, 가까운 친척 몇 분과 성당 교우 몇 분만 초대하여 버스 한 대로 강원도 횡성 결혼식 장소를 찾아갔다. 웰리힐리 리조트 내의 결혼식 장은 스키어들과 하객들로 초만원이었다.

막내를 여읜다는 서운함도 있겠으나 전혀 다른 환경에서 잘 적응

할 수 있을는지? 다른 아이들보다도 더욱 더 크고 작은 일에서부터 먼 훗날까지도 생각하게 했다. 막내는 언니들 밑에서 철없이 자라서 무엇 하나 제대로 배운 것이 없는데 가정을 꾸린다니 참으로 기가 막히도록 걱정이 앞을 가렸다. 구더기 무서워 장 담그길 포기할 수도 없고 사위될 사람에게 잘 알아서 감싸 주도록 부탁하는 수밖에 없었다. 한편, 막내로 자라기는 했어도 서글서글한 성격에 명랑 쾌활하여 누구에게나 붙임성이 있으니 잘 배워 훌륭한 주부가 될 수도 있을 것 같기도 했다.

드디어 둔내 성당 주임 신부님 주례로 결혼 미사가 봉헌되었다. 마음을 굳건히 하고 미사 봉헌에만 열중하려 했으나 역시 나약한 한 아버지로 버텨야만 했다.

혼인 축하미사 봉헌인데 장례미사를 봉헌하는 것 같은 측은함과 막막함으로 시야를 분간할 수가 없었다. 미사성제에 집중해야 한다고 다짐하다가도 마음이 얇아져 새하얀 아픔이 듬성듬성 번져 오곤 했다.

미사를 끝내고 주례신부의 축복과 말씀이 있었다.

"임금이든 백성이든 자기 가정에서 주님의 평화를 찾은 자가 가장 행복한 사람이다."란 말씀이 마음에 와 닿았다.

이어서 축가를 불렀다. 신부 친구가 노래 한곡을 선사했고 신부 측 우리 가족들이 합창곡을 준비하여 불렀다.

"주께 두 손 모아 비나니 크신 은총 베푸사 하느님 사랑 안에서 행복을 갖게 하소서. 서로 사랑 안에서 손잡고 가는 길, 사랑의 종소리가 이 시간 우리 모두를 감싸게 하여 주소서."

'사랑의 종소리'란 3부 합창곡을 가족이 함께 연습하고 불렀는데 축가가 되었는지 이별가가 되었는지 목이 메어 정신을 차릴 수가 없었다. 함께 온 테레사 자매와 교우들이 함께 불러 겨우 축가를 끝낸 것으로 기억된다.

이렇게 피붙이 넷을 모두 날려 보내 이가 모두 빠져버렸으니 잇몸으로 살아야 하는 허허로움을 안게 되었다.

이젠 멀리 날아가 아낙이 되었으나 내겐 영원한 살붙이 하나, 둘 셋, 넷!

앞 뒤 정원의 나무와 꽃들은 아름답게 봄을 알리는데 깔깔대며 보아줄 아가씨들 다 어디 갔나? 꽃들도 서러울까, 봄은 분명 봄인데 공허한 가을 하늘이 흐른다. 문형산도 오도카니 살붙이 찾아 두리번두리번. 뒷산 골짜기에서 까투리 소리만이 '꿔겅 꿩' 정적을 깰 뿐이다.

"가지 많은 나무 바람 잘 날이 없다."했으나 바람 자고 고요만 흐르니 무겁고 무료하여 무슨 재미로 어찌 산단 말인가…

살붙이가 주던 평화와 행복! 아름다운 추억으로만 살 수 있을까? 이 없이 잇몸만으로 밥을 잘 먹고 잘 살 수 있을까?

성물聖物을 함부로 만집니까?

L선생의 유별난 행동을 알게 된 것은 그와 같이 근무한 지 10개월이 훨씬 지나서였다. 그의 특이한 행위는 쉽게 감지되지 않았다. 그것은 나의 일상적 무관심과 평소 주변 상황에 민감하지 못했기 때문이다. L선생과는 구면인 양 쉽게 친할 수 있었다. 동년배에다 같은 직종에서 오는 동류의식이 작용했기 때문일 것이다. 초면에 만나자마자 카페로 맥주 집으로 등산도 자주하며 잘도 다녔다. 그래도 L선생의 유별난 행동은 좀처럼 발견할 수 없었다.

어느 날, L선생과 화장실을 함께 가게 되었다. 나는 소변기 있는 곳으로 갔으나 그는 화장실 입구에 있는 세면기의 수도꼭지를 틀고 있었다. 그러나 그는 물이 나오지 않는다고 언짢게 말하며 그냥 나가버렸다. 내가 용변 후 막 나가려는데 그는 손수건으로 젖은 손을 닦으며 화장실로 다시 들어오고 있었다. 순간 나는 범상치 않은 생각이 머리를 스쳤다. 평소 무심하게 보아왔던 L선생의 용변 전후 행동에 대해 생각하게 된 것이다.

아! 용변 전 항상 손을 씻고 화장실에 들어오던 그의 특이한 행동이 떠올랐다. 용변 후 손을 씻는 보통 사람들의 상식만 생각했기 때문에 L선생의 특이한 습관이 쉽게 눈에 띄지 않았던 것이다.

까닭을 알고 싶었다.

L선생이 언제나 한결같이 용변 전 깨끗이 손을 씻는 데는 남다른 이유가 있을 것으로 생각되었다. 다소 겸연쩍기는 하였으나 이유를 듣고 싶었다. 격의 없이 지내는 K선생에게 L선생의 용변 습관을 눈여겨보고 소상히 말해 줄 것을 장난스럽게 부탁했다. 역시 K선생도 나와 마찬가지로 의문을 갖고 있었다. 마침 멀리 L선생이 지나가고 있었다. 소리쳐 그를 불러 세웠다.

"당신 좀 괴상해…."

"뭐가 괴상합니까?"

"당신 화장실에서 나올 때 손을 씻지 않고, 들어갈 때 손을 씻던데? 특별한 이유가 있는 건가?"

그는 대뜸 "성물을 함부로 만져도 됩니까!"

"뭐, 성물! 성물이라…."

성물이란 말에 나는 언뜻, 성물性物을 연상하였으나 그는 성물聖物이란 뜻으로, 당연지사인 듯 확고부동하게 말하는 태도였다.

빙글 빙글 웃으며 말을 건넸으나 L선생의 정색에 나도 표정이 굳어지며 어리벙벙하고 있는데… 그의 말이 이어졌다.

"인류 종족의 번성과 인류 역사의 존립을 가능하게 하는 근본이 어디에 있습니까?"

나는 L선생의 특이한 용변 습관을 가벼운 농弄조로 알아보려 했다. 그러나 그의 엄숙한 항변조의 대답에 잠시 할 말을 찾지 못했다. 그는 이어서, 선조 대대로 이어와 후손 만대 가계를 세우고, 부부화합을 유도하는 그 부분이야 말로 성물聖物이 아니고 무엇이겠느냐며 힘주어 거듭 말했다. 너무도 진지한 L선생의 말과 태도에서는 부동의 신념이 넘쳐 엄숙함마저 감돌았다.

"나는 단순히 당신의 남다른 생활 습관을 묻고 있는 거요?"

"너무 골치 아픈 이야기는 다음에 합시다."라고 하며 웃음으로 넘겨 버리고 업무를 계속 보았다. 그 뒤 L선생이 어떤 연유에서 농담조의 질문에 크게 반응했는지 알아보고 싶었으나 그렇지 못했다. 다만, 그의 남다른 용변습관은 한번쯤 생각해 볼 가치가 충분히 있는 것으로 생각되었다.

유교적 생리에 젖어온 우리 한국인들은 성기性器에 대한 화제 자체를 외설스럽게 받아들이는 경향이 있다. 그러므로 자연스럽고 진지하게 성에 대한 대화가 되지 못하고 대개는 농담으로 흘려버리기 일쑤이다. 이렇게 경직된 사고를 풀어 주는 데는 성물性物을 L선생이 강조한 대로 성물聖物로 생각하면 이야기도 진지해지고 다소 쑥스러움이 덜어질 것으로 생각되었다. 분명, 그 부분의 기능, 상징성, 원시적 민간신앙에서 오는 정서적 개연성 등을 살펴보면 성물聖物)이란 말에 쉽게 동의할 수 있을 것으로 생각되어 세계 여러 나라들의 성性 습속習俗에 대해 살펴보았다.

나라마다 조금씩 다르기는 하지만 성기 숭배사상이 있어서 성기의 존귀성과 성행위의 신성함이 강조되기도 한다.

폴로네시아, 뉴기니아, 아프리카, 그리고 인도네시아 등의 전통 습속 기록에 의하면, 그들 나라에서 행해졌던 원시적 종교 제전은 성性

제전 성격이 강하게 나타나고 있다. 이 제전 속의 성은 종교의식으로 엄숙, 경건, 성스러움이지 거기엔 환락, 쾌락, 그리고 퇴폐 등의 그림자는 찾을 수 없다.

그리고 우리나라의 유교적 바탕에 근거한 '남편은 하늘'이라는 말도 남근에 바탕을 둔 말로서 유교 발생 이전부터 원시인들에게서 찾아볼 수 있는 태양숭배 행위로 남근 숭배와 밀접한 관계가 있다고 하겠다. 따라서 태양과 산을 남성이라 하고 여성을 달과 강에 비견한 것도 매우 자연스런 생각으로 보여 진다.

강원도 삼척시 신남마을의 음력 정월.

백두대간을 옆에 끼고 동해를 바라보는 이곳에 가면 여자와 바다를 달래는 당제 이야기를 들을 수 있다.

동해를 향해 불쑥 튀어나온 언덕에는 수백 년 동안 갯마을 어민들의 애환을 지켜봤던 향나무가 한 그루 서 있다. 이 나무에는 굴비 꿰듯 새끼줄에 엮인 남근목男根木이 바람에 산들산들 까딱이는 것을 볼 수 있다.

4백여 년 전 이른 봄, 신남마을에 시집갈 꿈을 꾸며 희망에 부푼 처녀가 있었다. 하루는 그 처녀가 갯바위에서 미역을 따다가 산더미 같은 성난 파도에 휩쓸려 짧은 생애를 마쳤다. 그때 갯바위는 처녀의 애를 태웠다고 해서 '애바위'라 불렀고 그녀가 죽은 이후 고기가 잡히지 않아 민심이 흉흉해졌다. 화가 난 한 어부는 언덕에 올라 향나무를 보고 오줌을 갈기며 분풀이를 했는데, 그 뒤 어부는 고기를 무진장 잡았다고 한다. 이 소식을 들은 마을 사람들은 남근 목을 깎아 시집 못가고 죽은 처녀의 혼을 위로해 주었다. 그리고 오줌 갈긴 향나무에 남근목을 주렁주렁 매단 후 신기하게도 고기가 많이 잡혔단다. 이것 또한 풍어를 바라는 어민들의 정서가 남근 숭배로 이어짐을 말하고 있는 전설이라 보겠다.

고대인들의 농경생활에 있어서 파종시기에 마을 사람들이 모두 모여서 집단적으로 성행위를 하여 작물의 번식과 결실을 기원했다는 고사가 있다. 여성들이 일제히 수정하여 대지의 결실을 한층 풍부하게 해준다는 믿음에서 나온 성스런 행위로 본 것이다. 또한 아라비아 속담에 '무화과는 다른 무화과를 보면서 열매를 맺는다.'란 말이 있다. 이것은 인간의 성교에 자극되어 농작물도 더욱 견실한 열매를 맺는다는 뜻으로 해석 된다. 또한 타인이 결혼식 하는 날에 성교를 가지면 좋은 아이가 태어난다는 신앙도 같은 맥락에서 생각해 볼 수 있다.

그리스에는 아직도 남근을 모방한 마스콧이나 메달을 몸에 지니는 풍습이 남아 있다고 한다. 그리고 이집트 여인들은 남근에 경의를 표하는 뜻으로 공손하게 키스를 했는데, 이것은 성스러운 습속이기 때문에 누구의 눈치도 볼 일 없이 백일하에 실현되었다는 기록이 현재도 남아 있다고 한다.

이와 같이 성기와 성교, 그것은 만물의 자연스런 섭리이며 신의 법도에 속해있는 일이었지 단순한 향락의 도구나 행위가 아니었던 것이다. 그리고 지고한 종교의 세계와 결합하여 신성한 성생활聖生活로 전통 민간생활 속에 자리 잡아왔다.

이 지상의 모든 생물은 방법의 차이가 있을지언정, 성교의 신성한 행위에 의해 후손이 계승되어 종족을 번성시켰다고 할 때, 성기와 성교에 대한 숭배는 당연한 것이었다고 생각 된다.

본능을 쫓는 동물과 같은 성행위나, 사랑 없는 성의 교환은 존귀한 성을 추락시키고 인격을 훼손하는 자해행위이다.

현대의 물질 문명사회를 맞으면서 여가를 즐기는 문화가 신성한 성을 희롱하고, 성을 상품화하여 성상납, 성매매에 이르게 했다. 우리 사회 한 부분이기는 하나, 고귀한 성은 이제 쾌락을 위한 애욕의 세계로 다가와 많은 사회문제와 범죄를 일으키고 저속한 퇴폐문화를 조장하여 추악한 모습을 드러내고 있다.

추락하는 성문화를 접할 때마다 L선생의 성의식이 구태의연하기는 하나, 절실한 아쉬움으로 나의 의식세계를 일깨운다.

아름답고 고귀한 성문화! 품격 있게 살려낼 수 있는 방법은 없을까?

세족벌洗足罰

　　L선생이 담임인 1학년 1반은 모범 학급이다. 언제 보아도 정숙하고 깨끗하며 정돈되어 있다. 학교장이 우수 학급에 주는 상은 모두 독차지 하곤 했다. 학업우수, 환경미화, 합창대회, 매스게임 우승 등… 타 학급이 어느 분야도 흉내 내지 못한다. 그러자 L선생에 대한 동료 교사들의 시기심도 점점 더해 가고 있었다. 선생은 본교로 전근 온 지 한 학기를 겨우 넘겼다. 그래선지 기존 교사들의 텃세 심리가 L선생을 더욱 거친 구설수로 몰아넣곤 했다.

　　월요 애국조회 시간이었다. 학교장 훈화가 한참 진행되고 있었다. 갑자기 젊은 여선생들의 박장대소하는 소리가 교정의 엄숙한 공기를 산산 조각내고 말았다. 교사, 학생 모두 의아한 표정으로 웃음소리 나는 1학년 대열 뒤쪽을 주목하게 되었다. 교장 훈화도 일시 중단되고 어수선한 분위기로 급변하고 말았다. 교장이 몹시 화가 났을 것으로 생각되었는데 의외로 하는 말씀이 "어제 일요일, 여선생님들께서 매우 재미있는 일이 있었던 것 같습니다. 다음 주 조회 때 들어 보기로 합시다."라며 임기응변으로 대처하고 남은 이야기를 서둘러 끝냈다.

　　애국조회를 마치고 입실이 끝났다. 예상했던 대로 교장실에서 내게 인터폰이 왔다. 아침 조회 때 웃고 떠든 선생님들을 파악해서 함께 교장실로 들어오라는 몹시 흥분된 음성의 호출이었다. 여섯 분의 젊은 여선생님들은 초긴장 상태에서 교장실 문을 밀고 들어갔다. 선생들이 엉거주춤 서 있는데 갑자기 "선생들은 학생 교육을 하자는 거요, 망치자는 거요!" 교장이 큰소리로 역정을 냈다.

"교장선생님 죄송합니다. 너무 웃음이 나서…그만." 앞에 섰던 P선생이 말하자

"뭐가 그리 우스워요, 체통 없이." 교장은 더욱 화를 버럭 냈다.

"K선생, 말해 보세요, 뭣 때문에 학생들 앞에서 품위 없이 웃고 떠들어 교장 훈화를 중단시킨 건지."라고 나이 제일 많은 교사에게 물었다.

"죄송합니다. 교장선생님, … L선생님의 취미 이야기를 했습니다."

"L선생 취미가 뭐길래요?"

"…저, 저 학생들 발 씻어 주는 일이 취미라던데요." 비꼬는 듯 말하니 젊은 여선생들은 "키득 키득." 또 웃어대기 시작했다.

"발 씻어 주는 취미?" 교장도 놀라는 표정이었다. 그러나 나는 이미 L선생으로 부터 세족벌洗足罰에 대한 이야기를 들었기 때문에 놀랄 것이 없었다.

크리스천인 L선생은 언제나 학생들을 자기 자식 대하듯 사랑으로 지도하였다. 또한 교육활동 모든 분야에 조금도 소홀함이 없이 교사로서의 책무를 빈틈없이 해 나갔다. 특히 이 분은 학생 생활지도가 잘되면 학습지도는 저절로 잘된다는 교육신념을 갖고 있었으므로 꾸준히 성실하게 학생 생활지도에 온 힘을 기울였다. 그러나 시기심이

많은 교사들에겐 시기猜忌와 비웃음의 대상이 되기도 하였다.

그는 음악 교과를 가르쳤다. 한번은 3학년 남자 반 성악 실기 시험을 보는 시간에 있었던 학생지도 사례를 나에게 들려주었다.

이미 학습한 지정곡을 번호순대로 학생이 교단에 나와 부르면 교사는 채점을 한다.

"다음은 37번, 37번! 김홍식 나와 불러."

"김홍식~."

"자요."

홍식이는 책상 위에 엎드려 있었다.

"깨워라, 빨리 깨워."

주변 학생들이 깨웠으나, 홍식이는 상관 말라며 계속 잠을 잤다. 보다 못한 L선생이 홍식이 자리로 가서 어깨를 두드리며

"어서 일어나 노래 불러라. 실기 시험 보지 않으면 네게 불리하다. 너 대학 안 갈래!"

또 다시 어깨를 선생이 두드리는데 갑자기 "왜 자꾸 귀찮게…!" 하며 벌떡 일어서서 선생을 노려보더니 홍식이는 교실 밖으로 뛰쳐나갔다. 선생은 무언가 가슴에 솟구치는 느낌을 받으며 숨소리가 거칠어지기 시작했으나, 이내 마음을 진정시키고 실기 시험을 진행시켰다. 시간을 끝내고 L선생은 반장에게 홍식이를 불러 오게 했다. 특별 지도를 하려는 것이다. 그러나 홍식이는 반장에게 거친 욕설만 하고 오려 하지 않는다고 했다. L선생은 하루가 지나면 다소 달라지겠지 하고 내일 다시 불러 지도하기로 했다.

다음날 선생은 직접 홍식이 학급으로 가서 부드러운 말로 홍식이를 불렀다.

"홍식아, 나하고 조용히 이야기 좀 하자. 김홍식! 상담실로 가자."

"아이 ××, 왜 자꾸 지랄이지! 나 퇴학시키면 될 거 아냐?" 하고 눈을 부라리며 홍식이는 움직일 생각을 하지 않고 이젠 반말까지 해댔다. 이 학생에게 봉변을 당할 수도 있겠구나 생각한 L선생은 흥분된 마음을 가라앉히고 홍식이 담임선생을 찾았다. 담임선생도 홍식이는 열외시하는 문제 학생이라고 신경 끄라는 식의 답변을 들었다. 그래도 포기가 안 되는 L선생은 내일 점심시간에 타이르겠으니 상담실로 보내 줄 것을 부탁했다.

그 다음날 홍식이는 담임선생의 설득으로 상담실로 L선생을 찾아갔다. 일그러질 대로 일그러진 모습의 홍식을 본 선생은 분노의 격한 감정이 앞섰다. 그는 교사로서의 위엄을 잃지 않으려고 잠시 눈을 감았다. 한동안 진정을 하고서야 친절하게 홍식을 맞으며 가장 낮은 자세로 그를 지도하기 시작했다.

"이 의자에 앉아라, 점심은 먹었니?"

"예." 매우 떫은 표정이다.

"차 한 잔 하자, 커피 어떠냐?" "싫어요." 그래도 커피를 한잔 타서 내미니 겸연쩍어하며 마신다.

"나도 너 같은 아들이 있다. 그런데 그 녀석도 너같이 말썽쟁이다. 부모 마음을 그렇게 몰라주니…."라며 아버지가 자식 대하듯 푸근하게 대화를 나누어갔다.

"너 발에서 냄새 나는 것 같다 양말 좀 벗어 봐라." L선생은 홍식이의 양말을 엎드려서 벗기기 시작했다.

"왜 이러세요, 놓으세요! 그만 놓아요." 홍식이는 양말을 벗지 않으려고 몸부림치며 몹시 저항했다. 선생은 힘으로 양말을 벗기고 미리 준비한 물 대야에 학생의 발을 넣었다.

"내가 너의 부모라고 생각해라. 부모가 자식 더러운 발 못 씻어 주겠니." 홍식이는 얼굴이 붉으락푸르락 어쩔 줄 몰라 하며 발을 비비꼰다.

"그만 하세요!"

"이 더러워진 물 봐라, 가만있어라." 선생이 의자 밑에서 발을 골고루 씻기자, 강심장의 홍식이도 어쩔 줄을 몰라 하며 몸을 뒤틀었다.

L선생이 담임하는 학급 학생들이 제일 무서워하는 벌이 이 '세족벌'이다. 학생들은 선생님께 모질게 맞을지언정, 세족벌은 결단코 싫다는 것이다. 몹시 두렵게 생각하며 조심한다고 했다. 선생님께 지적당했을 때 대야에 물 떠오라는 말씀만 없으면 한숨 돌리며 고맙게 생각한다는 것이다.

담임선생님의 인자한 발 씻김의 손길은 온몸을 전율戰慄케 하는 힘이 있었던 것이다. 발 씻김은 학생들의 마음을 압도壓倒하는 '정신의 벌'이 된 것이다. 어느 학생은 "너 대야에 물 떠오너라." 선생님이 말씀하시면 마음이 오그라들 듯 정신이 없고 선생님이 발을 어루만져 씻을 때는 숨이 차고 이마에 땀이 나서 견딜 수가 없었다고 말했다. 그리고 말씀이 길었는데 무슨 말씀이었는지 기억되는 게 별로 없었다고 말 했다. 특히 여학생들은 잘못해서 대야에 물 떠오라고 선생이 말하면 무조건 앉아서 울기부터 하며 용서를 청한다고 한다.

발을 닦이면서 선생님께 죄송스럽기도 하고 면구스럽기도 한 학생들의 마음을 알 것 같았다. 50대의 머리가 희끗희끗한 선생님의 손길이 마음을 조이게 한 것이다. 온몸을 움츠리게 하였다.

L선생은 홍식이의 더러운 발을 정성껏 씻으며 여러 이야기를 해 나갔다. 목적 있는 삶을 살자. 너에게도 말 못 할 어려움이 있겠지! 너 자신을 이길 의지를 길러라. 절도 있는 생활이 필요하다. 네가 앞으로 하고 싶은 즐거운 일을 상상하며 미래를 바라봐라. 한번 밖에 주어지지 않는 너의 소중한 인생을 아름답게 가꾸어 꽃 피워라…등, 홍식이에게 바른 인생길을 열기 위해, 작고 친근한 말씨로 그의 가슴을 파고들었다.

마침내 홍식이는 L선생의 진실 앞에 유순한 표정으로 변해 가고 있었다.

"너는 머리도 좋고 건강하니 못할 것이 뭐 있니! 그리고 네 주변에는 너를 사랑하고 아끼는 분들이 너를 돕고 있지 않니!"

그에게 용기와 희망과 믿음을 심기 위해 선생은 느긋하게 발을 씻기며 이야기를 계속 해 나갔다.

이윽고 홍식이는 "선생님 제가 잘못 했어요. 다시는 제멋대로 하지 않을 게요." 홍식이의 어깨가 흔들리기 시작했다.

"뭐 사내대장부가 이렇게 눈물이 흔하냐! 알았으면 굳게 결심하고 실천하면 되는 거지."

선생은 암흑 속을 헤매다가 밝은 빛을 본 듯 흥분하기 시작했다.

"너의 집에는 발톱 깎기도 없냐."

L선생은 홍식이의 발톱을 깎기 시작했다. 그리고 새 양말을 책상 서랍에서 꺼내 신겼다.

"야 홍식아, 이 헌 양말은 네 손으로 빨아 신어 봐라, 어머니께서 홍식이를 어떻게 생각하시겠니?" 하고 말하며 종이에 싸서 주머니에 넣어 주었다. 홍식이의 변화에 힘을 얻은 L선생은 마지막 정리의 말을 차분히 끝내고 교실에 돌아가도록 했다.

"사람은 일생을 살면서 수십 번 변해 가며 살게 된다. 집에 가서 창창한 네 앞날을 잘 생각해 보거라, 네가 몇 년 살고 인생을 끝낼 게 아니지 않니?" 홍식이는 얼굴을 제대로 들지 못하고

"선생님, 잘 하겠습니다. 이제부터 정말 잘 할게요." 작지만 힘 있는 소리로 말하고

"감사합니다. 선생님!" 깊은 인사를 하며 상담실을 나갔다.

L선생은 뭔가 큰일을 해낸 듯 흐뭇하면서도 묘한 승리감을 맛볼 수 있었다. 이 후 홍식이의 언행이 돌변한 것을 보고 모든 선생들이 놀라워하며 그를 지나칠 적마다 한마디씩 칭찬을 아끼지 않았다.

여러 선생님들의 진심어린 칭찬을 들을 적마다 홍식이는 은근히 기분이 좋았다. L선생도 이때부터 다른 교사들의 따가운 시선을 서서히 면할 수 있게 되었다.

내가 나가고 있는 가톨릭(천주교) 교회에서는 부활 주일 전, 3일간

전례典禮를 정점으로 여러 가지 뜻 깊은 예절이 진행 된다. 그리고 예수 그리스도의 부활을 성대하게 큰 기쁨으로 맞이한다. 이 3일 간을 성삼일聖三日이라 말하는데 그 첫째 날이 성목요일이다. 이날은 예수 그리스도가 성체 성사를 제정하신 기념일이다. 이날도 여러 예절이 진행되는데 그 중 세족례洗足禮가 포함되어 있다.

세족례는 예수께서 자선慈善과 애덕愛德에 필요한 겸손謙遜을 가르치기 위해 제자들의 발을 씻겨 준 일을 기념하기 위한 예절이다. 각 성당에서는 이날을 기념하여 세족례를 행한다. 신부님이 원로 신자 12분을 선정하여 손수 발을 씻어주고 예수 그리스도의 겸손의 덕을 일깨운다.

L선생의 세족벌 착상도 교회 세족례에서 비롯되었을 것으로 생각된다. 가장 낮은 자 되어 사랑으로 가르칠 때, 이 사랑의 교훈은 어떤 두터운 벽도 가볍게 허물 수 있으리란 믿음이 있었던 것이다.

예로부터 학교 교육에서 체벌體罰은 학생들을 잘 가르치기 위해 선용되어 왔다. 그러나 지나치게 감정적으로 체벌이 자행된 사례도 있어 교사들이 곤란을 겪은 일도 더러 있었다.

"사랑할 줄 아는 자는 벌할 줄도 안다."는 프랑스 격언에서 보듯, 사랑할 줄 모르면 벌할 줄도 모르고 잘못된 체벌도 여기서 비롯되지 않았나 생각한다. 학생들의 잘못에 철저하게 벌주고 잘못을 깨닫게 하는 교육체벌, 어떻게 해야 될까? 참으로 어려운 과제 중의 과제인 것 같다. 요즈음은 어떤 체벌도 금하고 있으나, 그에 대한 부작용 또한 만만치 않은 것 같다.

L선생의 세족벌은 궁여일책窮餘一策이 아니라 많은 고민 끝에 이루어진, 제자 사랑의 착안이라 보겠다.

초, 중등 학생들의 생활지도는 날로 그 어려움이 더해 가고 있다. 교사들은 급변하는 시대상황과 더불어 나날이 다변화하는 청소년들의 욕구와 생리를 빨리 이해하고 소화하기 힘겹다.

L교사의 세족벌에서 교사직의 어려움과 깊어가는 교육일선의 고뇌를 보게 된다.

술자리, 이승에서 저승으로

술은 인류와 함께 해 왔다. 술의 역사는 어찌 보면 인류의 역사다.
술은 인간의 정서를 지배한다.

그러므로 술은 살아 있다.

그리스에서는 12월이 되면 '디오니소스' 포도주 축제를 지낸다. 이
축제 신화에선 '디오니소스'가 사람들에게 포도주 만드는 것을 가르
쳐준 기념제라고 한다. 우리나라도 고구려 시조 주몽의 출생 설화에
'술'이 처음으로 등장한다. 천제天帝의 아들 해모수가 하백의 딸 유화
에게 술을 먹여 합방하고 주몽을 낳았다는 설이 있다. 술은 실로 우
리 인간세계에서 중요한 삶의 한 부분으로 자리 잡아 음주문화를 발
전시켜 왔다. 누군가 '사랑 없는 인생이란 사막과 같다.'라 했지만, 나
는 젊어서 한때 '술 없는 인생 또한 사막과 같다'고 읊조리며 살아왔
다. 박카스도 '술이 없는 곳에 사랑은 있을 수 없다.' 라고 하여 술을
귀하게 말하고 있지 않은가?

"술은 입으로 오고
사랑은 눈으로 오나니
그것이 우리가 늙어 죽기 전에

진리라 알 전부이다.

나는 입에다 잔을 들고

그대 바라보고 한숨짓노라."

시인 에이츠는 이렇게 술잔에 사랑을 타 인생을 노래하였고, 바이런은 만취를 인생여정의 으뜸가는 즐거움으로 여기고 술을 찬미했다. 인생사 삶의 터전에서 희로애락과 더불어 술을 사랑하고 예찬하지 않은 술꾼이 어디 있겠는가. 풍류와 예술과 사랑에 술이 있다.

시장기 느껴지면 밥보다 술 생각이 먼저 나고, 술의 친화력 앞에 밥상이 술상 되어 버리곤 했다. 기름진 반찬 앞에서는 술 마실 사람을 찾게 되고, 이내 취흥이 돋아나 만사가 편안했었다.

오뉴월의 송화주 · 매실주, 여름이면 시원한 맥주, 가을이면 국화주 · 오가피주, 그리고 겨울이면 각가지 곡주로 주향 가득하면 한해가 든든해진다. 그러나 무엇보다도 서민 술인 소주가 내 애주 생활을 지배해왔다.

평소 술을 즐기고 친근한 것은 오래된 생활의 일부였다. 기뻐서 한잔, 슬퍼서 한잔, 무료해서도 한잔, 기분에 따라 잘도 찾아드는 것이 술이었다. 동서양을 막론하고 인간 생활과 떼려야 뗄 수 없는 술. '백약의 으뜸' 이라 하지 않았는가. 마시다 보니 사람이 술을 마시고, 술이 술을 마시고, 술이 사람을 마신다는 법화경의 말도 체험을 통해서 진즉 알아들었으니 술의 진수眞髓를 어느 정도 파악했다고 본다.

로마 격언에 "첫잔은 갈증을 면하기 위하여, 둘째 잔은 건강을 위하여, 셋째 잔은 유쾌하기 위하여, 넷째 잔은 발광하기 위하여 마신다."는 말이 있다. 그 마지막 딱 한잔이 문제이다. 그 한잔의 유혹이 쉽지 않다. 그래서 술을 또한 '백독의 두령'이라 하지 않았나. 플러는 "바다에 빠져 죽는 사람보다 술에 빠져 죽는 사람이 더 많다."라 했고, 그래드스턴은 "전쟁, 흉년, 그리고 전염병 이 세 가지를 합쳐도 술이 끼치는 해악에 비교할 수는 없다."라고 하여 술을 혐오하고 술꾼을 경멸하였다. 하지만 이런 해악을 두려워하며 술잔의 쾌락을 포기할 사람이 얼마나 되겠는가?

술의 매력은 무엇보다도 목마름을 풀어 주는 데에 있다.

몸과 마음의 갈증. 육체의 목마름과 심정적인 마음의 목마름을 풀어 주는 데에 술의 고마움이 있다. 술자리는 본래 감성의 자리이지 거래의 자리가 아니다. 심정적 목마름이 해소되어 즐겁고 행복한 술자리가 되어야 한다. 진정한 술자리의 의미는 낭만과 우정과 인정이 춤추는 멋진 주정酒酊의 자리이다. 정의와 의리가 살아 있고 절개가 대쪽 같아 두려움이 사라진 호방한 자리이기도 하다.

그러나 얄팍한 손놀림에 의해 불쾌한 자리가 되기도 하고, 잔머리 굴려 파렴치한 자리가 되기도 한다. 거래를 위한 술은 조건이지 풍류가 아니다. 그러므로 술좌석은 무엇을 얻기 위한 좌석이 아니라, 갈증을 해소하며 얼마나 멋지게 인생을 구가謳歌하는가의 자리이다.

나는 주말의 술자리를 특히 좋아 했었다. 한 주를 끝내는 해방감으로 피로를 씻고 자유를 만끽하는 술자리. 이 자리는 직장의 동료나 상사보다도 오래된 친구가 편하여 좋다. 일상사에서 벗어나 적나라한 인정과 우정으로 술잔을 주고받으며 한 주일을 불살라 버린다. 주말의 멋진 술자리에서 주정을 한바탕하고 나면 주말여행 한 것 같이 산뜻한 기분으로 다음 주일을 맞을 수 있었다. 그 흔쾌한 열락悅樂을 체험해보지 않은 자가 어찌 알겠는가? 이해관계 없이 허심탄회한 우정의 술자리는 마음의 정화(淨化·카타르시스)를 가져오는 삶의 오아시스이다.

이러한 술자리도 점차 나이 들어감에 따라 취흥을 잃어 추억의 자리로 자리매김하니 한심하기 이를 데 없다. 인생 황혼의 애상哀傷이 어른거린다.

반세기에 걸쳐 크고 작은 술자리를 즐겨왔다.

술잔백태, 대작천태의 진풍경. 술잔의 심리와 정서를 알 만하다. 술잔은 마음이다. 교양이다. 기교이기도 하다. 인간 백태가 바로 술잔백태를 연출한다. 술잔이 나르는 마음. 어떤 마음이 어떻게 오갈까?

전통적 권배勸杯인 장유유서 형 술잔.

위계질서를 중시한 조직서열 형 술잔.

무작위로 강권하는 안하무인 형 술잔.

동료들 간 우정 어린 친분관계 형 술잔.

공평무사하게 좌석순서 형 술잔.

주인공 중심의 주인공 축하 술잔.

좀 더 친하고 싶은 호감 유도 형 술잔.

건방지고 무례한 오만방자 형 술잔.

돌아올 줄 모르는 함흥차사 형 술잔.

과대망상의 기고만장 형 술잔.

따른 잔 즉시 비우는 즉결처분 형 술잔.

고독을 되씹는 나 홀로 술잔.

제사상에 올리는 조상추모 형 술잔…등, 여러 모습으로 마음을 담아 술잔이 오간다. 심리적 청량제이며 묘약妙藥으로, 때론 감춰진 비애와 마음의 고통을 진정시키기 위한 몸의 학대로 나타나기도 하나, 어떻든 술을 마시는 일은 즐거움을 주로 한다.

우리 술친구들!

얼마 남지 않은 인생! 만날 때마다 즐겁게 술 마시기 위해 더 건강하자고 다짐한 술자리가 마지막이 되어 하나 둘 이별을 고하니…

이젠 남은 친구 옹기종기 모여 슬프고 가여운 술잔이 몇 순배 오갈 뿐…

이승에서 저승으로 술자리를 옮길 날이 머지않은 것 같다. 저 세상에 가서 다시 만나 더 좋은 술 마시면 되지 않겠나.

어이 맞을까 죽음을

친구 J가 운명했다.

'대문 밖이 저승'이라지만 엊그제 전화 통화를 하고 온천엘 가자 했는데, 이제 달려가 주검을 봐야하니… 어제 저녁 잘 먹고 잠자리에 들었다는데 오늘 새벽 '단 불에 나비 죽듯' 저승사람이 되고 말았다 고… 죽는 일이 이리도 쉬운 일이었나? 그토록 자기 건강을 위해 노력해왔는데 새벽어둠도 뚫지 못하고 삶을 놓아버렸구나.

50년 지기도 아랑곳없이 떨쳐 버린 매정한 사람, 무례 고약한 사람! 말 한마디도 없이 떠나가다니…

몇 달 전에 친구 T도 역시 어이없는 죽음을 맞았다. 해외여행을 떠나다가 빙판길 위에서 뒤로 넘어져 입원 후 이틀 만에 죽어 가족과 친지들을 참담하게 했다. 아픈 가슴 아직 식지 않았는데 또 친구를 잃었다.

엊그제 송년모임에 나가보니 세상을 뒤로한 동창들이 몇 명 더 있었다.

아마 죽음이 친구들 주변에서 광란의 축제를 여는가 보다.

죽음.

생의 마감! 깜짝 놀라 돌아본다.

내게도 죽음이 가까이 오고 있을까? 언젠가 죽기야 하겠지만 이제 까지 남의 집 슬픈 행사로만 여겨왔는데, 아직 멀고 먼 저 달 나라 이 야기로만 치부해 왔는데…

악몽 속에서 그림자 밟듯 흐릿하게 마음 한구석에 새겨져왔던 죽음.

이젠 아주 가까이 도사리고 있음이 친구들의 죽음을 통해 직감하게 된다. 저 멀리 미지의 시베리아 북극성 밑에서 얌전하게 졸고 있는 죽음이 지금도 기척 없이 졸고만 있는지, 아니면 험상궂은 얼굴로 달려오고 있는지, 달려와 창문 너머로 노려보고 있지는 않은지? 홀연히 아무 예고 없이 찾아오는 죽음이기에 어둠 속에서 미친 듯이 춤추며 날아드는 갖가지 상념들이 제멋대로다. 새벽녘 아름다운 여명이 스산한 기운으로 편치 않다.

생자필멸!

사람은 태어나자 죽음이 시작되는 이치이지만, 살아있는 한 보람된 일을 향해 희망차게 사는 것이 보통 사람들의 삶이 아니었던가. 이제 밑바닥이 보이는 찌꺼기만 가지고 여생을 구가謳歌해야 하니… 황혼에 먹구름 드리우는지 모르고 나이 70을 넘기고도 죽음을 멀리 바라만 보고 묵상黙想없이 살아왔으니 분명 무디고 안일한 삶이었다.

위령성월慰靈聖月을 맞아 부모님 산소에 다녀왔다. 인사를 드리면서 부모님 뵐 날이 머지않았음을 말씀드렸다. 그러나 아버지 어머니께서는 기뻐하시지 않는 듯 멀리서 큰 손사래로 답하셨다. 내 가슴속에 살아 계셔서 항상 나를 지켜 주시는 두 분이 오라고 할 때 기꺼이 가고자 한다.

죽음을 생각하니 아내와 아이들이 먼저 떠오른다.

가족들과의 영원한 이별!

이보다 더 큰 고통이 있을까. 죽음 그 자체보다도 사랑하는 사람들과 헤어져야하는 고통이 더욱 두렵다. 다시는 볼 수 없는, 한없는 그리움만으로 남아야하는 혼자만의 저승이 바로 죽음이어야 한다니…

죽음은 단절이다. 망각의 늪으로 꺼져 모든 연緣을 지우는 것이 아닌가.

죽음은 절망이다. 모든 희망을 접고 허망을 끝없이 바라보는 것이리라.

죽음은 또한 비움이다. 있음의 관계를 모두 끊고 무아無我로 돌아가는 것이 세속인의 죽음이다. 자신의 실명失命 앞에 세상의 모든 인연들이 흔적 없이 심연 속으로 사라져 물거품이 된다. 그러므로 어떤 인연으로 함께 했던지, 죽음 앞엔 모두가 숙연하게 명복을 빌기 마련이다.

어쨌든 유한한 인생.

죽음이 인생 필연의 예고된 운명인 이상, 주체적 삶을 이끌어 온 사람의 마지막 숙명이 아니겠는가. 여기에서 그가 살아온 인생 역정의 모습을 엿볼 수도 있다.

"살 것인가 아니면 죽을 것인가, 이것이 문제다. 포악한 운명의 돌팔매와 화살을 마음속에서 참는 것이 더 고상한가? 아니면 고난의 바다에 대항하여 무기를 들어 반대함으로써 이를 근절시키는 것? 죽는 것은, 잠자는 것 그뿐이다…."

이 같이 셰익스피어는 "햄릿"에서 의로운 죽음에 고민하는 모습을 그렸다. 한편, 천상병 시인은 세상에서 즐겁게 소풍하다가 귀천하는 담대膽大한 죽음을 읊었다. 이렇듯 나약한 인간이기에 마음의 갈등이 죽음의 두려움 앞에 여러 모습으로 엇갈리게 된다.

삶에 만약 죽음이 없다면 그 의미를 잃고 무력하게 펼쳐질 것이다. 죽음이 삶을 보듬어 주기 때문에 그 삶은 보람으로 채울 수 있고 그 진가도 높아만 가고 아름다움을 지니리라.

죽음학자인 퀴블러러스는 보통사람이 죽음을 앞에 두고 5단계로 반응한다는 임상 연구결과를 발표한 바 있다.

첫 번째 반응은 죽음을 부정하는 거부의 단계로 시작하여 죽음에 분노하는 단계, 죽음에 타협하는 단계, 죽음을 바라보는 우울의 단계를 거쳐 비로소 어찌할 수 없이 마지막으로 수용의 단계에 이르게 된다는 것이다. 참으로 처절한 마음의 움직임이다. 오욕칠정을 포기하는 죽음이 누구나 쉽지 않을 것이다. 지금 같아서는 때가 되면 모든 아쉬움과 공포로부터 벗어나서 유유낙낙唯唯諾諾하게 죽음을 맞았으면 좋겠다. 그러나 범부가 그리 되기란 쉽지 않을 것이다.

성숙한 품위 있는 죽음, 아름다운 이별은 어떻게 맞을 수 있을까?

어떤 생의 마감이든 자연의 섭리를 거스르는 추한 죽음이 아니라 이에 당당하게 호응하는 죽음이 되었으면 좋겠다. 생이 의도된 시작이 아니 듯 죽음도 때가 오면 담담하게 맞이하는 것이 바른 이치라 생각된다. 빈손으로 왔으니 미련을 버리고 의연하게 죽음을 맞이하는 것은 삶을 허락한 절대자神에 대한 바른 자세이기도 하다.

"사람아 흙에서 왔으니 흙으로 다시 돌아 갈 것을 생각하여라."(창세기3,19)라는 성경 말씀대로 인간의 본향인 자연으로 돌아가는 것이 순리이리니.

그러나 죽음을 자각하면 할수록 삶이 더욱 소중하여지니 이 아름다운 삶을 어떻게 놓을까. 이 행복의 여로旅路를 어찌 마감한단 말이요.

우선 죽는 날까지 인간으로서의 책무를 다하고 도리를 지켜나가고자 한다. 죽음은 삶의 포기가 아니라 또 다른 시작임을 믿기 때문이다. 이제까지의 나의 삶에 대해서 감사하는 마음을 더욱 절절하게 갖게 될 것이다. 나의 삶을 키워 오늘의 성장을 있게 한 모든 것에 대한 이해와 고마운 정황들을 사랑하기 때문이다.

모든 인간관계에서 있었던 오해를 풀고 용서를 청하며 나도 용서할 것이다. 절대자 하느님은 인간이 죄를 뉘우치면 어떤 죄과도 용서하심을 믿기 때문이다. 이렇듯 이승에서의 죽을 준비를 아무리 잘 하더라도 편안한 마지막이 되기는 어려울 것이다.

'아, 이 세상에 태어나서 힘들게 좋은 일 많이 했으니 이젠 저 세상에 가서 편히 좀 쉬자'라고 거리낌 없이 죽음을 받아들일 사람이 몇이나 되겠는가. 죽음을 당당하게 기쁨으로 맞을 수 있는 사람. 이 사람이 가장 행복한 인생을 산 사람이 아닐까. 이는 세상에서 천국을 산 사람이다. 사랑 가득한 천국을 만들려고 노력한 사람이다. 일생을 살면서 맺은 모든 인연을 소중히 여기며 사랑으로 채우는 삶. 사랑을 살리라.

그리하여 평화를 안고 죽어 영원한 생명을 얻으리라.

이젠 웃어라 '톤즈'

　뒤늦게 감동의 다큐멘터리 '울지마 톤즈'를 보았다. 이 영화를 보기에 앞서 고故 이태석 신부를 기리는 여러 이야기와 수단의 슈바이처라는 칭송을 들은 바 있다. 그러므로 큰 기대와 호기심을 갖고 보기 시작했다. 가족과 함께 즐거운 마음으로 보려던 영화 감상이 어느덧 엄숙하고 침통하게 다가왔다. 숨도 크게 쉬지 못하고 모두가 삼매三昧에 빠져든 듯 했다.

　영상이 흘러감에 따라 가슴 속 고동은 차츰 소용돌이쳐 폭발할 것만 같았다. 쫄리 신부의 사소한 움직임 하나하나를 눈물 너머로 보아야만 하는 충격은 무엇이었을까? 2년 전 마흔여덟, 인생 중반 한창 나이에 선종善終한 이태석 신부의 삶을 보면서 깊고 진한 회한悔恨이 솟구치는 것을 억누를 수 없었다. 이것은 돌이킬 수 없는 나의 삶에 대한 격한 분노요, 질타였다.

　"가장 보잘 것 없는 이에게 베푼 것이 곧 나에게 베푼 것."(마태,25,40)이라는 예수님 말씀에 이끌려, 지구 위 가장 보잘 것 없는 아프리카 남부 수단에서 하느님의 사랑을 실천한 고 이태석 신부님! 그의 짧은 생애가 그를 기억하는 모든 이의 마음을 저리게 한다.

　신부님은 '톤즈' 마을을 울리고 떠나 가셨다.

뭇 사람들에게 자기 성찰의 눈물을 흘리게 하고 가셨다.

가슴 저미는 사랑의 매를 들고 맹렬한 불꽃으로 살다 가셨다.

가난과 질병과 오랜 내전의 참화 속, 모든 빛이 꺼져버린 절망의 땅 남부 수단. 극심한 부정부패로 민중의 고통을 외면해 버린, 아무도 돌보지 않는 황무지. 이 땅에 희망의 작은 씨앗을 한 톨 두 톨 심어 사랑의 꽃을 피운 이태석 쫄리 신부님!

그가 신부가 된 후 아프리카 수단으로 가겠다고 가족에게 자신의 뜻을 말하자 그의 누나가 그에게 물었다.

"한국에도 어려운 벽지가 많은데 왜 꼭 아프리카로 가야만 하니?"

"그곳에는 아무도 가려는 사람이 없기에 나라도 가야 합니다."라는 대답은 가장 보잘 것 없는 곳이 자기가 있어야 할 곳으로, 내가 힘든 일을 남에게 시킬 수 없다는 자기헌신의 강한 의지가 보인다. 즉 하느님의 사랑은 장님이다. 사람이 보내지 않는 곳에도 간다는 것이다.

어둠을 헤치고 예수님 사랑의 빛을 따라 손수 벽돌을 찍어 병원과 학교를 짓고, 무수한 환자를 치료하며 청소년을 가르쳤던 신부님.

포기한 삶을 바로잡기 위해 온몸으로 부딪쳐 밤낮이 따로 없었다. 이들에게 진정 필요한 것은 가난을 부자로 만들어 주는 것이 아니라, 가난의 본질인 영적인 결핍을 메워주는 것이었다. 신부님에겐 이들 상처투성이 영혼을 달래는 것이 급선무였으므로 그들과 함께 그들 안에서 빈틈없이 톤즈 사람이 되기 위해 숙식을 같이하며 고락을 함께 했다. 사랑은 장애에 부딪칠수록 점점 더 잘 자란다 했던가. 여러

악조건은 사랑을 심을 광활한 평야 정도로 신부님에게는 보였을 것이다. 미래의 꿈인 청소년들을 중심으로 브라스 밴드를 창단하여 음악적 감성을 일깨우고 상처로 얼룩진 톤즈 마을의 영혼들을 위로했다. 그리하여 찢긴 영혼들에게 하느님의 사랑을 심어, 서로 믿고 의지하며 사는 생의 기쁨을 찾아 주고자 동분서주했다.

신부님의 사랑의 힘은 입을 통한 강론 말씀에 있지 않았다. 그분은 온몸을 바쳐 일상 삶 안에서 강론했다. 톤즈의 온 마을과 흙바닥은 그의 강단이었다. 그리스도께서 골고다 언덕, 갈릴리 호숫가, 여러 고을의 마당과 길가, 겟세마니 동산이 강단이었던 것처럼… 신부님도 그들 모든 삶의 현장에서 사랑의 몸짓으로 강론했다. 한센인들 몸에서 손수 고름을 짜내고 치료하며 웃음으로 위로하는 모습! 그들의 일그러진 발을 그려가며 꼭 맞는 신발을 맞춰 신게 한 신부님이야 말로 톤즈 마을 사람들에게는 자기들을 구원하러 오신 예수님으로 보였을 것이다.

신부님이 떠나신 지 2년이 훨씬 지났는데도 많은 사람들에게 회자膾炙되며 안타까움이 넘나들고 있다. 특히 톤즈 마을, 이들이 신부님을 지극히 아쉬워하며 갈구하는 것은 무엇일까? 의사이면서 사제요, 교사이면서 음악가였던 다재다능한 사람의 도움 때문만은 아닐 것이다. 하느님의 사랑을 위해 자신을 철저하게 그 도구로 바친 삶이었기에, 그 위대한 삶 앞에 감격의 눈물 글썽이며 신부님을 칭송하고 짧은 생애를 한탄恨歎하는 것이 아니겠는가.

가는 곳마다 사랑의 꽃이 되어 자신을 아낌없이 내어준 삶.

시들지 않는 영원히 아름다운 한 송이 꽃으로 그는 삶을 마감하셨다. 그가 존경해 맞지 않던 하와이 몰로카 섬에서 한센인을 돌보다 한센병으로 돌아가신 다미안 신부처럼 이태석 신부는 죽었으나 우리들 가슴 속에 영원히 살아 있다.

'울지마 톤즈' 이 영화를 통해 사람도 한 송이 아름답고 향기로운 꽃이 될 수 있다는 것을 알게 되었다. 단순히 이 아름다운 꽃만 보지 말고 꽃을 피우기 위한 땀과 고통과 인내를 묵상하고 일상을 바로잡자고 가족들에게 당부했다. 무언의 공감 속에 각자의 삶을 돌아보는 소중한 시간이 된 것 같다.

신부님 앞에 나는 참으로 무엇이었나.

철들어 이제껏 내가 쌓아온 세월이 너무나 죄스럽고 부끄러워 나 자신을 용서하기가 어렵다. 나는 무엇을 위해 살아 왔는가… 십자가를 바라보며 기도하기도 민망하다. 진정 소중한 것을 멀리했던 아픔이 터져버려 깊은 참회懺悔 속으로 빠져든다.

"이웃을 네 몸과 같이 사랑하라."는 예수님의 말씀을 가감 없이 보여준 각박한 이 시대의 성자 고 이태석 신부님. 가녀린 이 영혼도 살펴 주소서.

아프리카 남수단 톤즈!

이태석 신부님을 통해 하느님의 거룩한 뜻이 이루어지기 시작한 땅.

피어라 하느님 사랑의 꽃으로. 위대한 꽃향기, 온 누리 두루 퍼질 때 하느님 나라는 가까워지리라.

톤즈, 너는 버림받지 않았다. 너는 주님의 손길이 머물던 곳. 슬픔을 거두고 웃어라. 톤즈! 더욱 풍성한 하느님의 뜻이 너희 마을에 머물 것이다.

* 善終＝善生福終

저녁이 있는 삶

둘째 딸 남희는 아들 형제를 낳으면서 집안에 TV를 없애버렸다. 아이들이 커가면서 불평을 많이 했다고 한다. 그럴 때마다 제 엄마는 재미있는 이야기 그림책을 읽어 주거나 읽도록 아이들에게 안겨주었다. 그리고 성장 과정에 따라 읽기 쉬운 이야기 책, 동화, 어린이 성경, 위인전, 한국의 역사, 신화, 단편소설 등으로 독서지도를 확대해 나갔다고 한다. TV 대신 책을 선택한 것이다. 중학생이 된 이 형제들의 독서량은 엄청나다. 다소 불평은 있었으나 이 아이들에겐 아직 그 흔한 핸드폰도 마련해 주지 않았다. 그래도 크게 아쉬워하지 않는다. 이런 외손자들이 제 엄마 말을 잘 따라주고 호응해 주니 기특하기도 하고 놀랍다.

이 외손 형제가 어쩌다 외가에 오면 인사를 마치자마자 찾는 것이 텔레비전이다. 저의 집에서는 볼 수 없으니 신기하고 재미있게 보곤 한다. 그러나 제 집에서는 습관이 되어 공부와 독서를 주로 한다. 그리고 휴일이면 성당에 가서 미사 참례를 하고 끝나면 봉사활동을 하거나 야외 운동시설을 이용하여 즐겁게 보낸다고 한다. 이제는 TV 타령도 없어졌고 제 엄마와 저녁 시간에 독서한 내용을 가지고 이야기하는 것을 무엇보다도 재미있어 한다고 들었다.

이 아이들을 볼 때, 어려서부터 부모의 생활방식에 익숙해지면서 저절로 학습되고 습관화되어 가정문화로 정착되어 감을 볼 수 있다. 이 형제들은 책을 읽고 이야기를 나누는 즐거움을 안다. 가족이 함께 하는 저녁을 이 아이들은 무척 기다린다. 결국 "텔레비전을 즐기는 사람보다 책을 많이 읽는 사람이 더 행복하다."는 어느 사회학자의 주장이 옳았음을 보여주는 것이 아닌가 하는 생각이 든다.

우리는 언제 행복하다고 말할 수 있을까?

친구들과 운동할 때? 여행할 때? 게임이나 스마트 폰 할 때? 텔레비전에서 개그콘서트 볼 때? 원하는 취업이나 사업이 잘 돼서? 이렇게 "좋은 일이 있을 때만이 나는 행복해!"라고 자신 있게 말할 수 있을까?

그리고 '돈, 권력, 명예, 사랑'등의 모든 사회적 조건이 완벽하게 갖추어 졌을 때. 어떤 경우나 다른 사람보다 우월할 때만이 행복할까? 그렇다면 사회적 약자는 항상 불행하게 살 것이다. 최빈국 사람들의 행복지수가 높은 것은 무엇으로 설명할 수 있을까? 또한 책을 많이 읽는 사람이 더 행복하다는 것은 무엇을 의미할까? 책을 읽는 그 순간이 행복하다는 말은 아닐 게다.

행복이란 어떤 조건에 의해서 밀려오는 만족감 그 자체로만 느껴지는 것은 아니다. 한 순간의 오락이나 게임으로 찾아오는 재미나 희열의 감정과는 더욱 다르다.

행복은 빛나는 태양처럼 뜨겁게 다가오지 않고, 거대한 파도처럼 밀려오지도 않는다. 그리고 장엄한 교향곡이 연주될 때 감명 깊게 들지만, 행복하다고 느껴지는 것과는 별개의 것으로 보여진다.

모든 사람은 행복하기 위해 열심히 살고 있다. 행복은 사람들 얼굴이 모두 다르듯이 그 느낌도 다를 것이다. 그러므로 행복을 말할 때 일반적으로 두루 통하는 말을 하기는 불가능하다.

그러나 나름대로 여유를 가지고 순간을 긍정적으로 대할 때 전해지는 것이 행복이 아닌가 생각하게 된다. 행복은 잔잔하고 고요하게 스쳐지나가는 미풍과 같아 바쁘고 산만한 사람은 느끼기 어렵다. 그것은 삶의 여백에서 꿈틀거리며 불어오는 미세한 파동 또는 훈풍이라 할까? 그것은 보이지도 들릴 수도 그리고 손으로 잡아 묶어 둘 수도 없어 뭐라 말하기 어렵다. 평범한 일상 속에서 멈춰 여유를 만들어야 느껴지는 그 무엇이다. 아리스토텔레스는 "행복은 한가함 속에 있다."라 했다. 그리고 토머스 홉스도 "여가는 철학의 어머니."라는 명언을 남겼을 정도로 여가의 중요성은 그 뿌리가 깊다 하겠다.

이 여가는 물리적인 것만은 아니다. 마음의 여유가 만들어낸 영적인 것이다. 아무리 바빠도 마음에 자리를 내어 준다면 여유가 생기고 그 미세한 공간에서 행복이 꿈틀거린다.

프란치스코 교황은 "소란스럽고 바쁜 일상 속에서도 침묵 안에 평화가 있다는 사실을 기억 하십시오."라고 말했다. 잠시의 틈 속에도 행복이 어른거림을 가리켰다. 이 잠깐 사이에 스쳐가는 행복을 나의 영혼 안에 붙잡아 반겨야 할 것이다.

일상에서 무심코 지나치던 풀꽃들이 신비롭게 다가오고, 가볍게 스쳐지나가는 바람 한 줄기에 온몸의 세포 하나하나가 깨어 일어나 신선한 활력이 솟구칠 때, 아침에 일어나 맑은 햇살을 마주하며 크게 기지개를 칠 때의 상쾌함 속에서, 가족과 정겨운 식탁의 즐거움을 상상하면서 텃밭을 가꿀 때, 창 너머 멋지게 늘어진 소나무를 바라보며 고향이 눈가에 머무를 때, 또한 시끄러운 도심의 소리에서 삶의 역동이 전달되고, 피곤에 지쳐 퇴근하여도 가족들과 마주치는 따뜻한 눈빛에서 감사와 사랑의 정이 흘러넘칠 때. 이렇게 행복은 사소한 것들을 자세히 살필 줄 아는 여유에서 비롯되지 않을까 조심스럽게 말해 본다.

그러므로 행복은 즐겁다 기쁘다보다 깊은 감수성의 문제인 것 같다. 무엇을 느껴 받아들일 수 있는 틈을 만들어 주어 그것에 빠져 순간을 흡수해야 하는 그 무엇이다.

핸드폰도 텔레비전도 없이 사는 외손 형제들에게 무엇이 마음 안에 다가 왔을까? 이 아이들은 그것을 갖고 노는 친구들이 부러운 때도 있었을 것이다. 책을 읽고 가족들과 떠들어대는 이 어린 중학생 형제가 저녁을 기다리며 좋아 하는 까닭은 무엇일까? 행복에 대한 책을 많이 읽어 이에 깨우침을 얻은 것은 아닐 것이다. 구체적으로 어떤 책을 읽었는지는 알 수 없지만 책을 읽기 위해 멈춘 그 형제들의 '여유'에 대해 주목하고 싶다. 책을 읽기 위해 호흡을 가다듬고 고요히 멈춘 선택과 태도 말이다. 그리고 책을 읽고 의문이 있을 때 조용히 생각하는 여유. 이 의문을 풀기위해 가족들과 함께하는 저녁을 기다리는 여유. 이런 가운데 나를 드러내는 존재감 또한 잔잔한 희열로 다가 오지 않았을까? 애들 엄마는 제 아들 형제에게 텔레비전과 핸드폰은 다음 문제이고 책과 가까이 하는 즐거움과 자부심을 심어 주었다. 책을 가까이 하는 생활 습관 말이다. 삶을 이루는 대부분의 요소는 습관에서 비롯되는데, 이 습관이 행복한 경험으로 이루어진다면 행복한 것은 당연하지 않을까? 그러므로 독서와 음악연주, 그림을 그리고 다양한 운동을 즐기는 어린 시절부터 각자 좋아하는 행복한 습관을 길러주는 것이 어떤 교육보다도 중요하다 할 것이다.

텔레비전 시청이나 게임을 하면서 순간의 재미나 쾌락의 감정을 쫓다보면 쾌락중추는 점점 더 큰 자극을 요구하게 된다. 더 강한 재미를 찾게 되면 웬 만큼 재미있지 않으면 만족하기 어렵다. 또한 금강산의 아름다움, 겨울 한라산 설경의 아름다움을 말하지만 '행복은 즐거움의 강도가 아니라 빈도'라고 말한다. 큰 기쁨 한방에 오랜 행복이 이어지기를 바라는 사람들. 이런 습관에 젖어버린 이들의 감정이 조용하고 고요하게 찾아오는 행복을 알아채지 못 하는 것은 당연하다. 어쩌면 이미 행복은 내 품에 안겨 있는데 그 행복을 느끼지 못한다면 이 얼마나 불행한 일인가?

딸 내외는 하루 중 가족 모두가 여유롭게 보낼 수 있는 '저녁'을 매우 소중하게 생각한다. 〈저녁이 있는 삶〉을 위해 이들 부부는 하루 종일 각기 직장에서 열심히 근무한다.

'저녁이 있는 삶!'

이것은 이들 가정의 꿈이며 행복의 길이라 믿고 있다. 그러나 이 가정은 아직 '저녁이 있는 삶'이 완성 되지 않았다. 아빠가 항시 바쁘기 때문이다. 그래서 애들 아빠는 가족과 함께 하기 위해 직장을 옮기기까지 하면서 '저녁이 있는 삶'을 찾으려고 노력했었다. 이것은 정치인 손학규가 우리 국민들에게 제시했던 비전 "떳떳하게 일하고 당당하게 누리는 세상." 즉, '저녁이 있는 삶'과 닮은 생각으로 보인다.

우리나라 직장인들의 대부분은 '저녁'을 직장이나 친구에게 빼앗기고 항상 바쁘게 산다. 아니 자진해서 저녁을 낭비하기도 한다. 그러니 하루의 여유를 가정 밖에 버리고 바삐 살아가는 우리네 가장들이 과연 행복할 지 의문이다. 우리보다 선진국이라는 나라는 저녁을 가족과 함께 보내는 시간이 일상화 되어 있다. 낮에는 열심히 직장에서 일하고 습관처럼 내 곁에 있는 가족과 함께 여유롭게 저녁을 즐기며 행복 찾기를 한다. 활동적인 시간과 조용히 감사하는 시간의 균형을 맞추려는 것이다.

'저녁이 있는 삶!'

외손 형제들은 늘 엄마와 함께 저녁을 맞았으나 아빠도 함께하는 저녁이 되기를 기도한다.

바쁜 일상 '빨리 빨리'로 힘차게 몰아내고, 여유로운 '저녁이 있는 삶'을 살려낼 때 진정 우리는 하루를 감사하며 행복하게 잠들 수 있지 않을까.

추기경의 선종

김수환 추기경님!

이 시대의 큰 어른 스테파노 추기경님!

주님의 부르심에 초연超然히 응답하신 추기경님.

"고맙습니다. 서로 사랑하십시오." 이르시고 떠나가셨습니다.

이웃집에 놀러가시듯 미소 지으며 저희들 곁을 떠나가셨습니다. 곧 돌아오실 것 같은 가벼운 발길로 여행하듯 하느님 나라로 떠나셨습니다.

삶과 죽음의 갈림길에서 그토록 평안하셨다는 추기경님.

마지막 숨을 거두시는 순간까지 저희들에게 귀한 가르침을 주셨습니다. 죽음은 또 다른 삶으로 이어져 그리스도인에겐 희망의 문턱이요, 영원한 삶의 시작이라는 굳은 믿음을 주셨습니다. 죽음의 공포에 떠는 범인凡人들에게 죽음을 차분히 맞을 수 있는 가르침을 몸소 보여 주셨습니다. 어떻게 살아야 죽음이 두렵지 않은지 보여 주셨습니다. 새로운 생명에의 희망을 주시고, 죽음까지도 구원의 빛으로 맞으셨습니다.

죽음으로 한반도의 별이 되신 추기경님!

추기경님께서 선종하셨다는 TV 뉴스를 듣고 한참 동안 아무 생각도 할 수 없었다. "정말 돌아가셨을까?" 믿기지 않아서 아내 체칠리아에게 말했다. 그분의 죽음이 받아들여지지 않는 것은 무엇인지 모르겠다고. 그러나… 조금은 알 것 같기도 했다. 그것은 늘 우리와 함께 계셨기 때문이다. 쉽게 우리를 두고 떠나실 분이 아니라는 의리감義理感 때문이었다. 아버지와 같은 잔잔한 미소로 살펴 주셨기 때문이다. 언제나 사소한 일상에서 진실을 가르쳐 주시려고 손짓하셨기 때문이다. 공기를 마시듯 나도 모르게 그분의 사랑을 호흡할 수 있었기 때문이다.

그분은 만인의 연인戀人으로 사셨다.

내가 가까이서 추기경님을 뵈올 수 있었던 것은 1970년대 중반쯤이었다. 서울 신림동 성당으로 견진성사 집전을 하시고자 오셨을 때였다. 교우들의 열렬한 환영에 일일이 손을 마주잡고 누구에게나 친절히 답례를 하시던 추기경님. 머리엔 자색 빵모자Zucchetto, 가슴에는 큰 십자가가 잘 어우러져 신비감마저 느껴졌다. 그때 나는 신림동 성당 전례典禮부서에서 봉사하고 있었다. 3백여 명의 견진성사 준비로 다른 형제들과 더불어 바쁘게 움직였다. 추기경님 환영 순서가 끝나고 곧바로 미사가 진행되었다. 추기경님께서 미사 중에 하신 힘차고 단호한 강론 말씀은 지금도 잊을 수가 없다.

강론 말씀이 자상하고 소탈하게 이어지다가 엄숙하고 준엄하게 바뀌어 갔다. "…이 성스런 성당 안에 지금도 우리 김승훈 본당 신부님과 나의 말을 엿듣기 위해 파견된 형사님이 계실지 모르겠습니다. 계시다면 직책에 충실하십시오. 직책상 책임은 좋든 싫든 누구나 이행해야합니다. 그러나 형사님! 우리나라 국민의 한 사람으로서 나의 말이 올바른 양심의 소리라 생각되면 이 나라의 앞날을 위해 교우들과 함께 기도하시기 바랍니다…." 등의 말씀이 이어지며 사회정의와 인권수호를 위해 어떤 희생도 감수하시겠다는 선언을 하셨다.

"누가 감히 하느님께서 사랑하는 사람을 부당하게 핍박逼迫할 수 있습니까?" 인권문제가 날로 심각해져 가는 가운데 당시 군사정권에 대한 질타叱咤였다. 모두 몸을 움츠리고 살던 시절에 군사정부와 싸우던 양심 투사로서의 추기경님 말씀은 모두에게 큰 용기와 희망을 주었다. 민주화운동의 큰 버팀목이 되었다. 당시 신림동 성당은 김승훈 마티아 신부님이 본당 주임을 맡고 계셨다. 이분은 정의구현 사제단에서 활동하고 계셨기 때문에 늘 당국의 감시 대상이셨다.

그 후 추기경님께서는 말씀과 행동으로 우리들 안에 사셨다. 언제나 힘없는 민중의 대변자로, 고통 받는 이의 위로자로, 핍박받는 이에겐 방패막이가 되어 고뇌에 찬 삶을 사셨다. 그리하여 모든 이에게 나눔의 기쁨과 희망을 그리고 용서와 감사의 삶을 주시고 하늘나라로 떠나 가셨다.

"서로 사랑 하세요."

사랑이라는 지극히 평범하고 흔한 메시지 앞에, 메마른 저의 마음도 잠시 멈칫거리며 자신을 돌아보게 한 추기경님! 그 분 사랑의 말씀은 힘이 있었다. 이웃을 돌아보게 했다. 나의 내면에 잠자고 있는 사랑의 언어를 일깨우고 행동할 수 있는 힘을 주셨다. 감히 그 분의 가르침을 받들고자하는 결심을 주셨다. 그 분은 스스로 촛불과 같은 삶이었기에.

아내 체칠리아와 추기경님을 뵙기 위해 명동성당으로 승용차를 몰았다. 판교 나들목 에서 경부고속도로를 타는 동안 묵주기도를 올렸다. 추기경님의 평소 자애로운, 장난스럽고 소탈한, 경건한 모습이 엇갈리며 다가 왔다. 남산 1호 터널을 지나 세종호텔 4거리에 당도했다. 추모인파가 보이기 시작했다. 엄청난 추모 행렬에 놀랐고 가톨릭 신자로서 가슴 뭉클했다. 아내 체칠리아에게 승용차를 부탁하고 명동입구에서 내렸다. 매서운 찬바람이 뺨을 스쳤으나 춥지 않았다. 추모대열의 끝을 찾기 위해 부지런히 걸었다. 인파의 얼굴을 마주보며 걷고 또 걸었다. 골목길과 언덕배기 인도를 따라 구불구불 이어진 인간 띠는 가도 가도 끝이 보이지 않았다.

두 줄로 늘어선 추모인파.

뜨거운 추모열기.

그들은 변해 있었다. 어제의 각박함은 찾을 수 없었다. 바쁘게 쫓기며 서성이는 인파가 아니었다. 어둡고 지루함도 찾을 수 없었다. 오히려 위안과 배려가 오가며 사랑이 드리워져 있었다. 사이가 벌어져도 끼어들려하지 않았다. 여유롭게 묵묵히 기도하는 모습이었다. 뭔가 간절히 염원하는 자세! 한 걸음 한 걸음 새로운 다짐을 걷고 있었다.

"고맙습니다. 서로 사랑 하세요." 추기경님의 마지막 말씀을 음미吟味하는 듯 했다. 선한 목자를 잃은, 정신적 지도자를 잃은 슬픈 대열. 의지할 곳이 없는 군중들의 고독한 행렬이기도 했다. 어떻게 살아야

하는지, 어떻게 죽어야 하는지 가르침을 받고자 추기경님께로 저 높은 종탑의 십자가를 향하여 한발 한발 걸음을 옮겼다.

뜨겁고 진지한 이 추모 열기!

그 착한 행렬의 여유로운 변화는 무엇일까?

왜 이러한 돌발적 현상이 명동에 일어날 수 있었을까?

한반도를 숙연肅然히 뒤흔든 일련의 신드롬Syndrome!

누가 무엇으로 이들을 변화시킬 수 있었을까?

아름다운 마무리를 할 수 있는 죽음!

나는 그동안 어떤 삶이었나?

남은 여생은…?

추기경님의 선종 애도는 5일간의 장례를 마쳤는데도 계속되고 있다.

김수환 스테파노 추기경과 정의와 사랑에 목말라하는 이 군중을 무엇으로 달랠 수 있을까?

2009. 2

팁과 덤

넷째 주 토요일 12시.

가족이 약속 장소에 다 모였다. 왁자지껄 시끄럽다. 언제 만나도 정답고 반가워 사사로움이 없다. 서로 안부를 대충 묻고 자리를 잡는다. 진정 희로애락을 함께하니 삭막한 세상에 가족은 큰 위안이다. 그래서 '가족적'이란 가장 정다운 말이 아닐까?

나의 집에 가족 행사가 없는 달은 넷째 주 토요일에 모여 외식을 다함께 한다. 외식 장소는 다섯 집 이 돌아가며 정하고 비용도 부담한다. 직계 여식 네 집과 나의 집이다.

두 돌배기 어린아이부터 미수米壽의 어른까지 20명의 식구가 모이니 몹시 어수선하고 시끄럽다. 아홉 명의 손자 손녀가 이리 뛰고 저리 뛰니 다른 손님에게 폐가 될까봐 제 어미 애비는 전전긍긍이다. 특히 식사 시중드는 아가씨, 아주머니들에게 미안하다. 이럴 때 내가할 일이 있다. 식사 시중드는 분들께 대략 외식 값의 10% 정도의 팁을 드리는 일이다. 팁은 식사비용 계산 후 애쓴 일에 대한 감사의 마음을 전달하는 것이 상식이다. 그러나 아이들이 너무 힘들게 하는 것을 이해해 달라는 뜻과 수고의 대가로 선불한다.

'팁'tip은 우리말로는 봉사료 또는 행하行下로 표현해야 옳을 것이다. 봉사奉仕는 영어의 'Service'에 해당된다. '서비스'의 어원은 라틴어의 '세르부스'Servus에서 비롯되었고 하인, 노예, 종이라는 뜻을 갖고 있다.

척박한 모래땅이 삶의 무대인 중동의 옛날 부자들은 거의 하인을 두고 살았다고 한다. 이 하인들이 하는 일 중 하나가 주인집에 손님이 오면 대문간에서 바지에 묻은 먼지와 모래를 털어 주는 일이었다. 지체 높은 손님이 왔을 때는 물로 발을 씻어 주기도 했다. 이렇게 정성스런 봉사가 끝나면 손님은 하인에게 몇 닢 동전을 던져 주곤 했다. 이것이 계속되면서 관행이 되어 '팁tip'이 되었다고 한다.

팁은 행하적行下的 성격을 갖는다. 주인이 부리는 사람에게 품삯 이외에 인정으로 더 주는 돈을 말한다. 아래 사람의 여분 봉사에 대하여 수혜자는 고마운 마음으로 적은 돈을 자발적으로 베푸는 것이다. 즉, 물질 또는 대가를 앞세우지 않고 봉사와 감사의 마음을 상호 교환하는 것이다. 그러므로 봉사자나 수혜자 모두 즐겁고 흐뭇하다.

그러나 오늘날 팁의 행태는 많이 변질되었다. 마음이 아니라 물질적 개념과 계산이 앞선다. 때문에, 주고받으면서도 많이 주고 덜 받은 것 같은 찜찜함이 노상 기분을 언짢게 한다. 레저, 서비스 산업이 발전하면서 팁의 성격은 고정 삯과 같이 요구불要求拂이 되어 가고 있다. 업태에 따라서는 거래가보다도 팁이 더 많이 요구되는 경우도 있다고 들었다. 사라지는 전통 미덕을 보면서 아쉽게만 생각할 것이 아니라 본래적 팁 문화를 생활 속에 되찾으려는 노력이 필요하다는 생각이 든다. 봉사와 감사를 정겹게 주고받는 푸근한 인정이 오갔으면 좋겠다.

우리 가족 식사 중에 어린아이를 돌보아주고 정성을 다해 음식 봉
사를 해준 아가씨, 아주머니에게 더없는 감사를 드린다. 덕분에 한 달
동안 가족들 간 회포를 마음껏 풀고 기분 좋게 식사도 했다.

팁과 더불어 우리를 즐겁게 하는 것은 아마 덤을 받았을 때가 아닌
가 생각된다.

우리들 삶의 이색 지대, 성남시 모란 5일장. 우스갯소리로 없는 것
빼고 무엇이든 다 있다는 모란장을 가끔 찾는다. 기기묘묘한 갖가지
음성으로 손님을 불러 모으는 장수들의 활기찬 소리의 향연. 남녀노
소, 외국인, 관광객 등 다양한 부류의 사람들이 뒤범벅이 되어 비비적
거리는 장터. 갖가지 냄새에 시달려 과부화 된 코. 삶의 최전선. 여기
삶의 진면목이 펼쳐진, '이 장 떡이 큰 가, 저 장떡이 큰가?' 모란 5일
장은 최상의 정원이다.

여기서 나는 농기구, 씨앗, 각종모종, 농산물, 산나물, 약초 등을 구
입한다. 아내는 산나물, 약초, 채소 등을 살 때 재미있어 한다. 물건
값이 일반 마트보다 싸기도 하고 말만 잘하면 덤을 듬뿍듬뿍 좌판 아
주머니들이 잘도 주기 때문이다. 내가 "그만 주셔도 돼요."라고 말리
면 아내는 눈을 흘기며 욕심껏 받아 챙기고 흐뭇해한다. 그리고 승용
차에 싣고 오면서 좌판 아주머니가 후하다며 즐거워한다. 정액 판매
마트에서는 볼 수 없는 일이다.

'덤'은 자동사 '더으다'의 명사형 '더음'으로, '더하다'라는 뜻을 가지
고 있다. 이희승 편 '국어 대사전'에서는 "제 값어치의 물건 밖에 조금 더

없어서 주고받는 일."이라고 덤을 설명하고 있다. 즉 '우수리'를 더하거나 빼버리는 뜻이 있다. 부담 없이 주고받는 넉넉한 마음이다.

시장이 거의 끝날 무렵에 채소를 사게 되면 덤을 더 후하게 받게 되는데 알뜰 주부들이 이 시간을 많이 이용한다. 근자에는 일식집에서 매운탕 덤을 주는 집도 있다. 회 뜨고 남은 뼈와 야채에 양념을 따로 싸준다. 작은 정성이 흐뭇한 정을 느끼게 하여 즐겁다. 그리고 두부음식 전문점에 가면 계산대 옆에 비지를 비닐 주머니에 담아 놓고 손님들에게 하나씩 집어 가게 한다. 이 또한 푸근한 인정을 집어가는 것 같다. 지금은 많이 사라졌지만 시골 재래시장에서 토속 특산물을 살 때 덤이 후했던 것으로 기억된다.

그러나 이런 덤도 지나친 계산이 눈에 보일 땐, 그 순수함을 잃어 마음이 언짢은 경우도 있다. 상인이 장사 속으로 손님을 끌어 이익만 챙기기 위한 덤은 덤이 아니라 장사 술이다. 산업 사회가 발전해 가면서 덤은 팁과 더불어 그 본래적 의미가 많이 퇴락頹落되어 가고 있다.

서구 선진국에서는 출판기념회에 초대 받으면 저서著書를 책방에 가서 사가지고 가는 것이 예의라고 한다. 책에 저자 사인을 받아야 되기 때문이다. 우리나라 사람들은 저서를 증정 받기를 바라고 받지 못하면 섭섭하게 생각하는 일이 상례다. 저자도 책을 줄 만한 사람에게 주지 못하면 몹시 미안해한다.

한국인의 의식 구조상 덤과 공짜는 물적 타산보다 정과 의리를 중시하는 점에 있다. 그러나 이것이 지나쳐, 노력이나 명분 없이 소득만

취하려는 것은 그리 바람직하지 않을 것이다. 전통 미덕인 덤은 후덕厚德함이어야 한다. 그리고 받는 염치廉恥를 잃어서는 안 된다. 그리하여 주고받는 사람 모두가 즐겁고 흐뭇해야할 것이다.

옛 우리 할머니들은 '백팔적덕百八積德'이라 하여 1년에 108번 남에게 무엇인가 주는 것으로 덕을 쌓고 그 적덕에서 낙樂을 얻었다고 한다. 해진 옷을 입은 남의 집 아이를 불러들여 이를 기워주거나, 마당의 사금파리를 주워 이들이 다치지 않게 한다든지, 이웃집에 갔다가 흩어진 신발을 가지런히 해놓고 온다든지… 세상 사람들은 남으로부터 취하는 데서 낙을 삼기 쉬운데 우리 조상들은 이처럼 남에게 주는 것으로 낙을 삼았다. 참으로 아름다운 인정이다. 이것은 인간사 보통의 경우를 넘어선 즐거움이요, 덕행이 될 것이다.

상식이 존중되고 염치를 아는 멋진 사회. 팁과 덤의 마음이 살아흐르는 사회.

우리가 일구려는 일류사회, 선진국가의 모습이 아닐까.

3부
행복한 비역사적 인간

너 어디 있느냐

돈 벌어 보려다 돈 떼이고 마음까지 떼인 친구. 마음을 떼이니 이 것이 병이 되어 건강도 떼인 친구. 우울증을 앓는다고 하였다. 별 것 아닌 것으로 마음만 돌리면 되겠거니 생각했는데, 부인의 말을 듣고 보니 그리 간단한 병세가 아님에 놀랐다.

노욕老慾이 병이었나, 무료無聊가 병이었나. 퇴직 후 할 일을 찾지 못하던 그가 낯선 증권사를 드나들며 소일한다기에 그럴 듯하게 생 각했었다, 다소 의외였지만. 과욕에 빠져 병까지 얻은 인생말년.

자꾸 죽고 싶다고 되뇌는 후배가 있다. 어느 정도 사업에 성공하여 친구들에게 부러움을 사기도 했지만, 그만큼 질시를 받기도 했다. 크 게 사업을 확장하여 건설업계에 새로운 기린아가 탄생하는가 했는 데, 실패하여 살던 집도 내준다고 했다. 더욱 괴로운 것은 자기를 믿 고 자금을 빌려 준 친인척도 길거리로 내몰리는 것….

인생 시기 따라 내가 머무를 자리를 아는 것도 쉽지 않은 듯하다.

아테네 델포이 신전에 새겨져 있었다는 "너 자신을 알라Know yourself"는 말은 소크라테스의 중요한 금언이 되었다. 이 말은 비단 사회 윤리적 선악 개념으로만 적용 될 것이 아니라, 개인에 한정된 행위에서도 자신의 자각을 통한 자기 관리에 적절한 금언이 되리라

본다. 남에게 손가락질하기 전에 나는 어떤지 먼저 살필 일이다.

진정 내가 하고픈 일은 외면하고 생의 진정한 존재이유를 모른 채, 지금 우리 사회는 물질과 소유를 향한 전투장을 방불케 하는 모습들로 가득하다.

이권 봐주고 돈 먹기 현장, 경쟁 위주의 자녀교육 현장, 출세 길 찾아줄 대기 현장, 집단 이익 찾기 데모 현장, 약자에 무자비한 갑질 현장, 권력쟁취 정치 현장 등….

예고 없는 대형사고, 성의 상품화 퇴락화頹落化, 쉽게 절망하는 높은 자살률, 넘쳐나는 실직자 무직자, 생명 경시의 크고 작은 범죄로 얼룩진 우리 사회. 지표 없는 혼돈의 장에서 잠시 쉬며 우리 모두의 모습을 깊이 통찰할 때가 아닌가 생각해 본다.

물론 각계각층 곳곳의 굳건한 버팀목!

선량한 국민들이 있기에 우리 사회는 지탱되고 유지해 나갈 수 있다. 묵묵히 우리 공동체의 생명수가 되어주는 시민들. 자기 설 자리를 제대로 알고 자기 몫을 다하는 그들이 존경스럽다. 성실한 파수꾼. 그들은 번져오는 이 사회의 오염을 언제까지 막고 청정수 역할을 다할 수 있을까? 우리가 마시는 수원지의 물도 몇 번의 오물 투척으로 심각하게 오염되어 우리 몸의 건강을 해칠 수 있다. 이 사회의 불순 바람을 잠재우는 것은 우리 모두에게 주어진 절체절명의 소명이다.

나부터 돌아보자.

나는 누구이며 지금 어디 서 있는가? 무엇을 갈구하고 있는가? 내가 찾는 삶의 참모습은 진정 내가 원하는 모습인지, 어떤 허상에 현혹되어 일상을 그르치고 있지 않은지, 깊은 내면의 언어에 귀 기울여 진정한 나의 정체적 의미를 살펴 볼 일이다.

'너 어디 있느냐'

과욕에 사로잡혀 죄를 범한 아담을 야훼 하느님께서 부르셨다.

"너 어디 있느냐?"(창세기 3장 9절)

이 부름은 절대자 하느님이 인간에게 최초로 묻는 안부이다. 안부가 필요 없던 에덴에서 만용을 부리다 몸과 마음이 타락한 인간. 선과 악, 행복과 불행을 알게 된 인간은 이것을 넘나들며 자기 관리를 위한 고된 선택적 삶을 살지 않으면 안 되게 되었다. 현실을 그르친 자중지난의 일탈로 스스로의 무덤을 만든 것이다.

이것은 '너 어디 가고 있느냐?'

'너 무엇하고 있느냐?'

'너는 누구냐?'

피조물로서의 정체적 자세를 지키지 못한 것에 대한 꾸지람이다.

"내가 따 먹지 말라고 일러 둔 열매를 네가 따 먹었구나!"(창세기 3장 11절)

금지는 '허락 중 허락' 임을 모르고 인간은 교만과 비교의 함정에 빠져 불행을 자초하곤 한다. 탐욕의 금지, 이 불문율에서 자유롭지 못한 인간적 생리가 만용과 오만을 부르고 끝내는 고통의 늪에서 허위적 거리게 한다.

허욕의 결과는 허상이다.

사람이 살아가는 데는 그리 많은 것이 필요치 않다. 성숙된 존재로의 삶은 많은 것을 요구하지 않고 필요한 것만을 찾으며, 물질적 풍요보다 정신적 만족을 향유한다. 이웃에 자리할 것이 내게 와 있지는 않은지, 남이 머무를 자리에 내가 서 있지는 않은지. 넓고 높은 자리보다 내게 알맞은 자리는 어디에 있는지, 똑바로 살필 일이다.

나는 어디에 있는가?

나는 어떤 지향으로 오늘을 사는가? 매일 매일이 확고한 목표 의식으로 투영된 삶은 알차고 보람되다. 그러나 우리네 삶이 무언가 최선을 다하지만 목적을 잃고 방법에 머무를 때, 바쁨에 허덕이며 바쁨의 의미 자체도 모른 채 삶이 표류할 때, 이상을 목표한 것이 허상이었음을 깨달을 때, 지난 세월 후회하며 맥 빠진 절규로는 구제될 리 없다.

얼마 전 성형수술에 실패한 여성이 자살했다는 소리를 들었다. 참으로 어처구니 없 고, 세상은 요지경이다. 이 어쭙잖은 행위는 본인만의 문제를 넘어 사회적 흐름을 탓하지 않을 수 없다. 외모지상주의가 불러 온 주체 상실의 비극이다.

'너'를 넘어 '우리'가 될 때 나타나는 '님비(NIMBY ; Not in My Back Yard)' 또한 지역 이기주의로 너희들이 서야 할 공간은 어디냐? 묻고 싶다. 사회적 혐오시설인 핵폐기물 처리장이나 폐기물 소각장의 경우는 주변 집값이 하락하는 것을 인정하고 차선의 방법을 찾는 것에 불편함이 크게 없다. 그러나 장애인을 위한 특수학교의 기피는 옹졸한 집단편견에 의한 우리 사회의 부끄러운 자화상으로 인간적 양심이 괴롭다. 장애인 시설이 폐기물 소각장과 같은 혐오시설로 보는 잔인한 그들. 너희들이 찾는 자리는 어딘가? 너희들의 진정한 파라다이스는 장애인이 없는 건강한 사람만이 사는 축제의 장인가? 물질에의 집착, 인간적 가치를 잃어버린 배타적 태도에 매몰된 그들이 바로 사회적 장애인이 아닐까?

성공이라는 허상을 인생의 정점에 모셔놓고 온갖 희생 제물을 바치며 숨 가쁘게 쫓아가는 삶. 그 인생 정점을 향한 왜곡된 집착이 일상을 감옥으로 만들거나, 빈껍데기의 나신을 드러내 허망을 씹기도 한다.

내면의 진정한 기쁨 없이 결과 된 성공은 생애의 위안이 될 수 없다. 그것은 자기 삶의 노예가 되어 주체적 희열을 잃었기 때문이다. 애석하게도 종국의 외적 성공은 빼앗긴 세월을 보상할 수 없다.

목적을 향해 앞 뒤 돌아 볼 겨를 없이 질주하는 사람들은 잠시 숨 고르며 지금 내가 선 위치를, 그리고 정황情況을 돌아보자. 성급한 목표 쟁취를 위한 고통에서 벗어나 느긋하게 대상을 꿈꾸며 매일 매일을 즐겁게 만나는 것이 나와 우리들을 진정한 행복으로 인도하지 않을까…

영국의 철학자 버트런드 러셀은 "행복하게 살려고 불행하게 사는 사람들이 너무 많다."라고 지적하였다. 행복을 추구하는 삶 자체는 행복해야 한다. '미래의 행복한 목표달성을 위해 현실의 고통을 참아라.'라는 전근대적 사고에서 벗어나 행복한 미래를 위한 과정 자체가 즐거움과 기쁨이 되어야 한다. 그러기 위해서는 진정 내게 맞는 설자리, 내게 주는 기쁨을 찾는 자기발견이 먼저 아닐까?

고통스런 질주와 경쟁. 이것은 나와 이웃에게 큰 부담으로 일상을 그르치기 십상이다.

투쟁적 바쁨에서 벗어나 느림으로 순간을 음미하며 즐겁게 맞이하자. 일상의 건강한 충만을 살려내자.

그럴듯한 외적 가치보다 내면의 기쁨이 잔잔한 삶. 이것이 참된 인생의 삶 아닌가. 인생 전체를 향한 일의 의미를 알고, 남에게 보여주기 위한 삶, 타인 위에 서기 위한 삶이 아니라 진정 내가 원하는 것에 몰두할 때 인생은 진정 즐겁다. 행복하다.

"항상 기뻐하시오"

성서 말씀을 빌리지 않더라도 기쁨의 삶 자체가 인생 본래적 모습이며, 모두가 에덴으로 가는 길이다. 매 순간을 선물처럼 소중히 여기자.

"너 어디 있느냐?"

물음에 주저 없이 대답할 수 있는 것은 우리의 과욕에서 오는 사회적 '위치와 돈'의 추구가 아니라, 마음이 안락하게 머무를 장소일 것이다.

그리고 마음의 안락을 가져오는 동기動機를 살펴 진정 나를 실현하는 길이 아닐까?

넓은 이마의 변辯

"넓은 이마만 아니면 류선생님은 아직 40대인데…"

며칠 사이로 같은 말을 거듭 듣고 나니 기분이 예사롭지 않다. 칭찬인지 동정인지 구별할 수 없는 그 말 한마디… 생각하지 말자, 지나쳐 버리려 해도 조각난 여운들이 뇌리를 맴돌아 가슴에 스며든다. 몇 년 전까지만 해도 별 관심 없이 지나치기 일쑤였다. 그러나 요즘에는 이렇게 말하는 사람의 표정을 놓치지 않으려 신경을 앞세우게 된다. 늙어가는 내 추레한 모습에 대한 동정의 말로만 느껴지기 때문이다. 같은 말인데 10년 주기로 다른 생각과 느낌을 받는 것, 이것도 인생무상의 한 과정인가?

나는 외모에 대해 별 관심 없이 살아왔다. 다른 사람에게 불쾌감을 주지 않을 정도의 외모만 유지하면 그만이지, 더 예쁘게 보일 필요도 더 밉게 보일 이유도 없다고 생각했다. 그래서 누구 앞이건 당당하고 자연스럽게 나를 드러냈다. 그저 '세월이 만들어 주는 대로, 따라 살다 보면 제 나이 찾아 자연스런 모습으로 살아가겠지' 하고 태평스럽게 생각해 왔다.

이런 생각은 결국 외모에 대한 약간의 자신감에서 오는 방관자적 태도이기도 하다. 이 자신감은 일종의 자기도취Narcissism에서 비롯되지 않았나 생각된다. 누구나 자기 외모에 관한 한 정도의 차이는 있 겠지만 자기도취가 있게 마련이다. 그러므로 제 멋에 겨워 살게 마련 이리라. 그래야 인생도 더욱 즐거운 것이 아닌가…

나는 몇 년 전부터 자기도취에서 깨어난 듯하다. 이발과 목욕을 자 주하게 되고 옷 색깔과 디자인에도 신경이 쓰였다. 남성 화장품에도 관심을 갖게 되는가 하면, 넥타이도 오래 고르는 등 평소에 없던 새 로운 관심이 곳곳에서 생기기 시작했다. 추해짐을 막아 보려는 노력 이 지극하여진 것이다.

그러나 이런 노력도 허사임을 뒤늦게 깨닫게 되었다. 적지 않은 시 간, 물량, 정력의 투자도 나의 넓은 이마가 개선되지 않는 한 헛된 일 임을 알게 된 것이다. 그래서 체념하는 길을 찾고 있는 중이다. 무상 한 젊음의 아름다움을 넘을 수 있는 길을 찾고 싶다. 외적 아름다움 보다 내적 아름다움에 기대보려 하나 이것이야 말로 외적인 것보다 더 어려운 것임을 깨닫게 되었다. 연륜에서 오는 인간적 소양과 향기 만이 내 넓은 이마를 넘을 수 있는 길이라 생각된다. 노추를 줄여 보 고자 오늘도 갖은 상념이 오고 간다.

요즈음 부쩍 나의 넓은 이마가 몹시 원망스럽다. 육순 나이를 유지 못 하고 칠순을 넘나들게 하는 표징이기 때문이다. 그런대로 괜찮은 얼굴 을 넓은 이마가 버려 놓은 것 같다. 다른 것은 거의 모두 부모님과 선조 들께 감사하는 마음으로 살아왔는데 넓은 이마에 관한 한 그렇지 못하 다. 남들은 건강한 머리숱을 자랑하며 십년을 젊게 사는데, 나는 오히려 십년이 늙어 보여 잡다하게 신경이 쓰이니 편편치 못하다.

나의 넓은 이마는 십년 인생을 접어 버렸다.

자기 PR, 개방시대를 사는 오늘에 막대한 손실로 다가 온다.

직장에서 야유회 갔을 때, 식사가 끝나고 편을 갈라서 놀이를 하였다.

"이마가 제일 넓은 사람 모셔오기!"

사회자의 말이 떨어지자마자, 나는 정신없이 젊은 남녀에 의해 사회자 앞으로 끌려갔다. 사회자는 나에게 넙죽 절을 하더니 이마 길이를 줄자로 재기 시작했다.

"11센티미터!"

상대편보다 3센티미터 더 넓게 나오자 박수가 터지기 시작했다. 그리고 모두들 즐거워했다. 재주 부리는 원숭이를 보고 즐거워하듯 나의 넓은 이마가 여러 사람에게는 즐거움을 줄 수 있었을지 모르지만, 나는 씁쓸한 마음을 뒤로 해야 했다. 겉으론 함께 즐거움을 나눴지만, 마음 한구석에 감춰진 옹졸한 나 자신에 놀라지 않을 수 없었다. 그것은 바로 덧없이 흘러버린 세월에 대한 초조焦燥요 노여움이 아닌가. 세월에게 모든 것을 빼앗긴 유치한 투정이리라. 꿈도 용기도 여유로움도 얄팍해진 데서 오는 허탈한 몸부림일 것이다. 씁쓸한 분노가 어른거렸다.

그러나 때론 넓은 이마의 보이지 않는 저력을 실감하는 순간들도 있었다. S학교 교감으로 일할 때의 이야기다. 하루는 체육부장 선생이 매우 곤란해 하며 의견을 구해 왔다.

"지역사회 유지들이 토요일 오전부터 운동장을 쓰겠으니 양해해 달라고 하는데 어떻게 할까요, 교감선생님."

나는 오전 수업이 진행되는데 양해는 무슨 양해냐며 절대 안 된다고 잘라 말했다. 다음 날도 막무가내로 같은 요구를 해온다기에 체육부장이 곤란하면 내게 대표를 보내라고 했다.

지역사회 발전 위원장이란 사람이 왔다. 머리숱이 많이 덮여 있는 이마를 가진 건장한 사람이었다. 서로 인사를 나누고

"요구 사항이 무엇인지 말씀해 보시지요."

점잖게 처음으로 그를 쏘아보고 말하며, 말 할 기회를 주었다.

"네, 교감선생님! 인근 지역사회 대항 축구대회를 하려고합니다. 토요일 오전부터 시작해야 오후에 끝낼 수 있습니다. 오전부터 운동장을 쓸 수 있도록 양해 부탁드립니다."

그는 학생들의 수업활동을 가볍게 생각하고 있었다. 나는 불쾌했지만 점잖게 말했다.

"학교는 국가가 정한 법령에 따라 교육과정을 운영하여 여러분의 자제들을 교육하는 곳입니다. 수업 중 운동장을 빌리는 것은 양해 사항이 될 수 없습니다. 체육수업이 있는 학급을 운동장이 아닌 교실에서 하도록 할 수는 없지 않습니까?"

위원장이란 사람은 고개를 들지 못하고 시선을 피하며 머뭇거리더니

"저희들 생각이 짧았습니다. 교감선생님! 죄송합니다."

꾸벅 인사를 하고 두말없이 돌아갔다. 나는 돌아가는 위원장을 바라보며 회심의 미소를 지었다.

'넓은 이마가 좁은 이마를 제압했구나!' 번쩍거리는 넓은 이마가 한 몫을 한 것이다. 연륜을 보여준 외모의 무게가, 두통거리를 쉽게 해결할

수 있었다고 생각되어 이마를 더욱 쑥 내밀고 직원실을 둘러보았다.

그러나 일상에서 나의 넓은 이마가 몸과 마음을 위축시켜 의기소침할 때가 많은 걸 숨길 수는 없다. 거의 두피만 드러난 머리통 사진을 보노라면 괜스레 울화가 치밀기도 한다.

이런 나의 불편한 심기를 눈치 챈 아내는 은근히 나를 위로하기도 한다.

"당신 요즘 건강이 좋아지는가 싶더니 머리 색깔도 많이 검어졌어요!"

아내의 말에 머리를 거울에 비춰 본다. 정말 검은 머리 숱이 많아진 듯하여 기분이 나쁘지 않다. 아내도 내색은 하지 않지만 가끔은 내 머리에 신경을 쓰는 듯하다. 지나치게 나이 들어 보이는 남편이 좋게 보일 리 있겠는가. 자기 친구들 구설에 오르거나 부부동반 모임이 있게 되면 몇 가지 권유를 조심스럽게 해 오기도 한다.

믿을 만한 중국제 발모제를 구해 오겠다. 가발을 써보자. 머리숱을 부풀리는 헤어스프레이를 구해올까요 등 요란을 떤다. 그러나 나는 들은 척도 안 하다가…

"머리숱 좋은 사람에게 시집가면 그런 걱정 안 해도 될 것 아닌가!"

반농으로 핀잔을 준다. 이내 아내는 기겁을 하고 나의 눈치만 살핀다. 너무 말이 심했나 싶어서, "대머리가 소머리보다 좋지 않나?" 하고 정겹게 말하면 아내도 이내 웃어 버리고 만다.

세월이 내게 만들어 준 자연스런 표장標章을 무엇으로 막는단 말인가! 더벅머리 댕기 치레 하듯 지난 세월에 반항해봤자 모두 부질없는 짓이다.

에피쿠로스는 "자연에 강제성을 가해서는 안 된다. 그보다도 그것에 순종해야 할 일이다."라고 말했다. 자연 속의 인간이 그 섭리를 무시하며 살 수는 없다. 세월이 내게 주는 것이 최대의 선물이며 진리이다. 세월이 주는 건조한 모습을 아름답게 빛내는 그 무엇이 있을 것이다.

미국의 대통령을 지낸 링컨은 "40을 지낸 사람은 자기 얼굴에 책임을 져야 한다." 했다.

나는 내 얼굴에 대해 자신이 없다. 두려움마저 느껴진다.

60평생 나는 어떤 마음으로 어떻게 살아와서 어떤 세월의 냄새를 풍길까?

주름진 넓은 이마와 몇 개 안남은 반백은 시들어 버린 장미를 보는 듯 거북하다. 비록 몸은 늙었지만 고상하고 우아함을 발산하는 사람을 가끔 본다. 젊은이들에게서 볼 수 없는 고매한 아름다움으로 다가와 보기 좋다. 연륜이 만들어 준 이 원숙미야말로 세월에 찌든 때를 맑게 하는 내적 향기이리라.

대머리를 보고 놀리는 우리 속담에 "공것 바라면 이마가 벗어진다."란 말이 있다. 그러나 나는 '넓은 이마는 넓은 마음과 넓은 사랑을 품는다.'란 항등식으로 풀어 보고 싶다. 여기에 우아한 연륜의 천리향을 지닌 아름다운 인격이 가는 곳마다 소리 없이 피어나도록 나를 다스려야 되지 않겠나…

살붙이, 정붙이

내 몸의 분신인 자식이 살붙이라면, 내가 지극히 좋아하고 정이 가는 사물은 정붙이라 말할 수 있다. 이 둘의 공통점은 끈끈한 정을 매개로 한다. 살붙이는 서로 활력 넘치는 정을 주고받지만, 정붙이는 느긋하게 정겨움이 샘솟는 일방 주관 정서의 흐름이다. 또한 살붙이는 본래적 성정性情에 근원을 두고 정붙이는 개성에 따르는 취향이다. 그러므로 살붙이는 서로 고운 정, 미운 정이 마음속 깊이 작용하여 열렬한 기쁨을 주고 받기도 하며 절망적인 슬픔을 안기기도 한다. 그러나 정붙이는 일방적으로 선호되는 사물로 정감에 따라 오감을 만족시키기도 하고 아쉽게도 한다. 이 둘은 삶의 의미를 지순하고 풍요롭게 가꾸어 즐거움과 행복을 안겨주고 혹은 섭섭함과 실망을 연출하기도 한다.

모든 사람들의 인생살이가 각기 다르고 그 삶의 다양한 모습에 따라 정한情恨도 이리저리 자리 잡으리라.

살붙이에 실망하여 정붙이에 빠져들기도 하고 이렇다 할 정붙이를 만들지 못하고 살붙이만 가슴에 안고 일생을 보내기도 한다.

"개살구도 맛 들일 탓."이라 했고, "동냥자루도 제 맛에 찬다."라 했거늘, 사람들의 개성에 따라 즐거움과 위안이 닿는 곳에 각기 다른 취미는 자리 잡게 되리라 본다. 이 취미를 살리는 정붙이 에의 몰입이 인생을 살맛나게 한다.

마지막 살붙이 막내까지 제짝 찾아 날아가 버리니 하루하루가 삭막하고 허허롭기만 하다. 살붙이 네 자매가 모두 출가하여 이젠 산속 큰집에서 아내와 둘이만 동그마니 정적을 씹고 있는 형상이다.

살붙이가 일구는 정은 싱겁다가도 독하고 집요하다. 부모의 가슴에다 정이라는 괴물을 빚어 채워주신 조물주의 손길은 축복이 아니라 어쩌면 인간에게만 마련한 모진 형벌이 아닐까? 형벌은 아니더라도 변덕스럽고 지루한 고문이리라.

아내가

"겨울이 멀었는데 왜 이리 춥지요." 지나가는 말하듯 한다.

"비온 끝이라 기온이 내려가서 그렇지."라는 선문답하듯 주고받는다. 춥고 따뜻함이 뭐 그리 대순가. 할 말은 따로 있으나 건드리기 싫다는 정서가 흐른다.

"드는 정은 몰라도 나는 정은 안다."라 했나, 떠나간 구석구석이 이리도 컸었구나? 어리둥절 끈질김이 구만리장천이다.

이 없으면 잇몸으로 살듯이, 살붙이가 모두 떠나면 잇몸인 정붙이와 살면 그뿐 아닐까 생각했었다. 그러나 내 맘도 마음대로 되지 않는다는 것을 알게 된다. 평소에 내가 좋아하는 정붙이라 생각되는 것들이 오히려 살붙이들과의 추억을 되살려 막막한 그리움으로 채워진다.

인간은 때로 약하기 때문에 강해지고, 소심하기 때문에 담대해지기도 한다. 그리움인지, 걱정인지 모두 몰아내고 안락한 평안으로 살기를 원한다. 하지만… 의식 한구석에 자리 잡은 피붙이에 대한 애착은 살아있는 한 생명의 일부분으로 작용하는 천륜지정天倫之情이 아닐까?

날아가 버린 살붙이를 몰아내기 위해 새로운 정붙이에 몰입하려 하나 생각대로 될 수 있을지…

퇴직하여 전원생활을 시작하자, 주변의 모든 동식물들이 모두 나의 정붙이로 등장하였다. 4계절 산야의 변화와 더불어 주변 정붙이의 아름다운 변신.

40여 년간의 서울생활을 접고 꿈에 그리던 산촌에서 전원생활이 시작되었을 때의 정붙이가 준 기쁨! 이 정붙이는 해가 거듭 될수록 더 풍요롭고 아름답게 다가와 활력 넘치는 삶을 주었다. 찌든 도시생활에서 해방시켜준 고마운 산촌생활.

오포 문형산 골짜기의 통점골은 나의 제2의 고향이라 생각될 만큼 몸과 마음을 품어준 정붙이다. 이 통점 마을을 둘러싼 산야야말로 잇몸으로 사는 나에게 더할 나위 없는 의지요 위안이었다.

언덕배기 위에 아담한 집을 짓고 앞뒤 뜰에 정붙이를 모아들이는 일은 마냥 즐겁고 가슴 설레는 일이었다. 집을 새로 짓고 정붙이 풀꽃들과 정원수를 하나 둘씩 수목원에서 사들여 식재하기 시작했다. 목련, 매화, 감나무, 복숭아, 대추나무, 배나무, 자두, 살구나무…등 나의 유소년시절 고향에서 익숙했던 나무 중심으로 집 주위를 장식했다. 큰 나무를 울창하게 심고 싶었으나 나무 값을 감당하기 어려웠고 작업 비용 또한 만만치 않았다. 새 정원은 나날이 작은 변화로 새로움을 선사했으나 삭막함이 쉬이 가시지 않았다. 연륜의 일천日淺함이라 기다리는 수밖에 다른 방법이 없어 보였다.

이렇게 아쉬움이 가득한 앞뜰을 바라보며 앙상한 정붙이들이 풍성한 정원으로 빨리 변신하기를 고대해 본다. 이러할 즈음 마을 위 2천여 평의 산을 집터로 개발하는 작업이 진행되고 있었다. 이곳 산에는 보기 좋은 적송이 여러 그루 자생하고 있었다. 20여 그루 넘어 보이는 우람한 소나무였다. 욕심이 생겼다. 개발 책임자를 찾아가 적송 한 그루를 양도할 것을 간곡히 부탁했으나 거절당했다. 욕심이 수그러들지 않자 두 번 더 부탁했으나 또 거절, 거절당했다. 원래 우리 강산 아무데서나 잘 자라는 소나무를 좋아했고 그 장대한 소나무가 우리 정원을 우아하게 장식할 것을 미루어 생각하니 포기할 수가 없었다. 생각다 못해 궁여지책으로 꾀를 냈다. 공사장 가는 약 30여 미터 길이 내가 양보한 5미터 넓이의 개발지 진입로의 일부였다. 공사장 진입로 30여 평이 내 소유의 길이다.

"당신들 그럼 내가 이 30여 미터 길을 폐쇄하고 본래의 땅에 흡수하겠으니 알아서 작업을 계속해 보시지요." 하고 을러댔다.

다음날 사장이라는 사람이 고급 승용차를 타고 선물 보따리를 손수 들고 나를 찾아 와 사정을 했다.

"선생님 저희 현장 소장이 사정을 잘 모르고 잘못했으니 진입로를 쓰게 해 주시면 차후 응분의 사례 올리겠습니다." 하고 고개를 숙였다.

"차후 사례는 필요 없고 소나무 한 그루나 골라 심을 생각이요."

"예, 선생님 필요한 대로 몇 그루라도 가져 가시지오." 이렇게 소나무에 대한 욕심(?)을 어렵게 채웠다.

며칠 뒤에 나무 전문가 세분과 굴착기 한 대를 불러 적송 이식 작업을 시작했다. 소나무 뿌리 주변을 넓게 파서 마대를 감고 굵은 철사와 새끼줄로 뿌리 흙을 감싸는 작업을 오후 2시까지 진행했다. 그리고 나무를 굴착기로 들어 올려 조심스럽게 이동하였다. 정원 가운데 심을 자리를 파서 손질하고 나무를 겨우 옮겨 심으니 저녁 6시가 지났다. 나무지지대를 세우고 물 줄 자리를 파서 완전히 작업이 끝나니 30분이 더 소요됐다. 소나무가 32점 정도로 커서 다루기 힘들었지만, 이식 작업이 이렇게 까다롭고 버거울 줄은 미처 생각지 못했다. 작업 인부들이 성심껏 최선을 다하는 모습에 감사했고 여러 어려운 과정을 거쳐 이식이 완료되니 새로운 정붙이에 대한 기대와 관심이 모아졌다.

이렇게 하여 가장 멋진 소나무 한 그루를 얻어 정원 한가운데 심어 놓으니 전체 분위기가 무게 있게 살아났다. 역시 적송 재래 소나무는 나무 가운데 어른 나무로 모든 나무를 거느리며 호기롭게 군림하는 듯했다. 나는 시도 때도 없이 이 왕소나무에 취해 방향 따라 이리보고 저리 보니, 믿음과 정겨움이 날로 더해갔다. 정붙이로 도가 지나친 듯 몰두했다.

이곳은 어떤 자리일까?
어떤 기운이 흐르고 있을까?

산야를 하루 종일 바라봐도 신선한 감동은 사라지질 않는다. 살붙이 아이들과 꽃과 나무를 심어 정붙이가 하나 둘씩 늘어나는 재미란 무엇에 비교하랴! 이제 그 오순도순 그리운 시절을 되돌아보며 정붙이가 더욱 살붙이를 맴돌게 한다.

퉁점골의 봄은 매화나무 가지로부터 온다. 흙냄새를 맡으며 텃밭을 일구고 여러 가지 채소를 가꿔 이를 식탁에 올리는 신선함은 돈을 아무리 주고도 살 수 없는 귀한 전원생활의 선물이다. 문형산 너머로 먼동이 고개를 내밀면 해맑은 퉁점 마을 아침이 밝아 온다. 온갖 이름 모를 새들의 노래로 명쾌한 아침이 열린다.

봄의 화창함, 울창 무성한 여름, 가을의 풍요와 평온함, 백설의 겨울 언어는 덤으로 얻는 명화의 전당이요, 축복이다. 이들이 사시사철 뿜어내는 기운으로 하루하루가 유쾌하고 신기롭다.

새는 저마다 최상의 보금자리를 좋아한다 했거늘 이 정겨운 정붙이가 주는 별유풍경을 외면하고 날아가 버린 살붙이가 정붙이 때문에 더욱 안타깝다. 그러고 보면 정붙이의 역할과 의미가 역행하고 있지 않나 생각되기도 한다. 정붙이에 몰입하여 날아간 살붙이를 잊어 볼까 하였으나 오히려 정붙이와 함께한 기억이 살붙이를 부르게 하였으니…

술이 이불을 먹어 버리고

술은 체질 따라 잘 받는 사람이 있고 그렇지 못한 사람이 있다. 그리고 집안家系에 따라 술을 잘 들기도 하고 마시지 못하기도 한다. 우리 집안은 내 유년시절까지 농촌에서 주로 농사를 지으며 살았다. 그때에는 술 잘 먹고 잘 놀기로 이름난 집안으로 정평이 나 있었다. 술 잘 먹는 것이 자랑할 것은 못 되지만 술을 잘 나눌 줄 알면 사람을 사귀기가 쉽고 친분관계를 유지하는데 도움이 된다. 그러나 지나치면 이 또한 많은 문제를 일으킨다. 내 기억으로는 5촌 종숙께서 평소 술이 지나치셔서 오래전에 돌아가신 것으로 알고 있다.

1960년대 초 군에서 제대를 하고 잠시 시골집에 머물고 있었다. 그해 겨울 사촌 둘째 형의 혼사가 결정되어 형수 될 분 댁을 방문하게 되었다. 형수 집안은 평택에서 부농으로 농사규모가 컸던 것으로 기억한다. 사위 될 사람과 인척이 함께 왔으니 그 대접이 융숭하기 이를 데 없었다. 방이 따로 마련되어 사돈댁 사람들과 어우러져 술자리가 벌어졌다. 처음엔 서로 예의를 갖추고 긴장하며 술잔이 오갔으나, 취흥이 살아나자 분위기가 고조되면서 농담이 오갈 정도로 자유로워졌다. 자정이 넘어도 술자리는 끝날 줄 몰랐다. 처남 될 사람도 술고래로 계속 술을 가져오게 했다.

그런데 마신 술이 문제였다.

아니, 마신 술 맛이 문제였다.

인간관계에서 가장 어려운 사돈 될 댁에서 술로 인해 자제력을 잃게 된 것이었다. 지금까지 반세기 이상 술을 마시고 다녔지만 그때 그 술보다 더 좋은 술은 아직 마셔보지 못했다. 물론 개인차가 있을 수 있겠으나 농촌 출신인 나로서는 당시 사돈댁 그 술이 최고의 진수였다.

이는 전통 막걸리 수준의 술이 아니라 막걸리를 만들어 내기 전에 술독에 용수를 박아 놓으면 그 안에 고이는 맑은 술 전안奠雁이었다. '전안'이란 전통 혼례에서 신랑이 기러기를 가지고 신부 댁에 가서 상위에 올려놓고 절하는 예절을 말한다. 이때 쓰이는 술이 '전안'으로 불리어졌고, 가장 좋은 곡주로 알려져 왔다. 이 전안을 여러 집에서 마셔 보았으나, 어떤 재료와 방법으로 빚었는지 이 사돈댁의 전안은 참으로 신비로웠다.

그 전안은 마시는 순간, 사르르 입안을 자극하는 특유의 곡주향이 코 안을 콕 찌르고 코끝을 움츠리게 했다. 더불어 무슨 약초 향과 맛인지 뒷맛의 여운이 상큼 쌉쌀했다. 이내 목으로 내려가면서 목 줄기를 시원하고 환하게 다듬었다. 참으로 술의 진수 중의 진수였다. 그야말로 예술이었다.

이 전안은 어찌나 독한지 석잔 만 먹어도 뱃속이 얼얼하고 머리가 팽그르르 돌아 기분이 상쾌했다. 거의 주정 수준이었다.

이러한 술을 밤새껏 마셔 댔으니 온전할 리 없다. 사람이 술을 마시고, 술이 술을 마시다가 술이 사람을 마시게 했다. 노래까지 끼어들어 주흥을 돋우었다. 모두들 즐거워했다. 새 사돈댁에서 안하무인 결례가 이만저만이 아니었다.

사돈댁 어른들은 몹시 걱정이 되셨는지, 처남 될 사람을 불러내어 술자리를 거두도록 타일렀으나 조금만, 조금만 더한 것이 새벽 2, 3시는 되었던 것 같다. 마침내 술좌석을 거두고 다른 방 잠자리로 안내되었다.

다리가 후들후들 떨리더니 '꽈다당' 댓돌을 헛디뎌 마당 아래로 넘어져 버렸다. 사돈 될 댁에서 이런 추태를 보여 참으로 큰 무례를 저질렀으나, 이런 저런 분별도 하지 못하고 정신없이 잠자리에 들었다.

더 큰 문제는 잠자리에서 일어났다. 자다가 소변이 보고 싶어 일어났다. 벌써 날이 훤하게 밝아 오면서 동트기가 시작된 것 같았다. 아직도 머리가 어찔어찔하여 움직임이 자유롭지 않았다. 일어나려는데 이게 웬일인가? 참으로 큰 일이 벌어졌다. 하체가 축축 묵지근하여 정신이 번쩍 들어 살펴보니 깔고 자던 요가 흠뻑 젖어 있었다. 이 일을 어찌하면 좋을지, 망연자실. 아무 생각도 나지 않았다. 대형 사고였다. 옆에서 자고 있던 형을 깨울까 하다가 일단 화장실을 다녀왔다. 꾀를 내었다. 우물가에 있는 큰 양푼을 집어 들고 방으로 들어왔다. 그리고 젖은 요를 창가로 밀어 놓고 맨바닥에 자는 척하고 누워있었다. 누워있었으나 걱정이 이만 저만이 아니었다.

이윽고 날이 활짝 밝았다. 걱정스레 누워있는데 방문 두드리는 소리가 나더니 문이 열렸다. 처남 될 사람이 편히 주무셨냐고 아침인사를 건네며 아침식사가 준비됐으니 일어나시라고 말했다.

나는 이때다 싶어 벌떡 일어나서

"자다가 하도 목이 타서 물을 마시다가 물을 요에다 엎어 버렸으니 어떡하지요?" 하고 큰 양푼을 창가로 밀어 놨다. 처남 될 사람은 주위를 둘러보더니 "괜찮아요, 햇볕에 널면 되지요 뭔 문젠가요."라고 가볍게 대답했으나, 내 말을 믿어 주었는지 지금도 의심스럽다.

술이 이불을 먹어버렸다. 참으로 엄청난 개망나니 행패를 사돈될 댁에서 저질렀으니 형님 결혼 약속이 재고되는 것은 아닌지 몹시 걱정이 되었다.

다행히 형님은 결혼식을 잘 치렀으나… 항상 형수님 뵙기가 민망했다.

여운

환희합창歡喜合唱.

별다른 변화도 움직임도 없는데 그냥 기분이 좋다. 딱히 꼬집어 말할 수 없지만 다 채워져 있는 느낌이다. 이것은 장소를 가리지 않고 불쑥불쑥 이곳저곳에서 스쳐 내 가슴을 벅차오르게 한다. 자애로운 그분의 미소, 손길, 눈 맞춤, 입맞춤, 위로의 포옹 등 지극히 낮은 자의 모습으로…

마음속에 잠자던 내 영혼이 깨어나 송가를 띄운다.

프란치스코 교황이 4박 5일 이 땅에 머물다 간 지 2주일이 지났는데도 그의 행적이 지워지지 않고 어른거리는 것은 무엇일까? 오히려 새록새록 여기저기서 피어나 가슴 뿌듯 눈어림과 입가를 춤추게 하는 것은 무엇일까?

이것은 프란치스코 효과Effect 또는 프란치스코 영향Influence이라 말할 수 있겠으나 나는 굳이 프란치스코 '여운'이라 말하겠다. 효과나 영향은 얼마 지나면 사라져 잊혀 지지만, 공감 짙은 여운은 마음속 깊이 잠재되어 작은 신호에도 언제나 행복 나래를 펴기 때문이다.

이분이 주는 짙은 공감은 어디에서 오는가?

이토록 사람들을 열광하게 하는 힘은 어디에서 왔을까?

선대의 두 교황도 가까운 거리에서 뵌 적이 있지만 프란치스코 교황만이 지닌 독특한 힘이 보인다. 서울 공항의 트랩을 내려서 이 땅에 머물고 다시 오를 때까지 교황이 보여준 진정성과 무게감이 '아, 그렇지!' 가슴을 울리고 머리를 두드렸다.

이는 교황에게 주어진 권위에서 오는 것이 아니고, 힘없고 낮은 자의 모습으로 나의 가슴을 울렸기 때문이다. 누구나 '가난'을 말할 수 있지만 그것을 삶으로 살아 내기란 쉽지 않다. 누구나 '겸손'을 말하기는 쉽지만 생활 속에 몸소 처신하기란 어렵다. 그런데 교황은 성직에 나아가면서부터 아니, 그 이전부터 가난을 살았고 겸손하게 힘없는 이들을 섬겼다 한다. 이들과 함께 하는 삶 속에 가는 곳마다 무수한 큰 공감을 일으켰고 힘 있게 우리 가슴을 열었다. 누구나 반갑게 초대했다. 그래서 전 세계인들은 그의 실천적 언행일치를 보고 크게 감동하고 박수를 보내는 것이리라.

우리가 그분을 보고 더욱 감동하는 것은 우리의 현실에서는 찾아보기 어려운 모습이기에, 우리 머리를 무겁게 짓누르는 여러 겹의 난제들 앞에 그분이 나타나셨기에, 위로의 손길을 필요로 하는 많은 사람들이 고통 중에 있기에, 우리 마음에 더욱 깊은 울림으로 다가오는 것이리라.

그분의 친근하면서도 소박한 인간적 면모는 가히 파격적이다. 교황은 그의 관저를 물리치고 교황청 직원들과 바티칸을 방문하는 추기경들이 묵는 게스트하우스 '성녀 마르타의 집'에 기거하며 평범한 삶을 즐긴다. 그리고 이곳 소년원의 소년 소녀들은 물론 병자들 발까지 씻기고 입을 맞추며 그들을 위로한다고 들었다. 교황이 된 후 처음 맞은 생일에는 성 베드로 성당 주변 노숙자들을 초대해 식사를 함께 나누었다고 한다.

우리는 그의 방한에서 눈으로 직접 보고 귀로 듣고 가슴으로 느꼈다. 세월호 희생자의 유족들은 교황과 대화하고 나서 '처음으로' 위로받는 느낌이었다고 한다. 특히 세례를 받겠다는 세월호 희생자 아버지의 청을 받으시고 '이미 상처를 지닌 사람에게 세례를 거절하면 또 깊은 좌절감을 안겨줄 것'이란 마음으로 세례를 주셨다고 한다. 교황세례는 중세 유럽에서는 왕족의 일원이나 가능했던 것이다.

꽃동네에서는 아이에게 꽃다발을 받고 "성모님께 드려도 될까?"라고 꼬마 아이의 동의를 구한 다음 성모님께 바치셨다.

교황님을 뵙고 오랜 전통에 따라 무릎을 꿇고 반지에 입을 맞추려는 수도자에게는 일어나라고 몸짓을 해 보이셨다. 당신을 위해 큰 의자를 준비한 것을 작은 의자로 바꾸게 하셨고, 그나마 작은이들 앞에서는 옆으로 서 있으셨다. 늘 행사준비 실무자들과도 눈을 맞추며 챙겨주시고 사진도 함께 찍도록 해 주셨다.

특히 명동 성당 미사에서는 위안부 할머니들과의 진정한 사랑과 위로의 포옹, 애처로운 눈 맞춤과 입맞춤은 예수 성심에 닿아 있었다. 십자가에 달리신 그리스도를 받아 안은 것이다. 한마디로 다시 살아나신 '예수'로 보였다.

이분의 '예수'다운 행동은 작년 10월 그가 바티칸 광장에서 강론할 때도 일어났다. 군중 가운데에서 갑자가 꼬마 어린이가 나타나 교황을 빤히 쳐다보기도 하고 교황의 의자에 앉기도 하고, 심지어는 교황의 다리를 껴안기도 했다. 엄숙해야할 상황에서도 교황은 아이를 물리치기는커녕 한 손으로 아이의 머리를 쓰다듬으며 강론을 계속하셨다. 이는 예수님이 말씀하신 "어린이들을 그냥 놓아 두어라. 나에게 오는 것을 막지마라. 사실 하늘나라는 이 어린이들과 같은 사람들의 것이다."(마태복음 18,14)라는 예수의 어린이 사랑과 닮아 있었다.

선량한 사람들의 하늘나라!

맑고 티 없이 순수한 어린이 같은 사람들의 나라. 어린이를 통해 하늘나라를 예견해 주는 말씀이다. 하느님의 나라가 이 땅에 하루빨리 임하도록 기도 올린다.

그는 50달러짜리 손목시계, 낡고 오래된 구두, 기아자동차의 1600cc 쏘울 자동차를 선호하고 방탄차를 마다하는 모습에서 서민들과 함께하겠다는 강한 의지를 보여 주셨다.

이런 구체적인 몸짓과 호흡에 우리 대중은 격렬히 반응하고 감탄했다.

구체적인 인격으로 사랑을 드러내는 것은 이렇게 힘이 있는 것이구나. 진리를 사는 인격이란 이런 것이구나. 군중에게 감명을 주고 일치를 시키는 힘도 여기에서 찾아볼 수 있었다.

2천 년 전 많은 사람들이 예수님 곁으로 모여들었던 것을 이제야 알 수 있을 것 같았다. 그리고 예수님의 제자들이 "말씀이 사람이 되셨다."(요한 1,14)라고 고백한 까닭도 이제야 확실히 알 것 같다. 이런 새삼스런 깨달음은 교황께서 구체적으로 보여주신 언행 때문이었다.

그분은 감사의 인사를 남기고 떠나갔다.

소중한 위로와 격려를 남긴 몸짓. 사랑을 남기고 한국을 떠났다.

이제 그분의 시공을 넘나드는 갖가지 여운은 행복한 휴식으로 오고가리라. 평온한 미소 머금고 속삭이리라. 서로 사랑하라고.

우리 모두 사랑의 인사를 나눕시다. 평화의 기도를 올립시다.

이 푸근하고도 짜릿한 감동, 울림. 여운…

예수님을 닮은 빛이 되어, 행복한 별이 되어 온 누리를 밝히리라.

2천 원의 행복

버버리 코트를 입고 외출할 것을 권하는 아내의 성화를 뿌리치고 집을 나섰다. 이내 후회를 했다. 제법 쌀쌀한 아침이다. 11월 하순의 초겨울 검푸른 하늘이 차가운 햇살을 뿌리며 추위를 재촉하고 있었다. 아내가 운전하는 승용차를 타고 불규칙한 시골 길을 빠져나와 좌석 버스 정류장으로 향했다.

아침에 바삐 움직이느라고 아침기도를 올리지 못했다. 나는 승용차를 타고 가며 아내와 함께 바치는 아침 기도를 좋아 한다. 언제나 KBS의 제1 FM(93.1) 클래식 음악 방송을 틀고 기도를 시작한다. 차 내 은은한 음향은 우리 부부의 기도를 상큼하게 받쳐 준다.

"하늘에 계신 우리 아버지, 아버지의 이름이 거룩히 빛나시며 아버지의 나라가 오시며…"로 시작하여 오늘 하루를 하느님 뜻대로 봉헌할 수 있도록 도와 달라는 기도이다. 차 안을 가득 메우는 해맑은 소프라노와 묵직한 바리톤의 교송交誦! 우리들의 기도는 두 영혼의 절실한 칸타타Cantata되어 평소보다 두 배의 기도가 될 것이라고 아내에게 말하곤 한다.

모닝사이드 아파트 입구의 좌석 버스 정류장은 승객들로 다소 혼잡하다. 10여 분을 기다리고 나서야 광화문 가는 좌석버스를 탈 수 있었다. 요금을 내려는 순간, 나는 당황하지 않을 수 없었다. 아침에 옷을 새로 갈아입고 지갑을 챙기지 못하였기 때문이다. 큰 보물이라도 잊은 듯이 이리 저리 주머니를 뒤졌으나 현금도 카드도 찾을 수 없었다. 차는 이미 출발하여 내릴 수도 없고 할 수 없이 운전기사에게 사정을 말하지 않을 수 없었다.

"기사님, 제가 지갑을 두고 집을 나와 요금을 낼 수 없습니다. 내일곱으로 낼 테니 오늘은 그렇게 양해해 주세요. 네~, 죄송합니다."

"멀쩡한 사람이 왜 이래~ 내가 한두 번 속은 줄 알아? 다음 정류장에서 내리쇼!"

두 번 다시 사정을 못하도록 운전기사는 핀잔을 주며 딱 잘라 거절했다. 나는 주변 사람들에게 창피하기도 하고 무안하여 더는 사정 못하고 다음 정류장에서 내릴 준비를 하고 서 있었다.

그때 운전석 뒷좌석에 앉았던 젊은 청년이 일어나 요금 통에 2천원을 넣어주며 "이리 편히 앉아 가시지요." 하며 빈자리를 가리켰다. 그 젊은이는 "저도 지갑이 없어서 곤란한 적이 있었습니다."라고 조용히 말하며 밝은 미소를 나에게 보내 주었다. 순간 어찌나 고마운지 그 젊은 청년에게 "도와 주셔서 고맙습니다. 감사합니다."라고 고개 숙여 인사를 하였다. 참으로 구세주라도 만난 듯 고맙기 이를 데 없었고 통쾌한 마음도 들었다.

"젊은 분! 전화번호를 제게 알려주시지요, 차라도 한잔 대접하고 버스요금을 돌려드리겠습니다."

"아닙니다. 돈은 필요 없습니다. 뭐, 얼마나 되나요."

"저는 여기서 내리겠습니다. 편히 가세요."라고 인사를 하며 내게 더 말할 틈도 주지 않고 총총히 사라졌다. 그 젊은 청년의 구김살 없는 선한 표정이 내 영혼의 깊은 곳에 각인刻印되고 있었다.

이 일을 지켜보던 좌석버스안의 승객들에게, 작은 파문波紋이 잔잔하게 일고 있었다.

"거 참, 오랜 만에 훈훈한 인정을 봤네."

"그 사람 참 멋진 젊은이여!"

나이 지긋한 사람들이 주고받는 말이었다. 주위를 둘러보니 모두 흐뭇한 미소를 머금고 있었다.

나는 멍하니 앉아서 성도 이름도 모르는 그 젊은 신사를 생각했다. 이런 일도 있을 수 있구나! 무더운 한여름 낮에 소나기가 퍼붓듯 청량감을 맛보는 순간이었다.

버스요금 2천원은 그리 큰돈은 아니다. 누구에게 2천원을 내어 주기란 마음만 허락하면 그리 어렵지 않다. 그러나 그렇게 마음 정하기란 쉽지 않다고 생각 된다. 그리고 그렇게 마음 정하기보다 더 어려운 것은 나 아닌 이웃에게 관심을 가져 주는 멋진 여유라 생각된다. 보통의 우리들은 나 아닌 남의 일에 전혀 무관심한 것이 일상화 되어 있다. 내일 챙기기도 바쁜데 남의 일에 마음 쓸 여유가 없는 것이다.

그러나 오늘 아침 좌석 버스 안에서의 젊은이는 그렇지 않았다. 먹구름 속의 한줄기 맑은 햇살과 같은 그 젊은이의 모습이 더욱 선명하게 떠오른다.

멋을 아는 젊은이!

이웃에 무관심한 많은 사람들 중에 그가 마냥 돋보이는 것은 너무나 당연하다. 내가 그 청년이었다면, 같은 상황에서 그렇게 행동할 수 있었을까? 부끄러웠다. 오늘 아침에 있었던 이 작은 아름다움을 더없이 큰 멋스러움으로 간직하고 싶었던 것이다.

차 창밖 한 줄로 선 앙상한 플라타너스가 살갑게 지나간다. 오뉴월의 풍요로움을 다 떨쳐버린 가년스러운 플라타너스는 이젠 자기 지탱도 힘겨워 보인다. 물신주의에 홀려버린 우리들의 각박한 세태를 보는 듯하다. 홀로서서 타인을 돌아보기를 거부하는 삭막한 인정. 무관심 속의 너와 나, 행복할 듯 고독만 일구어내는 우리들의 어리석은 오늘의 자화상이 아닌가? 우리들의 닫쳐진 마음만큼, 이웃들과의 벽도 점점 두꺼운 얼음장으로 부피를 더해 가고, 함께 하면서도 서로가 관심 밖의 사람들로 우린 모두 소중한 사랑을 잃고 사는 육신들이다.

"사랑의 제1조건은 관심이며 이로부터 사랑이 싹튼다."라고 에디프롬은 말했다. 결국 이웃에 대한 선량한 관심만이 사랑을 일깨워 진정 넉넉한 우리 사회를 만들 것이다. 사랑의 눈으로 이웃의 삶에 관심을 가져 보자. 오늘의 멋진 젊은이와 같이.

오늘 아침 신선한 이웃 사랑의 마음을 선사한 젊은이는 볼 수 없었다. 그러나 그의 향기로운 체취는 따사롭게 버스 안을 감돌아 하나둘씩 밖으로 퍼져 나가, 시린 내음을 삭히고 있을 것이다. 이와 같이 작은 2천원의 마음이 넉넉한 큰마음으로 사회 곳곳에 자리 잡을 때 우리 들의 삶의 터전은 화사한 천사의 마을이 되지 않겠는가!

오늘 아침 차내에서의 기도가 무색하지 않은 것 같다. 이것이 바로 하느님의 나라가 이 땅에 임하시는 작은 모습이라 생각되기 때문이다.

오늘 아침 좌석버스 안에서 있었던 이 일을 친구들을 만나 들려주었다. L 교장은 "류교장! 평소에 좋은 일을 많이 했나보네, 그렇게 유쾌한 아침을 맞았으니….".

"좋은 일을 한 기억이 없는데?"

"그럼 앞으로 좋은 일을 많이 하고 살라는 경고일세 그려."라고 말하며 내 마음을 살짝 건드리는 것이 아닌가! L교장이 농담 삼아 쉽게 던진 이 말이 하루 종일 내 머리 속을 맴돌았다. 나의 양심을 자극한 것이다.

최근 어느 책에서 읽은 말이 떠오른다.

"때론 너의 인생에서 엉뚱한 친절과 정신 나간 선행을 실천하라."

이 말은 미국 전역에 퍼져서 많은 파장을 일으켰던 말이라고 읽었다. 친절은 친절을 낳고, 선행은 선행을, 그리고 사랑은 사랑을 낳는다는 평범한 진리를 생각하게 한다. 앞만 보고 살지 말고 전후좌우 우리 곁을 넓게 살펴 이웃에 관심을 보낼 때, 관심을 보인만큼 인간 세상은 조금이라도 살기 좋은 곳이 되리라.

오늘 작은 2천 원의 이야기가 푸른 날개를 달고 날고 날아, 큰 이야기로 모든 이의 가슴을 크게 열어 주었으면 좋겠다.

행복한 아침이었다.

포천 아트밸리Art valley

〈중앙일보〉에서 포천군 천주산의 '포천 아트밸리' 기사('14. 9. 3)를 읽고 꼭 한번 둘러 봐야겠다고 생각했다. 한 달 뒤 10월 중순 서늘한 아침. 아내와 승용차를 몰고 포천을 향했다. 갖가지 상상을 하며 조금은 흥분이 되었다. 길이 서툴러 분당을 떠난 지 1시간 반 만에 포천에 도착했다. 마음은 급했으나 신북에서 온천욕을 한 후 아트밸리를 보자는 아내의 제안에 따랐다.

아트밸리에 호기심을 갖게 된 것은 1980년대 말 아내가 서울 신림동에 살림집을 직접 설계하여 지었을 때 포천석을 썼기 때문이다. 벽채 마감과 현관 바닥 그리고 야외 계단과 대문 기둥 등을 포천 대리석으로 아름답게 주택을 완성했었다.

포천석은 흰색 바탕에 검은 점이 촘촘히 박힌 독특한 화강암이다. 이 단단하고 아름다운 포천석은 청와대, 국회의사당, 인천국제공항, 서울 지하철의 각 역사 등을 짓는 데도 쓰였다고 한다.

온천 객들 중에는 아트밸리를 다녀왔다는 사람이 있어서 대충 이야기를 들을 수 있었다. 따뜻한 온천수에 몸을 담그고 느긋하게 관심거리 이야기를 듣는 맛이 즐겁기만 하였다. 1971년 문을 열었던 채석장은 석재가 바닥나면서 2002년에 문을 닫았다고 한다. 30여 년 간 건축석재를 출하했던 곳이다. 그러고는 방치되어 흉물스럽고 섬뜩한 골짜기로 외면당해 왔다. 이 폐석장은 이리저리 무차별 폭격 맞은 험악한 바위산이 되었다. 크고 작은 돌덩이가 여기저기 뒹굴고 돌가루가 날려 황량하고 산만한 골짜기가 되었다. 처치하기도 곤란한 암담한 악산이었다고 이구동성으로 관계 직원들이 말하고 있었다는 것이다.

이런 악산 골짜기를 포천시장을 비롯하여 몇몇 관계 직원들이 아이디어를 내어 새로운 창조에 나서서 대성공을 거둔 곳이다.

천주산 골짜기가 아트밸리로 변신했다니 궁금하지 않을 수 없었다. 버려진 채석장에 물을 가두어 호수를 만들고 예술 공원을 조성했다니… 온천을 하면서도 온통 천주산 골짜기가 어떻게 변신했을까 하는 여러 가지 궁금증으로 조바심이 앞섰다.

그리고 이 석산의 대리석을 이용하여 지었던 신림동 옛집은 지금 어떻게 변했을까. 중년의 나이로 아이들을 교육시키며 바쁘게 살던 그 대리석의 아담한 집. 옛 추억을 되새기며 온천장을 나왔다.

온천 후 20여분을 달려 천주산 골짜기 입구에 도착할 수 있었다. 청명한 하늘 아래 아트밸리 골짜기가 산뜻하게 한눈에 들어왔다. 크고 작은 조화로운 건물과 아름다운 여러 석조 조형물이 채석장이었던 장소임을 실감하게 한다. 한눈으로 보기에도 산뜻하고 아름답게 정돈되어 있었다.

월요일 오후라 그런지 관광객은 얼마 되지 않았다. 30여명이 골짜기 위로 올라가는 모노레일을 타기 위해 줄을 서 있었다. 2009년 10월 개장이후 2014년 7월말까지 누적 방문객은 100만 명에 이르렀다고 한다. 아무도 거들떠보지 않고 흉물스럽던 폐 채석장이 주말이면 수천 명이 찾는 예술과 힐링의 명소가 됐다. 7월 중순 개장한 공립천문대는 애초부터 가족단위 방문객을 위해 만들어졌다는데, 문을 열면서부터 전년대비 60% 쯤 방문객이 증가했다고 한다.

모노레일을 타고 6, 7분을 올라갔을까 '야아~ 멋지다! 야아~' 모두들 탄성을 질러댔다. 청록 빛 호수와 병풍을 둘러친 듯 호수 뒤로 선 50~80m 바위 절벽을 보고 외치는 탄성이었다. 그야말로 상전창해桑田滄海다.

천주산이 품고 있던 질 좋은 바위를 30여 년간 캐어내 전국 각 곳의 건축석재로 공급했던 현장이 아름다운 호수로 변한 것이다. 해발 424m의 그리 높지 않은 산이 이렇게 넓은 호수를 품고 있다니… 석양빛과 어우러져 태고의 신비로움이 고색창연한 고궁을 헤매는 듯하다. 바위를 캐어낸 절벽 아래 바닥에서 솟아난 물을 모아 7040제곱미터의 인공호수를 만들었다. 이 호수는 산의 이름을 따 '천주호'라 불렀다. 이 천주호는 최대 수심 20m에 1급수 맑은 물로 가재와 도롱뇽이 산다고 한다. 그야말로 인공호수 전체가 하나의 거대한 예술작품이었다.

천주호 서쪽으로는 음악 공연용 야외무대가 날렵하면서도 웅장하게 자연과 어우러져 있었다. 이 공연장은 뒤편의 대리석을 캐어 내 7, 80m의 석벽이 형성되었는데 이것이 음향 공명판의 역할을 하도록 설계되었다. 뒤편과 측면이 석벽으로 둘러싸여 전체가 안온한 음악당으로 자리하고 있었다. 독특한 음악 연주 공간이라 공연이 있을 때

다시 와서 꼭 감상의 기회를 갖자고 아내에게 말했다.

야외무대를 벗어나면 천주산 가장 윗자락에 천문과학관이 우람하게 얼굴을 내밀고 있다. 이곳에서는 가족단위, 그룹별, 단체별 과학체험교실이 운영되고 있다. 지구이야기, 태양계 행성과 별자리, 우주로의 여행, 천문우주 및 과학영상 관람, 천체 및 태양 관측. 망원경 원리 설명 등을 재미있게 학습하게 된단다. 여러 최신 교육장비들이 우주의 비밀을 다양한 과학 영상으로 흥미롭게 알려준다고 들었다.

천문과학관 관람을 마치고 산책로 따라 서쪽으로 이동했다. 천주호의 물소리를 들으며 서쪽으로 이어지는 능선은 금방 넓은 잔디밭으로 안내 한다. 이곳은 유명작가들의 조각 작품 19점을 비롯하여 공공조형물, 상징조형물 등이 설치 전시되어 사색과 힐링의 공간으로 안성맞춤인 조각공원이다.

'발굴된 시간의 터'라는 조각 작품은 고고학적 시간개념을 화강석을 파 들어가는 작업으로 채굴의 흔적 이미지를 표현했다. 과거의 채석 이미지를 통해 훼손된 자연과 인간의 관계를 생각하도록 한 것이 인상적이었다.

그리고 '바람의 소리를 듣다'라는 작품은 남성 하반신만 드러낸 반쪽의 인물이 거대한 바위산의 경계에 누워있었다. 재미있는 것은 남성 귀두 부분을 얼마나 만졌는지 새까맣게 기름때가 빛나고 있어 웃음을 머금게 했다.

'놀라운 은총'이란 작품은 우리가 알 수 없는 인간의 모든 약속을 부각시켜서 만남의 의미를 되새기며 보도록 하는 인간관계 지향을 엿볼 수 있었다.

여러 조각 작품을 대하다 보니 1시간이 훌쩍 지나가 버렸다.

조금은 다리도 아프고 출출하기도 하여 고개를 들어보니 남쪽 언덕배기에 '치즈가 있는 전망 카페'가 눈에 들어 왔다. 커피 한잔으로 피로를 풀고 절벽 위 호수 전망대를 오르기 시작했다.

호기심이 지나쳤나 보다. 차오르는 숨을 주체하기가 힘들었다. 쇠붙이로 단단히 만든 계단과 난간을 거의 수직으로 5, 60여 미터를 오르는 전망대 길은 70대 노부부가 오르기란 쉽지 않았다. 아내가 무모하다고 투정을 하였으나, 끝내 오르고서는 아내가 더 감탄의 환호성을 질러댔다. 마침 땅거미가 지기 시작하면서 여러 장식등과 보안등이 들어와 사방 어디를 보아도 거침없는 한 폭의 산수화로 자리했다. 전망시설도 여러 곳에 설치되어 있어서 각기 특징 있는 풍정을 살려내고 있었다. 특히 호수 물결에 어른거리는 빛의 향연은 바위 절벽과 어우러져 변화무쌍한 환상의 세계를 이뤄냈다.

조용한 호수와 예술작품을 대하다 보니 마음이 편안해져 시간 가는 줄을 몰랐다. 달콤한 힐링의 시간이었다. 이제 어둠이 짙어져 아쉬운 마음으로 전망 데크 계단을 내려왔다. 오를 때는 힘들었으나 내려오는 길은 수월하여 여러 아름답고 의미 있는 이미지를 되새기며 내려올 수 있어 좋았다.

전망대를 내려오니 여기서도 어둠과 빛이 어우러져 새로운 충동을 쏟아냈다. 그러나 모노레일 기사가 재촉하여 아쉬운 하산 길이 되었다. 이외에도 돌문화전시관, 교육전시 센터 등 여러 다른 설치물들은 보지 못하고 큰 미련만 안은 채 귀가 길에 올랐다.

이 아트밸리의 조성 성과는 대단했다. '지역근대화산업유산 예술 창작벨트화 사업' 전국 창조도시 분야 특화 사업으로 국토교통장관 상을 수상하였다고 한다. 그리고 2010년 8차 개정 중학 과학 교과서에 아트밸리 조성 사례가 수록될 정도로 모범 사업으로 평가되었다.

이외에도 포천 아트밸리는 KBS 7080 콘서트 개최, 드라마 신데렐라 언니 촬영, 특집 클래식 오디세이 공개녹화, 한국재발견 방영등과 MBC 주말드라마 '내 마음이 들리니'를 촬영하기도 하여 아트밸리의 아름다움과 높은 예술성을 드러내기도 하였다.

이렇게 포천시는 쓸모없는 폐 채석장을 활용하여 국내 최초로 친환경 복합 문화예술 관광 공간을 조성하여 고용증대와 지역경제 활성화 및 세수확대에 기여하였다.

이 사업은 친환경 사업의 새로운 모델을 제시한 창조경제 실현의 쾌거라 보여 진다.

좁은 국토를 가진 나라로써 버려진 땅을 최대한 활용할 수 있게 재창조하는 것은 애국의 제일 조건이 되지 않을까?

품위 있게 죽을 권리
-사전 의료 지시서-

죽음!

그 앞엔 누구나 당황하게 마련이다. 너무나 엄숙한 순간이기에.

사랑하는 아내 체칠리아와 나의 분신인 네 딸들아!

아빠도 언젠가 세상에서 너희들과 이별의 아픔을 나누게 되는 이치를 잘 알겠지. 앞으로 아빠의 죽음이 가까이 예견될 때, 감정을 빨리 추스르고 하느님의 뜻에 따라 아빠의 "사전 의료 지시"를 이행하여 주기 바란다.

이 글은 죽음을 앞두고 사전 준비와 의료 행위에 대한 아빠의 의사를 미리 전하고자 한다. 불의의 사고나 질병에 의한 의식불명으로 의사 표시를 할 수 없을 경우를 대비하여 분명한 생각을 밝혀 두고자 한다. 이 글에서의 선택과 결정은 앞으로 어떤 정황과 조건에 관계없이 유효하다. 반드시 이행되길 바란다.

세상에 태어난 모든 생물은 언젠가 죽는다. 인간의 죽음도 모든 사람에게 매우 중요한 인생사로서 일대 사건인 인간 행위이다. 오는 죽음의 시간을 막을 사람은 아무도 없다. 그 누구도 살 것인가 죽을 것인가를 마음대로 선택할 수 없다. 생사의 결정을 할 수 있는 절대적

주인은 오직 창조주 하느님 한 분 뿐이시며, 그 분 안에서 우리는 숨 쉬고 움직이며 살다가 죽는다. 우리는 생명의 원천이신 하느님 섭리 안의 인간이기 때문이다.

죽음에 대하여 우리 인간이 할 수 있는 일은 죽음을 어떻게 맞을 것인가 라는 '죽음의 준비'만 있을 뿐이다. 누구나 평소에는 의연하고 품위 있게 존엄한 죽음을 맞고자 한다. 아빠도 그렇게 선종하고 싶다. 담대하고 기품 있게 죽음을 맞고자 사랑하는 가족들에게 도움을 청하고자 한다.

그러나 죽음 앞의 임종자는 인간의 나약한 모습을 드러내는 경우가 대부분이다. 두려움과 좌절, 의혹의 소용돌이 속에서 당황하게 되고 번민하게 된다. 아빠도 이런 인간적 속성을 가지고 있음은 다를 바 없다. 너희들도 아빠와 같은 심정으로 괴롭고 슬픔에 쌓이게 될 것이다. 그러므로 조금이라도 기품 있는 아빠의 죽음을 위하여 가족들도 죽음을 잘 준비시켜 줄 의무가 있다고 본다. 죽음의 준비가 잘 되어 있는 사람은 감정적 정리와 세상일에 마무리가 잘 되어 좀 더 안락하게 죽음을 맞을 수 있게 될 것이고, 너희들도 아빠의 죽음을 잘 받아들일 수 있을 것으로 생각한다.

그러면 죽음을 앞에 두고 그 준비는 어떻게 해야 될까? 누구나 죽음은 예고 없이 맞이하게 된다. 그러므로 그 준비는 전 생애에 걸쳐서 이루어져야 하지만 죽음이 가까웠음을 예견될 때 다음과 같이 준비하고자 한다.

무엇보다도 인간 한계에서 오는 자포자기가 아니라, 지난 생애를 돌아보고 깊은 성찰과 속죄로 하느님을 뵈올 부활의 희망으로 삶을 잘 마무리해야 되지 않겠니. 영신의 준비를 우선하는 것이 가장 중요하다고 본다. 그러므로 신앙생활을 평소에 충실히 할 것을 너희들에게도 간곡히 권고한다.

그리고 세상 모든 일과의 결별을 앞두고 세속적 정리가 있어야 할 것이다. 아빠는 앞서 쓴 "가상 유언장"에서 평소 생각을 정리하여 너희들에게 이미 전한 바 있다.

아빠가 식물인간이 되어 의식이 회복될 가능성이 의학적으로 전혀 없을 때 다음 세 가지 점을 반드시 이행하여 주기를 바란다.

첫째로 신부님을 모셔서 병자의 성사를 청하고 임종기도를 올리도록 주선하여라. 하느님을 뵙기 위한 마지막 영신적 준비가 소홀하지 않도록 힘써주기 바란다. 슬픈 마음을 가누지 못하고 당황하여 신부님을 모시는 일이 지체되는 경우를 많이 보아 왔다. 가능한대로 신부님을 빨리 모셔 기도 하여라. 너희들 기도 중에 운명한다면 얼마나 행복한 일이냐.

둘째로 영신적 준비가 끝나면 자연사가 되도록 냉정하고 깨끗하게 주변을 정리하기 바란다. 죽음의 시간을 연장하기 위한 의료기구와 약품에 의한 생명연장을 거부한다. 의식의 소생 가능성 없는 치료행위는 무의미하다. 또한 의사의 의료 기술에 의한 생명연장은 하느님의 뜻이 아니다. 생명은 그 시작에서 죽음에 이르기까지 성스럽고 불가침적인 것으로 존중되어야 한다. 생명은 그 생명을 주신 하느님께 속한 것이며, 주님의 섭리대로 보호되고 운영되어야 한다. 그러니 사람이 마음대로 처리할 수 없는 것이다. 하느님 섭리대로 자연사가 필연이다. 그렇게 하여라.

여보 체쳴리아, 당신도 아버님의 죽음에서 많은 것을 느꼈을 것으로 생각되오. 의식 없는 식물인간 상태로 1년 반을 모셨으나 남은 것이 무엇이오. 아버님 본인은 물론이고 가족에게 물심양면 고통만 남겨 주지 않았소. 그리고 무엇보다도 안타까운 것은 아버지께 대한 좋은 이미지가 손상된 것이오. 나는 그리 되고 싶지 않소. 많은 환자들이 본인의 희망과는 관계없이 불필요한 연명 치료 속에 고통을 받고 있음을 볼 때, 많은 생각을 하게 되었소. 의식회복이 불가능한 생명에의 집착행위는 오히려 잔인한 비인간적 행위라 생각하오. 애들을 설득하여 자연스런 죽음을 맞을 수 있게 해 주시오. 인간은 '행복하게 살 권리' 만큼 '품위 있게 죽을 권리'도 있다고 보오.

셋째는 내 건강한 장기를 가려서 필요한 사람에게 기증하기 바란다. 살아생전 좋은 일을 많이 못하였으니 마지막으로 필요한 사람에게 도움이 되었으면 좋겠다. 어떤 분의 신체상 결함을 채워드려 그 분의 생명이 연장된다면, 간접적으로 그 분의 생명에 참여하고 좋은 일을 하는 것이 되지 않겠니? 흔쾌히 동의해 주기 바란다. 체칠리아 당신도 나의 작은 뜻에 찬성할 것으로 믿겠소. 여보, 하느님 나라에 가서도 당신과 내 아이들을 기억하고 기도하며 사랑을 보내겠소.

다시 한 번 나의 사랑하는 가족들에게 아빠의 "사전 의료 지시"에 따라 줄 것을 간절히 부탁한다. 이제는 가족들과 하느님 사랑 안에 임종의 시간이 언제와도 크게 마음이 동요될 것 같지 않다.

전국 각 종합병원의 병동에는 소생할 수 없는 식물인간 상태의 환자가 많이 있는 것으로 알고 있다. 그의 가족들은 자손 된 정리에 묶여 돌아가실 날만 기다리며 무의미하게 시간을 소비하고 있다. 이것은 가정의 문제를 넘어선 사회문제이기도 하다.

사전 의료 지시!

아직 비정한 이야기인가?

결코 아니다. 반드시 이행되도록 모든 가족들에게 부탁한다.

전지전능하신 하느님과 사랑하는 가족들의 축복을 받으며 선종하고 싶다.

한라산 백록담

젊어서는 스키장을 즐겨 찾았으나, 이젠 추위를 피해 건강을 지켜야 하니 격세감隔世感에 씁쓸하다. 눈 내리는 추운 겨울을 즐기던 때가 엊그제였는데… 먼 추억 속에 잠겨버렸으니 몹시 아쉽고 약간은 서글프기도 하다.

금년도 예년과 같이 성탄절을 보내고, 제주도에서 두 달 정도 지낼 계획이다. 일종의 피한 여행인 셈이다. 추위를 피해 여행하자면 동남아나 하와이 정도가 좋으련만 굳이 제주도를 택한 까닭이 아쉽다. 금전 문제와 안전을 우려해서이다. 제주도보다 더 따뜻한 곳은 얼마든지 있지만 경제 사정이 여의치 않다. "돈은 세계 속의 대 여행자이다."라 했는데 조금은 안타깝다. 그러나 매년 겨울을 제주도에서 지내다 보니까, 나름대로 즐거움이 기대를 모으게 한다.

아내는 겨울 냄새만 나면 곧바로 추위와 싸울 준비를 한다. 온몸의 관절 통증으로 견디기 어려워하니 정말 보기가 딱하다. 삼십대 중반 산후 조리에 문제가 있어 동장군을 제일 무서워하고 백약이 무효이다.

배편으로 제주도를 가기 위해 승용차로 전남 보성군 율포 해수욕장까지 내려갔다. 12월 말인데도 이곳은 바람만 다소 차가울 뿐 만산

이 가을 분위기이다. 일렁이는 바다를 바라보며 해수욕탕에 몸을 눕히니 승차 피로가 단숨에 날아가 버린다.

다음날 아침, 장흥 노력항에서 출발하는 여객선은 비교적 순하게 파도를 가르며 제주 성산포항에 닻을 내렸다. 여전히 이곳은 해외로 나간 듯 착각에 빠져들게 한다. 끝없는 검푸른 바다, 아스라이 우뚝 솟은 한라산, 장쾌하다 못해 기괴함이 감도는 성산 일출봉, 따스한 햇살아래 종려나무 가로수가 이국 풍정을 물씬 풍겼다.

예약대로 중문 교우 집 이어도펜션에 짐을 풀었다. 바람은 세게 부나 한낮 기온은 섭씨10도 내외로 따뜻했다. 이튿날 계획대로 롯데호텔 휘트니스 클럽 2개월 회원권을 끊고, 주로 거기서 매일 3, 4시간을 보냈다. 그러다 날씨가 좋아지면 간간이 테마 별 볼거리를 찾기도 했다. 아내가 만족스럽게 시설을 이용하고 몸도 적응이 빠르게 되니 다행이었다.

클럽 사우나에서 한라산을 좋아한다는 사람을 만났다. 서울 쌍문동에 살다가 3년 전에 제주 한림으로 이사해 살고 있다고 했다. 이 사람은 부부가 함께 한라산 등산 왔다가 아름다운 한라산에 반하여 이듬해 이사했다고 한다. 한라산 예찬이 끊이질 않았다. 그는 조선조의 지리지 "여지승람"에 의하면 "漢拏者 以雲漢 可拏引也."라 하여, 즉 '한라'라는 이름은 은하수를 만질 수 있다는 뜻으로 옛 부터 한라산이라 부르게 되었다 한다. 그리고 노산 이은상은 '한라산'에는 '하늘산' 이란 원래의 뜻이 숨어 있다고 한다. 한라산에 흠뻑 취해있는 그를 보며 겨울 한라산의 모습과 백록담이 더욱 궁금해졌다.

10여 년 전 돈내코 코스로 윗세 오름까지 올라가 한라산 남서쪽의 아름다운 경관을 본적이 있었다. 그러나 정작 기대했던 백록담은 볼 수 없어 실망이 컸다. 힘들게 올라왔는데 정상을 못 보고 돌아 서야 한다니 몹시 안타깝고 억울한 마음이 들기도 했다. 휴식년 코스 정보를 미리 챙기지 못한 내 불찰이었다. 삼대가 덕을 쌓아야 볼 수 있다는 백록담을 코앞에 두고도 오르지 못하고 하산하는 길은 지옥이었다. 7월 말이라 몹시 덥기도 하고 왕복 14km 등산로를 8시간이나 걸었으니 한라산의 아름다움보다 힘들었던 기억이 더 컸다.

그 후 세월이 흘러도 백록담에 대한 미련과 아쉬움은 지울 수 없었다. 매일 휘트니스 클럽에 드나드는 것도 지루하던 차에 한라산 등산을 준비하며 적당한 날씨를 기다리기로 했다. 가끔 제주 방송에 등반사고가 보도되어 약간은 긴장되었으나 날씨만 웬만하면 자신 있었다. 해발 1950미터의 한라산은 윗부분과 아래 부분의 기온과 풍속의 차도 심하고 일기변화도 예측할 수 없어 자칫 낭패를 보기 쉽다고들 한다. 하지만 이번에야말로 우리나라 남한에서 제일 높은 곳, 백록담 정복을 꼭 이루고 한라산의 진풍경을 가슴에 담고 말리라. 약간은 독한 마음이 앞섰다. 사람들은 70대 노년은 무리한 욕심이라 말하지만…

저녁마다 TV 일기 예보를 유심히 보고 바람이 잦아들 쾌청한 날로 등산 날짜를 잡았다. 겨울의 한가운데인 2014년 1월 15일 아침 7시 승용차를 몰고 성판악으로 달렸다. 성판악 코스와 관음사 코스만이 백록담을 오를 수 있기 때문이다. 성판악 주차장은 이미 만차, 도로변에 주차시킬 수밖에 없었다. 평일인데도 성판악 휴게소는 차량과 사람들로 꽉

차 있었다. 등산하기 좋은 날씨가 사람들을 불러 모은 것이다.

아이젠을 등산화에 부착시키고 점심과 물병 등을 넣은 배낭을 짊어졌다. 한손엔 스틱으로 몸의 균형을 잡으며 눈길을 걸어 올라가기 시작했다. 코끝을 스치는 찬바람이 오히려 신명나게 길을 인도했다. 며칠 전 내린 폭설로 한라산은 온통 설국, 광활한 눈 꽃밭이 장엄한 감동 그 자체였다. 어디를 둘러봐도 하얀 침묵에 바람 소리만이 허공을 가르고 산자락을 휘감는다. 빠드득 빠드득 눈길을 씹으며 걷는 등산 대열. 비장한 모습으로 전투대형을 바로잡는 용맹한 군인들의 행군을 연상하게 했다. 40여 분을 걸었나, 이마에선 굵은 땀방울이 흘러내려 뺨을 적시고 숨은 턱까지 차올랐다. 즐거운 등산 행렬이 아니라 고행의 진군이었다.

2시간을 걸어 11시 30분에 진달래 대피소에 당도했다. 널따란 고원에 쏟아지는 햇살이 눈부셨다. 은빛 찬란한 설원. 그러나 와자지껄 등산객이 붐벼대니 금세 취흥이 사라져버렸다. 이 대피소에서는 12시가 넘으면 정상으로 가는 등산로를 막고 하산을 유도한다. 안전사고 방지를 위해서다. 나도 이 시간을 지키기 위해 쉬지 않고 걸었더니 기진맥진 체력이 바닥 난 듯 몸을 가눌 수가 없었다. 뜨끈한 라면을 사먹고 20여 분을 쉬면서 체력을 보강했다.

눈길을 또 걸었다. 이젠 경사가 더욱 심해 위험을 느꼈다. 길옆으로 발을 헛디디면 대퇴부까지 눈 속에 빠지곤 했다. 등산 행렬은 점점 지체되어 주변 경관을 살피기도 쉽지 않게 되었다. 한발 한발, 조심조심 발길을 옮겨야만 했다. 체력이 다 소진되는 것 같으니 이젠 정신력으로 버텨야만 할 것 같았다. 백록담을 속으로 외치며 신비롭고 아름다운 위용을 그려본다. 위로 올라 갈수록 센 바람에 자라지 못한 작은 전나무, 주목 그리고 구상나무 등의 눈꽃이 등산객을 맞고 있었다. 숨을 몰아쉬며 즐길 수 있는 여운도 잠깐이었다.

이제야말로 한 발짝 한 발짝이 천근만근이다 싶더니, 윗길부터는 방부목 나무 계단으로 이어지고 있었다. 미끄럼 방지를 위한 시설로 보인다. 데크 계단 길은 안전하기도 하고 걷기도 수월했다. 군데군데 작은 전망대도 있어서 사람들을 비켜서서 산 아래쪽을 조망하기도 좋았다. 올라온 뒤를 돌아보자 참으로 나를 압도하는 풍경이 광대하게 펼쳐졌다. 이제까지 내가 걸어온 길이 까마득하게 보였다. 설원을 달리는 눈보라와 크고 작은 나무들의 몸부림, 구름과 구름 사이로 달리는 햇빛, 바다와 맞닿은 해안선은 먼 피안彼岸의 세계를 엿보는 듯했다. 4시간 가까이 걸었던 피로가 볼을 외는 바람과 함께 날아가 버린다.

힘을 얻어 또 걷기 시작했다. 정상이 가까워지면서 바람은 더욱 세차고 한기는 뼈 속까지 파고드는 듯했다. 드디어 정상이 가까이 보였다. 곧 백록담을 초면하게 된다는 기쁨으로 설레기 시작했다. 어느덧 정상이 3, 40여 미터 정도로 보였다. 조바심과 궁금증이 발동하여 경중경중 뛰어 정상에 다다랐다. 검은 화구벽으로 둘러싸인 웅장한 백록담이 한 눈에 들어왔다. 웅대한 화구!

가장 엄숙하고 경건한 순간이다.

아~! 화구를 둘러싼 범접할 수 없는 검고 우람한 절벽이 회오리바람을 뿜어내고 있었다. 방향을 알 수 없는 질풍노도疾風怒濤. 바람은 바다에서 태어나지만, 육지에 상륙하여 들판을 지나 오름을 휘감으며 산기슭을 거슬러오를 때 가장 거세고 사나워짐을 몸소 겪어왔다. 이 강건한 바람이 분화구에 담기면서 방향을 잃고 소용돌이치며 용솟음쳤다.

신비스런 기운을 토해내고 있는 분화구.

눈은 오지 않는데도 눈보라를 만들며 이리저리 휘몰아쳤다.

정령들의 겨울 축제장인 듯, 화구 안 회오리바람들의 난무, 눈보라가 화구를 탈출하려는 몸부림인 듯, 기기묘묘, 변화무쌍한 정령들의 펭게춤사위. 산신령이 화가 났는가. 자연의 신神만이 빚어 낼 수 있는 걸작품! 여기가 신들의 정원, 백록담이다.

"신선이 흰 사슴을 타고 놀던 연못."이란 설화가 무색하다. 이렇게 큰 연못을 보지 못했다. 담潭이 아니라 호湖이다. 지금은 비록 움츠리고 있으나 봄비를 부르며 한여름 우기가 오면 백록호의 위용威容은 달라질 것이다.

한참을 멍하니 응시했다. 밑바닥은 물이 얼마나 얼어있는지 눈으로 덮여 있어 가늠하기 어려웠다. 여름 백록담을 상상해 본다. 신선과 흰 사슴이 보고 싶다. 여름에는 그들의 노니는 모습을 볼 수 있을까. 다시 찾아 함께 즐겨 보고 싶구나.

우리나라 남쪽을 지켜내는 영산 한라산.

한라산의 영기서린 백록담은 한민족의 안녕을 돌보는 평화의 화구이며 신성을 지키는 존엄의 상징이기도 하다. 신성을 잉태한 서기瑞氣는 태평양 해풍을 타고 북으로 육지로 퍼져 한반도를 감싸 돌고 있다. 그리하여 우리에게 삶의 활력을 주고 오늘의 풍요를 살려내지 않았을까?

추위를 느낄 겨를도 없었다. 정상에서의 제주도의 동서남북, 서쪽은 화구벽이 가리고 있으나 분화구를 북서쪽으로 돌아 내려가다 보면 서쪽의 비양도가 까마득하다. 북쪽의 제주시, 남쪽의 서귀포시 그리고 동쪽의 성산 일출봉이 보였다, 숨었다를 반복한다. 한라산 정상에서 제주도를 어디나 볼 수 있으니, 제주 땅 어디서나 한라산은 보이게 마련이다.

사방팔방 바다 쪽으로 내려가며 크고 작은 오름의 기기묘묘한 조화 다산의 기쁨으로 많은 자녀를 품고 있는 자애로운 한라산. 약간은 비탈진 평원과 동글고 둥근 오름이 불규칙하게 기생寄生하여 한라산의 풍요와 아름다움을 더해준다. 한라산은 해안선에서부터 정상에 이르는 선線이 더욱 아름답다. 각角과 직선直線이 아닌, 평平과 곡선曲線의 부드러움을 지니며 정상을 지향한다. 어머니의 크고 작은 젖무덤 같은 자애로움이 무작위로 연속되는 들판, 크고 작은 오름이 평화롭게 동기애同期愛를 뿜어낸다. 여기에 한라산만의 독특한 부드러움과 아름다움이 숨어있다.

이러한 매혹적인 지형에 각종 수목이 휘감겨 장관을 이룬다. 지금은 눈꽃일색이나 눈옷을 벗으면 온갖 수목과 꽃들이 철 따른 미의 제전. 난대 온대 그리고 한대가 공존하는 한라산은 다른 어느 곳에서도 볼 수 없는 사시사철 아름다움의 보고이다.

망망대해에 떠있는 섬. 제주도는 한라산이고 한라산은 제주도이다. 백록담을 품은 한라산. 한라산은 백록담과 더불어 신비롭고 엄하고 착하다. 한라산을 더욱 즐기고 배우고자한다.

기진맥진한 하산길이 가슴 뿌듯하다.

행복한 비역사적 인간

해가 바뀐 지 얼마나 되었다고 벌써 가을을 말하나. 누가 가을을 여름의 초토焦土라 했던가? 여름에 데고 남은 자리. 가을이 졸고 있는 것은 아닌지 오감이 작동하질 않는다.

늙어가는 티가 성큼성큼 다가오면서 가을은 여물어 가는가보다.

이마는 더 넓어지고 얼굴의 주름은 깊어만 간다. 방향 감각은 둔해지고 숫자 계산도 어눌해져 불편하다. 쉽게 피로하고 숙취와 피로회복도 이전 같지 않다. 이런 소소한 변화를 무시하며 노년을 즐긴다지만 자탄咨歎하지 않을 수 없는 것이 있다.

기억력의 급 감퇴! 참으로 난감하다.

누구나 초로初老에 접어들면 겪게 되는 현상이라지만, 엊저녁에 벼르던 일도 아침잠에서 깨어나면 텅 빈 머리가 되어 생각나지 않는다. 한참을 뒤척이며 기억을 되살리려 안간힘을 쓰지만 허사다. 이 증세가 자주 온다면 좀 심각한 게 아닐까? 몹시 불안하고 불편하다. 이런 증세를 면해 보려고 몇 년 전부터 수첩을 활용하여 습관적으로 메모를 하고 있다. 엊저녁 생각을 포기하고 수첩을 찾아 나선다. 거실로 서재로, 가방을 열어보고 서랍을 뒤지고… 온 집안을 뒤져도 수첩은 발이 달려 집을 나갔는지 찾을 길이 없다. 포기하고 아침밥을 시무룩

한 자세로 아내와 함께 먹었다.

식사 후 구강 손질을 하고 수건 함을 여는데 시커먼 수첩이 튀어나왔다.

앗! 어찌 이런 일이?

어제 화장실에서 수첩의 메모를 확인하고 급히 거실에서 전화 받은 기억은 나는데 그 후로는 가물가물하다. 수건 함과 수첩, 전혀 어울릴 수 없는데 어찌 이런 빌어먹을 일이 발생했나?

반갑다가 화가 치밀어 욕설이 나오려다 만다. 결국 한심한 것으로 정리됐다. 망연자실 소파에 앉아 있는데 아내가 묻는다.

"당신 엊저녁 꿈자리가 안 좋았어요? 얼굴을 계속 펴지 못하니 말이에요"

동병상련의 위로를 들어 볼까 하는 마음으로 자초지종을 말해주었다.

아내는 대뜸 "치매癡呆에 취매醉呆가 겹쳤군!" 극심한 진단을 내리며 한심하다는 듯 놀리며 즐기듯 말한다.

"취음 선생님! 그러게 몇 안 남은 뇌세포 관리 잘 해야 한다고 그랬잖아요. 피서 가서 수 백 만개의 뇌세포만 사망시켰네요. 하긴 골 아픈 세상 이것저것 생각 없이 사는 게 더 편하지. 백치가 되면 나만 고생이지만…."

연초부터 금주를 이어 오다 제주도 피서 여행에서 며칠 과음한 것이 문제였다. 요 며칠간 머리가 모시바구니 되어 생각이 멈춰 버렸다. 아내 말마따나 취매가 틀림없다. 숙취가 걷히면 정상회복이 되려니 스스로 위로를 하고 아내의 심한 말에 반격을 가한다.

"당신은 나보다 더 심한 치매 아닌가. 술에 취하지도 않았는데 얼마 전엔 안경을 손에 들고 찾아 헤매고, 그 이전에는 밥통에서 손지갑이 나온 건 뭐야?"

너무 심했나, 아내는 아무 말 없이 묵묵부답이다. 아내는 손지갑이 밥통에서 나온 뒤, 한 달이 지나서야 겨우 실토를 했다. 충격이 몹시 컸었던 것으로 보인다. 한참을 말이 없기에 아내를 달래려고 "기왕나나 당신이나 늙어가는 일은 어쩔 수 없는 일이 아니요, 우리 현실을 즐겁게 받아들입시다."

"이제부터 망각을 즐기는 거요."

"쏟아져 들어오는 새 정보를 대충 대충 받아들이고 헌 것은 기꺼이 내보냅시다." 헌 것에 미련 둘게 뭐 있냐고 위로 겸, 사고방식을 바꾸자고 제안했다.

내친 김에 오래 전에 애들에게 하던 이야기를 상기시켰다.

니체는 현재의 삶을 있는 그대로 받아들이지 못하는 사람을 '역사적 인간'이라고 불렀다. 이 역사적 인간들은 현실에서 불행한 삶을 숙명적으로 짊어질 수밖에 없으므로, 행복해지기 위해서는 망각의 능력을 키워야 한다고 말했다. 망각을 중시한 셈이다. 지금 우리 부부에게 이보다 더 큰 위로는 없다.

기억할 것이 많아진 현세에서 행복은 둘째 치고, 미치거나 정보의 호수에서 익사하지 않기 위해서라도 망각의 힘이 필요하지 않나 생각된다.

우리 부부는 지금 망각을 통해 행복을 가꾸고 있는 중이다. 착하게 나빠지고 있는 기억력을 슬퍼하지 말자. 지식에도 유효기간이 있으니 건망증의 습격에 너무 괴로워하지 말자. 허술한 기억 때문에 말이 어눌하더라도, 좀 덜 떨어진 듯 보이더라도, 하는 일에 더러 차질이 빚어지더라도 우리는 노년의 여유가 있지 않은가. 망각은 우리 부부에게 금이다.

모든 일은 단순하게 어린이와 같이 천진하게 과거도 미래도 아닌 현재에 충실함으로써 '행복해지기'에 익숙한 존재로 살자. 모르고 사는 것이 약이다.

오늘의 행복을 위해 망각을 즐기자. 건망증을 마중하자.

니체의 말처럼 불행한 역사적 인간이 되느니 '행복한 비역사적 인간'으로 살리라.

4부
차이와 차별

차이와 차별

깜박 잊었다 아내의 생일이 내일인 것을. 며칠 전까지 기억하고 있었는데, 정작 코앞에서 잊다니… 막내딸 내외가 들이닥치고서야 아차, 아내에게 미안했다.

아내가 가끔 농담 삼아 간땡이가 부으셨나, 웬 실수냐고 핀잔을 주곤 하였는데 그 농담이 또 등장 할 것 같다. 진부하지만 당신도 내 나이 먹어보라고 또 응수해야 할 것 같다.

아이들이 모두 출가하고 부부만 남은 지 12년이 지났다. 조용한 환경이 분명 좋으나, 시끌시끌한 지난날이 그리워지는 건 어인 까닭인지… 외로움, 허전함, 한가함일까? 이것도 늙어감의 한 과정으로 감수해야 할 고독경孤獨境이 아닌가.

이따금씩 아내가 집 안팎을 다니며 내는 소리가 새삼 정겹다. 왠지 반갑고 고맙기도 하다. 혼자가 아니라는 정황이 다행이다. 이제 곧 시끌버끌 아이들이 몰려 올 터이니 나도 뭔가 준비를 해야겠다.

텃밭을 정리하다 말고 작업복 차림으로 몇 가지 아내 생일준비를 위해 분당을 넘어 왔다. 날이 저물어 빨리 서둘러야 했다. 먼저 와인 대리점을 들렀다. 화려한 문을 열고 들어가자 주인은 멈칫 "어서 오세!…"라고 인사말을 하다 중간에 멈추고 쳐다보기만 했다. 어이없다는 인상으로 불쾌한 표정이 역력했다.

"리스트라크 메도크 있습니까?"

주인은 빤히 쳐다볼 뿐 대답이 없었다. 몇 초가 흘렀다. 입가에 엷은 조소가 스치더니 "있어요."라고 겨우 대답했다. 몹시 불쾌했으나 참고 이것저것 값을 물어 봤다. 역시 불친절하게 짧은 답으로 무시하는 태도였다. '메도크' 2병을 고르고 값을 치르는데 말쑥하게 차려입은 중년 남자가 들어왔다. 와인집 주인은 계산을 하다말고 뛰어나가 "어서 오십시요!"라며 굽실거리고 친절하게 인사를 했다. 그리고 그 중년 남자를 따라다니면서 묻는 말에 친절히 대답하고 자세히 설명도 하며 아양까지 떨어댔다.

화가 잔뜩 난 나는 "당신 지금 계산하다 말고 뭣 하는 거요!"라며 격한 소리로 을러댔다. 주인은 거친 소리에 움찔하더니 "죄송합니다."라고 억지로 말하고는 계산을 다시 시작했다. 와인을 포기하려다 시간이 없어 화를 참고 물건을 들고 나오며 한마디 했다.

"당신 이렇게 사람 차별하고 장사하면 죄받아!"했더니, 그는 "손님께서도 생각해 주셔야지요!"했다. 뭘 생각해 달라는지 알 수 없었다.

와인 집 주인이 볼 때, 나나 그 중년 남자나 다 같은 손님인데 차별 대우를 받아야 할 이유가 어디에 있었나? 나와 그의 차이가 무엇이었나? 중년과 노년의 차이, 복장의 차이, 예절의 차이? 다른 곳으로 차를 몰고 가며 곰곰이 생각하지 않을 수 없었다. 물론 가볍게 생각하면 쉽게 납득 할 수 있다. 허름한 꼴이 문제되어 무시를 당하지 않았나 생각된다. 그러나 작은 문제지만 단순하게 생각되지 않았다. 와인 집 주인의 얼굴이 자꾸 떠오르며 손님께서도 생각해 달라는 이해되지 않는 말이 거듭 되뇌어졌다.

다시 나의 모습과 행동을 생각해 본다. 조금은 뭔가 문제가 잡힐 것 같다. 그 화려하고도 우아한 와인 대리점, 단정하고도 폼 나는 정장 차림의 와인 집 여주인.

남루한 작업복 차림의 누추한 나의 모습. 농사꾼이 마구 드나들 장소가 아닌, 어엿한 신사 숙녀만 드나드는 고귀한 장소. 이 '차이'를 무시한 행동에 와인 대리점 주인으로서는 자존심이 상한 것이 아닐까? 이 대단한 자부심에 상처를 준 것은 아닐까? 자기가 하는 일을 무시하고 거지같은 차림으로 감히 나타난 나에게 '손님도 생각해 달라는' 뜻인 것 같다.

'人間인간'이란 한자어에는 서로 의지한 두 사람 '人인'과 서로의 사이를 존중해 준다는 뜻이 담겨있는 곧 차이(사이), '間간'이 있다. 서로가 다름을 인정하고 받아주며 존중하는 것. 이것이야말로 우리가 서로 사랑하며 모든 공동체가 세상을 평화롭게 살아가는 중요한 요건이 될 것으로 생각된다.

결국 '차이'를 배려하지 못했으니 '차별'을 받은 것이 당연했나? 이렇게 와인 대리점 마담을 이해하려 생각을 바꿔본다.

그러나 한편, 손님은 왕이라 했거늘 마담의 오만한 차별이 괘씸하기도 했다. 장사꾼이 소비자의 외모에 '차이'를 두고, 민감한 것은 상도를 거스르는 일이 아닌가.

상가에 가서 조의를 표할 때나, 결혼식장에서 축하의 인사를 할 때의 차이를 우리는 알고 있다. 그 차이를 분별하지 못했다면 차별의 눈초리를 피할 수 없을 것이다. 이런 경조의 문화는 인간 삶의 오랜 대화와 타협을 통해 모두가 동의할 수 있는 역사적 합의를 찾아가는 과정이라 보여 진다. 그러므로 '진리'는 모든 사람이 옳다고 받아들이는 '합의'를 통한 산물이라 말할 수 있다. '합의'야말로 차이를 존중하면서도 공동선을 찾아가는 지혜의 여정인 셈이다.

그러나 상행위에서는 판매자와 소비자 사이의 인간적 차이란 문제될 것이 없고 단순한 매매 조건만이 중요하다고 볼 수 있다. 그렇다면 와인 집 주인의 상행위 태도는 상도를 한참 벗어난 자기중심적 오만으로 비쳐진다.

여기서 일반적으로 생각되는 것은 인간사회의 불평등이 크고도 근원적인 차이를 가져오게 한다는 것이다. 인간의 능력이 다르기 때문에 자유가 존재하는 한, 있는 자와 없는 자 간의 합의와 평등이 이루어지기 힘들고, 불평등은 개인 간의 자유로운 활동의 피할 수 없는 결과가 아닌가 생각되기도 한다.

차이에서 차별이 존재할진대 차이의 의식을 좁히는 것이 평등사회, 민주사회로 나아가 차별을 극소화 할 수 있는 길이라 본다.

이러니저러니 여러 생각이 있을 수 있지만 우리 속담대로

"떡이 별 떡 있지, 사람은 별 사람 없다."로 보아줄 수 없을까?

33

논산 육군 훈련소 전반기 훈련도 막바지에 이르렀다. 고통스런 MRI 교육을 마치고 최초로 M1 소총 사격 연습장에 들어가 사격 준비를 끝냈다. 초긴장 속에 불안이 엄습해 왔다.

"다열 선상의 사수射手, 사격 준비! 바로"

통제관의 명령에 따라 나는 엎드려 사격 자세를 취하고 전방 250야드 선상의 타켓을 노려보았다. 가슴이 쿵당쿵당, 벌렁벌렁 진정할 길이 없다. 언제나 최선을 다하면 도와주신다, 도와주신다… 평소 늘 어려울 때 되 뇌이던 말이 몇 십번 터져 나왔는지 모른다. 사격 통제관의 명령이 다시 귀청을 자극하기 시작했다.

"다열 사수, 그어 총! 바로~ 그어 총! 바로~"

엄격하면서도 느긋한 통제관의 명령이 인자한 아버님의 말씀을 듣는 듯하다.

"사수, 오늘 아침 식사는 맛있게 먹었나! 훈련병 생활이 몹시 피곤하지, 조금만 참어라 며칠 안 남았다."

살벌한 사격장이 고요 속에 평온을 되찾는 가 했더니 다시 명령이 하달되었다.

"그어 총! 방아쇠 풀고, 숨을 멈추고 정조준하여, 사격 개시!"

나는 사격 명령에 따라 침착하게 방아쇠를 당겨 3발을 쐈다. 기간병이 타켓을 확인한 결과 3발 모두 만점을 받았다. 하느님께 감사했다.

"감사합니다. 감사, 감사…."

사격 점수가 나쁘면 고역스런 MRI 재교육을 받아야 하는 것이다. 어려울 때 또 도와 주셨구나! 가슴속 깊이 감사의 기도를 수도 없이 외쳤다.

지금부터 50여 년 전의 이야기다. 나는 20살 되던 해 논산 육군 훈련소에 자진입영하게 되었다. 2년째 교사 생활을 하고 있는데 5·16 군사 혁명이 일어났다. 병역의무를 마치지 않은 모든 공무원은 파직시키겠다는 군사정권의 서슬 퍼런 조치가 떨어졌다. 군 복무는 국민의 신성한 의무라지만, 마음은 몹시 무겁고 불안하였다. 곧바로 자진입영하였다.

나는 논산 훈련소 26연대에 배속 되었다. 새로운 병영 생활, 하나하나가 초긴장 상태에서 진행되었다. 기간병들의 지시 명령은 절대적이다. 이를 어기거나 철저하지 못할 때는 완전히 동물 취급을 받았다. 여기저기서 버럭 버럭 지르는 고함소리, 뛰고 기고 거꾸로 서며 기압 받는 모습. 흙 범벅, 땀범벅이 되어 일제히 움직이는 선배 훈련병 등, 아비규환阿鼻叫喚 그 자체였다. 죽고 죽이는 살육의 극한적 전쟁터를 생각할 때, 그 준비 훈련으로 당연하다 생각되었다. 그러나 이제부터 내가 겪어야 할 현장이고 보니 두려움과 공포가 온몸을 겹겹이 조여와 숨쉬기도 힘겨웠다.

내게 관물官物이 지급되었다. 훈련병 생활에 필요한 물품들이다. 훈련복, 훈련화, 배낭, 모포 등을 받았고 철모, 단검, 탄띠, M1 소총 등도 지급 받았다.

특히 단검과 소총을 손에 받아 쥐는 순간, 겁이 덜컥 나면서 묘한 호기심이 발동하여 이리저리 만져 보았다. M1 소총의 개머리판을 보니 '33번'이란 숫자가 확 눈에 들어왔다. 개머리판에 꽉 찰 정도로 크게 쓴 흰 페인트의 글씨였다.

33번 M1 소총!

지급된 관물은 소중히 사용하고 분실되지 않도록 각별히 주의 하라는 소대장의 엄한 훈시가 있었다. 특히 M1 소총에 대해서는 자기 생명과도 같은 것이니 더욱 소중히 다루고 늘 청소하여 깨끗이 취급하도록 특별주의를 받았다. 이를 분실 또는 훼손하였을 때는 즉시 영창에 가게 된다는 경고도 들었다.

나의 생명을 지켜주는 33번의 M1 소총.

지급 소총 번호, 33번.

33번! 예수님께서 인간구원을 위해 삶과 죽음과 부활로써 33년간 이 세상에서 수고수난하신 인간 사랑의 세월.

33번 M1 소총이 내게 지급된 것을 마치 예수님이 내게 오신 양 소중하게 나는 생각하고 있었다. 나를 지켜 주실 것이다. 내가 어려울 때 힘과 지혜와 용기를 주실 것이다. 33번에 대한 확고한 믿음이 나의 의식을 지배하고 있었다. 나를 지켜주는 보호 숫자 33번! 믿음이 가슴속 깊이 각인刻印되어 불안한 마음을 달래고 있었다.

나는 3대째 가톨릭 신자이다. 그동안 모든 생활이 신앙 안에서 이루어졌다. 나는 예수님께서 이 세상을 구원하기 위한, 강생降生기간 33년을 연상했다. 그리고 삼위일체三位一體이신 하느님! 죽으신지 3일 만에 부활하신 하느님! 이 세상의 구원 사업을 위해 수고 수난하신 예수님을 생각하며 힘들다는 군 생활을 33번 M1소총과 함께 잘 이겨내 충실히 해 내리라, 굳게 마음먹었다. 병영 내에서는 신앙생활에 필요한 성물聖物은 아무 것도 없었다. 오직 M1 소총의 33번의 숫자가 나를 지켜주고 힘을 주는 유일한 표징으로 나의 마음을 붙잡았다. 이 세상 33년간의 예수님의 수난 기간! 그 33의 숫자는 예수님을 뵌 듯, 힘겹고 불안한 군 생활에 위로와 안정을 주는 숫자로 충분했다. 나는 훈련 중 어려움이 닥칠 때마다 늘 33번 M1 소총을 부여안고 기도했다. 이후 나는 군 생활 전반에 크고 작은 많은 사고와 어려움에 직면하고, 죽음을 목전에 둔 사고도 있었다. 그러나 모든 위기를 무사히 모면하곤 했다.

전후반기 훈련을 마치고 나는 강원도 철원에 있는 20사단 155mm 포대에 배속되어 본격적인 군 생활에 들어갔다. 12월 중순경 영하 20도를 오르내리는 추위가 초년병 생활을 몹시 괴롭혔다. 이런 강추위를 무릅쓰고 포천 야외 사격장에서 포대 사격 훈련이 시작되었을 때의 일이다.

포대장의 명령을 받아 내가 소속되어 있는 3포 반장이 포사격을 주도했다. 사수는 명에 따라 포대경을 조작하여 포신을 전후좌우로 움직여 목표 방향에 고정시킨다.

이어 "5호 포탄 1발 장전!"

명령이 떨어지면 7, 8번 포수는 '5호 포탄 1발 장전'을 복창하고 포탄 장전을 완료한다.

"105호 장약 장전!" 역시 복창하고 9번 포수가 이를 완료한다.

"발사 준비 끝!"

3포 반장이 포대장에게 보고하면 발사 명령만 기다리게 되는 것이다.

드디어 "3포 발사!" 2번 포수가 방아 끈을 힘차게 잡아 빗겨 올림과 동시에 거대한 포신이 힘차게 뒤로 빠지면서 "뻥!" 굉음을 내고 포탄은 벌써 맞은 편 산 목표물을 강타하고 있다. 이때 나는 즉시 장약가스로 오염된 포신 내부를 청소 봉으로 쑤셔서 청결하게 하는 것이 10번 포수와 공동 임무였다. 이 포신 내부 청소 임무를 재빨리 하지 못하여 장약 가스가 엉겨 붙는 날에는 즉석에서 포반장의 발길질을 물론 갖은 기합으로 며칠을 두고 곤욕을 치러야 만 한다.

이어 2번째 발사 명령이 떨어졌다. 2번 포수가 방아 끈을 낚아챔과 동시에 10번 포수와 나는 반사적으로 포신을 향해 재빨리 앞으로 뛰어 나아갔다.

그러나 포구는 열리지 않고 흰 연기만 힘없이 날리고 있었다. 동시에 포대장, 전포대장, 포반장 할 것 없이 모두 손을 흔들며

"비켜! 비켜! 이 새끼야!"

고함을 치며 우리 둘에게 돌진해 오더니 나와 10번 포수를 밀쳐 쓰러뜨렸다. 나는 상황을 파악하지 못하고 끌려나와 10번 포수와 함께 발길질 세례를 몇 차례에 걸쳐 받았다.

"이 새끼들아 죽으려고 환장 했냐!"

"저 고문관 두 놈 영창에 집어넣어!"

화가 잔뜩 난 포대장의 말이 거칠게 들렸다. 그제야 위험했던 상황을 나는 깨달을 수 있었다. 사격이 불발될 때 포 앞으로 나아가면 뒤늦게 장약이 터지는 경우, 뒤로 빠지는 포신에 맞아 온몸이 박살이 난다는 주의를 수없이 들었다. 이를 까맣게 잊고 포신 앞으로 달려나갔으니… 오로지 임무 수행만을 위한 반사적 행동을 했다. 오늘 장약이 뒤늦게 터져 발사 됐더라면 나는 이 글을 쓸 수 없었을 것이다. 참으로 생사 갈림길의 아찔한 순간이었다. 또 지켜 주셨구나! 거친 호흡을 하며 나는 등에 멘 33번 M1원 소총을 어루만지며 감격에 찬 감사의 기도를 올렸다.

번번이 두려움 없이 크고 작은 사고에서 나를 비켜가게 한 힘은 과연 무엇일까?

우연일까? 우연은 계속 이어질 수 있을까?

필연일까! 필연은 과연 어떤 힘에 의한 것일까?

어떤 신념에 의한 힘!

k.브리스톨은 '신념의 마력'을 실험적으로 명쾌하게 설명하고 있다. 자신이 어떤 어려운 일도 극복할 수 있다는 확고한 신념을 갖고 시작하면 무엇이든지 훌륭히 해 낼 수 있다는 것이다.

철학가 에머슨은 "역경에 처하거나 혹은 위기에 직면 했을 경우에는 우리들의 무의식의 행동이 항상 최상의 것이다."라고 말하였다. 그리고 잠재의식이 위대한 힘의 저장고이며 잠재의식이 초인적 힘을 발휘한 실례를 무수히 지적하고 있다. 나는 이러한 정신력의 배려를 전혀 무시하는 것은 아니다.

그러나 나는 아무도 힘이 되어 줄 수 없는 사면초가의 병영 생활에서 오직 하느님만이 믿음의 전부였던 것이다. 33번이란 숫자를 통해서 하느님의 역사하심을 확실히 믿은 것이다. 이 믿음이 믿음대로 이루어진 것이다.

인간은 중간자적 존재라고 한다. 중간자란 신과 인간의 중간에 존재한다는 말이다. 신은 전지전능한 절대자이다. 그리고 동물은 주어진 본능에 따라 생명을 이어 가는 무지자이다. 즉, 자기가 무지하다는 것조차도 모르는 완전하게 무지한 동물이다. 그러나 인간은 이성을 가지고 있어 자기 자신이 완전하지 못하고 불완전하다는 것 정도는 아는 자이다. 그러므로 완전하지 못한 인간은 불완전함을 극복하고 완전에로의 동경이 끊임없이 일어나고 있다고 본다.

완전을 추구하는 인간의 노력! 그 노력에 인간은 한계가 있음을 알게 된다. 자기의 유한성을 자각한 인간이 절대자에 귀의歸依하는 것은 자연스런 일이 아닐까?

절대자 하느님을 신앙하는 힘은 인간의 정신력을 초월할 수 있는, 위대한 힘을 여기서 보게 된 것이다.

고마리는 잡초가 아니다

개구리 우는 소리가 가끔 들리더니 맹꽁이도 조금씩 거들며 봄이 완연함을 알린다. 달력을 보니 경칩이 벌써 사흘 전에 지났다. 명쾌하지 못한 봄의 전령이 황량하고 허약하게 통점 마을에 봄기운을 알린다.

통점골의 봄소식은 요란뻑적지근하게 온 마을을 휘감는 게 특징인데 몇 년 사이에 너무도 조용히 맥없이 오고 있다.

이전엔 경칩이 오기도 전에 개구리, 맹꽁이, 도룡용의 힘찬 합창소리가 온 동네를 감싸 돌아 뮤직홀을 방불케 하던 통점골! 동네 사람들은 활력 넘치는 그 싱그러운 소리를 들으며 엄동의 한기에서 벗어날 수 있었다. 그 힘찬 소리에 희망찬 내일을 바라보며 의기양양하게 모든 일을 시작 할 수 있었다.

"입춘 추위에 선늙은이 얼어 죽는 다는 말도 있지만, 이젠 경칩이 지났으니 안심해도 되겠지."

"추위가 와봤자 저 개구리 노래 소리에 견디겠어."

"동면에서 깨어난 개구리 입이 열광하니 우리 입도 올해는 넉넉할 걸세."

"암~ 그래야지."

양지바른 샘터에서 화사한 봄볕을 즐기며 동네 어른들의 느긋한 대화가 태평스러웠다. 그러나 애처로운 오늘의 퉁점골! 활기찼던 봄의 소리가 지금은 쓸쓸하게 허공을 맴돌 뿐이다.

나의 인생 종착지 퉁점골은 노년의 한적한 마음이 머문 제2 고향이다. "고향을 떠나면 천하다."했으나 17년째 살다보니 "고기도 저 놀던 물이 좋다."란 '제물에 고기'가 되었다. 그런데 낯익은 해맑은 물이 낯선 물이 되어 흐르니 안타깝다. 구정물에 송사리는 사라지고 개구리 거처도 점차 줄어들고 있으니…

10여 년 전 퉁점골 개천은 송사리와 중고기가 노닐고 개구리가 첨벙거리며 도롱용(미루랭이)이 서식하던 해맑은 일급수의 시냇물이었다. 주변 풍경과 얼굴이 선명하게 비치던 맑은 냇물! 그냥 마셔도 세수를 해도 상쾌한 맛 그대로였다.

그러나 지금은 시궁창이 되어 고약한 냄새가 코를 자극한다. 안타깝다. 참으로 기가 찼다. 분노마저 일렁인다. 그 맑디맑은 거울 같은 물을 볼 수 없다니, 즐길 수 없다니…

한여름 책 한권 들고 나가 서늘한 물가에 발 담그고 마냥 즐기던 공간이 사라져 가고 있다. 동네 사람들의 놀이터요, 휴식처가 외면당해 찾는이가 없다. 개천가에 서식하던 동식물도 새롭게 생멸生滅하고 있다.

이곳으로 이사 오면서 퉁점골 풍광에 몇 년을 취해 살았다. 해가 거듭될수록 정감이 고조되면서 행복한 나날이었다. 무릉도원을 찾은 것처럼 '퉁점골' 찬양에 열을 올리고 아름답게 가꾸고 다듬었다.

그러나 이제 죽어가는 개천을 맥 놓고 바라보면서 행정당국을 원망하지 않을 수 없게 되었다.

'자연파괴를 외면하는 그들이 공복인가? 강변하고 싶다.'

개천 상류에 주택 신축허가를 마구 내주고는 상수도와 오수관 설치를 이제까지 미뤄왔던 당국. 주민들 반발이 컸으나 예산타령만 거듭해 오고 자연파괴 현장을 기피하고 있다.

오수관으로 흘러들어 가야할 20여 가구가 내뿜는 생활폐수가 무방비로 청정 개천을 덮어 버리고, 마을 앞 개울이 점점 썩어 시궁창으로 변해 생태계가 돌변하고 있다.

행정당국이 손 놓고 있어서 동네 주민들이 대책을 마련하고자 하였으나 뾰족한 방법이 별로 없었다. 고작 불확실한 생활하수 자체정화 방법을 적용시키는 길이 마을에서 할 수 있는 최선의 방법이었다. 그러던 차에 풍수지리 전문가 S형을 만나 방법을 찾고자 골몰하였다.

그는 동네 앞을 흐르는 물이 큰 내가 아니고 작은 개천이니, 개천을 정화시키는 풀인 '고마리'를 심어 수질을 개선해보자는 제안을 했다.

'고마리'는 수질 정화 능력이 매우 뛰어난 풀로 쓸모없는 잡초가 아니라는 것이다. 물의 오염이 심할수록 그 뿌리가 발달해서 더욱 잘 자라나고 물을 정화시키는 힘도 커진다고 했다. 오염되어 악취가 진동하는 곳에서 잘 자라나 흘러가는 물을 맑게 해주는 고마운 풀이다. 그래서 이 풀을 사람들이 '고마운 풀'로 불렀는데 그 말이 변형되어 '고마리'가 되었다고 한다.

S형의 고마리 풀 설명을 듣고 보니 오수관 설치를 못할 바엔 최선의 방법이 아닌가 생각되었다.

개천을 탐방하고 고마리 심을 준비에 들어갔다. 개천에는 이미 띄엄띄엄 고마리가 자라고 있었다. 오염이 심한 지역을 중심으로 고마리 식재 계획을 세우고 광주천으로 흘러들어가는 신현천에서 자라는 고마리를 매년 옮겨 심었다. 신현천에는 오수관이 매설되어 고마리의 역할이 크게 필요하지 않았다. 3, 4년을 수고한 보람이 있어 이젠 고마리 풀이 제법 무성하게 개천을 덮을 정도가 되었다. 고마리는 S형의 말대로 부영양화가 심한 지역에서 왕성하게 자라고 있음을 발견했다. 기대가 컸다.

매년 개천의 변화를 관찰해 나갔다.

가장 오염이 심한 시궁창에서 고마리가 가장 왕성하게 자라며 드디어 수질도 좋아지고 있는 것을 알 수 있었다. 개천 아랫녘에서는 송사리 몇 마리가 노니는 모습도 다시 보이기 시작했다. 기대가 어긋나지 않았다. 시궁창 냄새도 많이 약화되어 풀 내음이 살아나고 개천 바닥도 많이 개선되었다. 10여 년 전 청정 개천의 기대를 모으며 고마리를 더욱더 열심히 가꿔 나갔다. 왕성한 봄의 소리도 기대하며…

통점골 앞 개천에 관심을 갖고 애쓰다보니 오늘 우리 사회의 참담한 모습을 생각하게 된다. 혼돈의 장에서 허우적거리는 우리, 무엇으로 치료할 수 있을까? 고마리 같은 지도자, 고마리 같은 우리들이 될 때 상생의 내일을 바라 볼 수 있을 것이다.

2017년 정유년! 시간이 더해 갈수록 희망찬 내일을 말하기보다는 암담한 내일을 걱정하는 사람들이 많아졌다. 몇 년 전 통점골 개천의 모습 같은 우리의 현실. 세상살이가 점점 힘겹다고 한숨짓는 사람이 부지기수다.

분열된 마음과 정신.

지도자들의 이기적 리더십.

역시 경제적인 문제로 고통 받는 사람이 가장 많은 것 같다. 이 때문에 사람들 사이의 관계도 점점 팍팍해지고 있음을 실감하겠다. 우리 사회를 가득 채우다시피 하는 거친 언사들. 시민들 사이에 쌓여가는 거친 폭력성. 갖가지 부정적 위해를 일삼는 유언비어. 부정부패한 사회지도자들. 이러한 이면에는 현실에 대한 좌절과 미래에 대한 암울함으로 심하게 상처 입은 가련한 마음들이 자리하고 있다. 몇 년 전 통점골 개천이 썩어 가듯이…

이렇게 어두운 시절을 맞아 희망을 가지고 살기란 쉽지 않을 것이다. 여러 어려움을 극복하고 희망찬 삶을 누리려면 굳센 용기와 인내가 우리를 인도해야 되지 않을까? 무엇보다도 주위에 따뜻한 관계들. 정직하고 희망을 증언하는 사회 지도자들의 사심 없는 지도력이 다른 어느 때보다도 절실하다. '고마리'처럼 살아서 세상을 맑게 하려는 사람들, 이 사회의 악취 나고 오염된 수렁에 뛰어 들어가 고마리의 뿌리가 되어 온갖 오물을 정화하려는 변화된 너와 나, 탐욕과 이기심의 수렁에 나눔과 공생의 뿌리를 내리는 우리들, 미움과 폭력의 개천에서 사랑과 평화의 꽃을 피우는 시민들이 될 때 우리는 미래를 노래할 수 있지 않을까?

오염된 우리 사회를 정화시키고 스스로 수렁으로 들어가 시궁창을 맑게 해주는 고마리와 같은 지도자는 찾을 수 없을까?

끝장냅시다

옅은 신음에 눈을 떴다.

몇 시나 되었을까?

어둠속에서 조심스레 뒤척이는 아내의 움직임이 이내 고통으로 전해온다. 언제부터 혼자 깨어 고통을 참아 냈을까. 또 허리 통증이 반복되는가 보다. 옆에서 계속 잠만 자고 있었으니 미안하다. 남편이 깨지 않을까 숨죽이며 달막이는 기척이 몹시 안쓰럽다. 별스런 아픔이 아님을 가장하려는 몸짓에서 더욱 큰 고통을 감지하게 된다. 차라리 큰 소리로 '나 아파 못 참겠어! 여보 좀 일어나 봐요' 하고 자리를 박차고 절규하면 오히려 작은 미안함으로 다가올 것 같다.

"고통은 나누어서 반으로 줄게 하고…"란 기도가 생각난다. 절반씩 나누어서 아프면 좋으련만….

아내는 허리 디스크를 20여 년간 앓고 있다. 늦가을 기온이 떨어지기 시작하면 통증이 가중되다가 이듬해 오뉴월 기온이 상승하면 완화되곤 한다. 병이 깊어 수술로 치료하는 것도 위험하다하여 자연치료에 의존하고 있다. 요즈음은 엎친 데 덮친 격으로 팔다리 관절도 온전하지 못하여 밤잠을 설치기 일쑤이다. 이렇게 괴로움이 일상화되니 지루하고 답답하여 남이 좋다는 말만 듣고 양약을 썼다가 위장 장애로 식사도 못하고 삼중고로 괴로워하고 있다.

"거의 모든 사람들은 병 때문이 아니고 치료 때문에 죽는다."라는 프랑스 격언이 말해주듯 약을 잘못 쓴 부작용이 매우 큰 것 같다. 병의 치료에도 지혜로운 선택이 필요하다. 아내는 이러한 와중에도 끊임없이 묵주기도를 올리며 죽고 싶다는 말만 반복하면서 연말연시를 맞았다. 본인 괴로움에 비할 바는 못 되지만 이를 옆에서 지켜보는 것도 만만치 않다. 이런 분위기에서 빨리 탈출하고 싶은 것이 솔직한 심정이다.

아내는 몸이 아픈 원인을 전원생활에서 찾으려고 한다. 남들은 건강을 지키기 위해 전원생활을 동경하고 즐기려 하지 않는가. 그러나 몸이 아프고 보니 평소 즐거움은 사라지고 고통을 주는 일들만 생각하게 된다. 사실 우유를 먹는 사람보다 우유를 배달하는 사람이 더 건강한 법이다. 전원은 우유를 편히 먹기보다 배달하는 기능을 갖춘 곳이다. 그러나 지나치게 우유를 많이 배달하면 건강을 잃기 마련이다. 전원생활뿐만이 아니고 어느 곳에서나 지나치게 무리를 했을 때 문제는 생긴다. 아내는 최근 자신의 건강 조건을 무시하고 무리하게 일했음을 탓하기보다, 전원의 불편·부정적 조건을 강조하기를 주저하지 않는다. 온 집안에 널려있는 일을 보고 가정주부로서 움직이지 않을 수 없다는 것이 주요 주장이다. 작년 연말의 발병 원인도 전원주택에 살다보니 무리하게 움직여 일어난 것으로 본다.

부엌 조리대 밑 수도관에서 장기간 누수 된 것을 모르고 방치 하여 거실 마루 전체가 썩어 변색되니, 한 달여 보수를 하지 않을 수 없었다. 이로 인해 김장이 늦어져 뒷밭의 무 배추가 얼지 않도록 특별 관리를 하지 않을 수 없었고, 힘들게 재배한 채소가 아까워 170여 포기의 김장을 했으니 무리가 아닐 수 없었다. 사흘 김장을 하고 이내 몸 전체가 아파 고통을 받고 있으니, 전원생활에 대한 타박과 과거 아파트 생활의 단출함을 그리워 할만하다.

그러나 아파트 생활의 답답하고 건조함을 견디다 못해 이곳 산촌으로 찾아 들지 않았던가? 그리고 전원생활의 낭만과 설렘을 안고 즐기며 자연과 벗한 지 벌써 10여 년이 되었다. 그간 이곳에 취하여 신명나게 일하고 때를 가리지 않고 예찬禮讚해 온 것이 엊그제인데, 자신의 몸이 아프니 전원생활의 보람과 기쁨도 한 순간 지나간 바람이 되어 버렸다. 행복해 하던 일상이 고통으로 서서히 다가오니 아파트의 단출한 생활을 그리워하는 모습이 역력하다.

기축년 새해가 밝았다.

묵은해를 보내고 새해를 맞으면 갖가지 상념으로 삶을 더듬게 마련이다. 작년에는 수원교구 '패밀리 아카데미'에서 가정 사목 사도직의 중요성과 그 방법에 대한 강의를 들으며 연구해 왔다. 금년에는 무엇을 할 것인가? 생각을 정리하는 시간을 짧지 않게 가져왔다. 그런 가운데 아내의 병세가 더욱 악화되어 누워있거나 허리를 펴지 못하고 꾸부정하게 걷는 모습을 보면서 기축년 올해는 무엇보다도 아내의 건강을 되찾는 데 최선을 다 할 것을 다짐한다. 매년 고통스럽게 겨울을 보내야 되니 근본적인 끝내기 치료가 절실하다.

아내의 건강! 이것은 기실 아내만의 것이 아니라는 것을 오래전부터 생각해왔으나, 지극하게 챙기지 못하였음을 뒤늦게 후회하게 된다.

"남자는 부모를 떠나 아내와 결합하여 둘이 한 몸이 되었다."

창세기 성경 말씀을 되짚지 않더라도 40여 년을 한 몸으로 살아왔고 4형제의 어머니인 아내 체칠리아의 건강은 나의 건강 이상이요, 또한 행복한 가정을 이루는 기본이라 생각한다.

재작년 J한의원의 비수술 자연치료 과정을 이행하여 허리 디스크 통증이 거의 완화되었다. 건강이 어느 정도 회복되니 체칠리아는 삶의 활기를 찾고 행복해 보였다. 전원생활을 즐기며 친구들과 여행도 하고 신앙생활도 적극적으로 참여했다. 엄마가, 아내가 기쁘고 즐거우니 가족이 모두 행복했다. 신앙 동료들과도 신명나게 활동하며 함께 나눈 감사의 정황도 내게 자주 들려주었다. 그리고 아침 저녁으로 성경 말씀을 듣고 오늘의 삶을 봉헌하며 열심히 기도를 올리곤 했다. 저물어가는 인생 황혼이 아름답게만 느껴졌다. 더 이상의 행복은 하느님께 반납하여 다른 이에게 쓰여 지길 간구하기도 했다.

인생여정의 모든 희로애락!

"언제나 기뻐하십시오. 끊임없이 기도하십시오. 모든 일에 감사하십시오."(1테살, 5,16~18)란 성경 말씀이 가냘픈 마음을 푸른 초원에 평안히 잠들게 한다.

그러나 작년, 고통스러웠던 가을이 이내 머리에 스치면서 금년에는 어떻든 끝을 보아야겠다는 다짐을 더욱 굳건히 한다.

오늘도 아내에게 즐거운 마음으로 서둘러 병원에 가서 물리치료 받고 무리하지 않도록 당부한다. 그러나 쉽지 않다. 말을 타고 들어온 병은 거북이를 타고 나갈 모양이다. 도대체 끝이 보이질 않는다.

여하간 기축년 올해는 소처럼 인내하고 반추하며 거북이처럼 느리지만 확실하게 아내의 건강을 챙길 것이다. 근본적인 끝내기 수술 요법을 큰 병원 중심으로 방문 진료하여 가장 적합한 병원의료진을 찾아 아내의 몸에서 병을 몰아내려 한다.

여보! 올해는 모든 병을 당신 몸에서 몰아냅시다.

끝장냅시다.

하느님 나라를 지향하며

창밖의 매화나무가 매서운 추위를 잘도 견뎌내고 있다. 함초롬히 꽃피고 열매 맺던 화려한 계절을 뒤로하고 이젠 인고의 무거운 침묵으로 위로와 안식을 구하는가 보다. 아마도 더 아름다운 내일을 잉태하려는 모진 감내이겠지. 봄은 매화 가지에 매년 찾아오지만 똑같은 매화나무는 아니다. 연륜을 자랑하는 매화. 줄어드는 꽃가지를 알고 있는지? 점차, 왕성한 꽃가지가 세월 속에 묻혀 언젠가는 생기를 잃고 무기력한 나무로 말라 썩어 갈 것이다.

언젠가는 죽는다.

얘들아, 우리 인생도 매화나무나 모든 초목들과 다를 바 없단다. 누구나 생로병사의 거친 파도를 넘어 많은 변화를 거치면서 일생을 보내게 된다. 불교에서도 제행무상諸行無常이라 하여 만물유전萬物流轉의 세계관으로 나를 포함한 모든 현상은 항상 생멸生滅 변화한다 했다. 세월을 달리하는 시간과 더불어 만물은 항상 변화하는 것이다. 그러하나 세상 모든 일이 변화무궁變化無窮하여 예측할 수 없는 것만은 아니다. 불변의 진리도 있단다. 그것은 살아있는 모든 것은 언젠가 죽는다는 것이다. 인간의 삶도 유한하여 다른 생물과 다를 바 없이 죽게 되는 이치를 잘 알고 있을 것이다.

아빠도 이 자연의 이치에 순응하여 죽음을 맞이할 날이 멀지 않았구나. 이 세상살이를 마감하고 하느님 나라를 지향하면서, 평소 생각을 남기고자 한다.

돌이켜보면 아빠는 너희들의 조부모이신 부모님으로부터 참으로 고귀한 유산을 받았다. 그것은 바로 신앙의 유산이다. 하느님을 알아모실 수 있도록 키워 주셨다. 유아 세례를 받은 이후 줄곧 오늘날까지 신앙 안에서 살아왔다. 신앙이 나를 만들어 왔고 믿음이 나를 바로 서게 했다. 이것은 내 인생의 큰 힘이었고 더 없는 축복이었다. 또한 내 삶의 양식이었고 기쁨이었다. 3대째 가톨릭 신앙인으로서 부끄러움 없이 살아, 부모님의 유지를 받들고자 이제까지 부족하지만 노력해 왔다. 또한 너희 4형제들에게 가톨릭 신앙을 유산으로 넘겨주어 이미 뿌리내렸으니 더 없이 고맙고 값진 일이라 생각한다. 너희들도 신앙을 인생 최상의 목표요, 가치로 잘 키워서 후손에게 물려주도록 일상생활 속에서 힘써주기 바란다.

너희들도 알고 있지만 아빠는 일곱 살에 어머니를 여의고 혼란스러운 유년 시절과 사춘기를 용인 양지에서 보냈다. 이어 서울 객지에서 불안정한 생활로 청소년기를 전전했다. 이러한 성장기에 내 곁에서 붙잡아 주시고 이끌어 주신 분이 바로 예수님이셨다. 그리고 성모님이셨다.

어머니가 돌아가신 그 해 따스한 고향에서의 어느 봄날이 생각난다. 그날도 저녁 무렵 평소대로 퇴근하시는 아버지를 마중하러 읍내가 바라다 보이는 언덕배기로 올라갔다. 어머니와 손잡고 매일같이 오르던 그 곳이었다. 한참을 기다려도 저 건너 읍내 가는 길엔 아버지께서 보이지 않으셨다.

'어머니가 계셨더라면 재미있는 이야기와 노래도 불러 주시고 지루하지 않았을 텐데' 생각하니 왈칵 엄마 없이 혼자라는 설움이 복받쳐 소리 없이 눈물이 흘러내렸다. 얼마나 시간이 지났는지 땅거미가 드리워지기 시작했다.

그런데, 성모님!!

푸른 망토를 입으신 성모님!?

성모님이 이리저리 오가시며 밭에서 봄나물을 캐고 계시지 않겠니?

"아, 성모님! 성모님이…."

그때 갑자기 뒤에서 "문수야! 아버지 왔다!" 아버지께서 부르는 소리에 정신이 번쩍 들었다. 아버지께서 언제 오셨는지 뒤에 서 계셨다. 이때 아빠는 분명 돌아가신 어머니 얼굴을 한 성모님을 뵈었다. 언제나 어머니가 하시던 대로 언덕배기 밭에 널려있는 봄나물을 이리저리 캐고 계셨다. 아주 평화로운 모습 그대로였다. 눈에 어른거리던 성모님! 그 모습을 더는 볼 수 없었으나, 이때부터 아빠는 언제나 내 곁에서 성모님이 지켜주신다는 확신 속에 살아왔다.

함께해 온 너희들도 알고 있듯이 아빠가 살아온 생애는 아주 평범한 소시민으로 작은 소망을 지니며 살아왔다. 그저 작은 일에 만족하고 감사하며 지냈다. 그러나 한 가지, 끊임없이 항구하게 예수님께 기도했다. 내 만족을 채우기 위한 기도보다는 하느님 뜻대로 모든 일이 이루어지도록, 나보다 더 어려운 사람들에게 도움 있기를 기도했다.

항상 성당 곁을 떠나지 않고 깨끗한 삶을 생각했다. 사람들보다도 하느님 앞에 떳떳한 삶을 살기를 원했다. 이러한 삶 안에 놀라운 일들을 여러 번 체험했다. 하느님께서는 아빠가 이루고 싶은 소망을 모두 들어 주셨다. 세월 속에 묻혀 내 할 일을 열심히 하고 살다보면 아빠도 모르는 사이에 마음속에 바라는 것이 이루어져 있곤 했다. 처음에는 내 능력의 결과라고 자만도 했지만, 아니다 절대 아니었다. 아빠 힘으로는 도저히 해낼 수 없는 일들이었다. 그러나 모든 난관을 넘어 소망한 것이 이뤄져 있었다.

아빠가 살던 어린 시절은 몹시 가난하여 매 끼니를 걱정하던 때였다. 6 · 25전쟁이 3년 여 있었고 그 후 정치적 불안으로 사회가 매우 혼란스러웠다. 그 시기에 아빠는 고향 양지에서 초등학교를 졸업하고 7Km 떨어진 용인의 중학교에 입학하게 되었다. 중학교 3년간을 도보로, 자전거 그리고 기차로 통학을 하는 불편을 겪어야만했다. 너희들의 할아버지께서는 내가 중학교 3학년이 되자 많은 고민에 빠지셨다. 아빠 고등학교 진학문제 때문이었다. 여러 걱정 끝에 내리신 결론은 "집안도 가난하고 사회도 혼란스러우니 너는 교육자의 길을 걸어라." 하고 진로를 결정해 주셨다.

그리하여 학비도 적게 들고 취직도 쉽게 할 수 있는 서울사범학교로 진학하여 낯설은 서울생활이 시작 되었다. 일가친척도 없는 외로운 서울생활이었으나 아빠는 교우 집에 하숙을 정하고 신앙생활도 변함없이 할 수 있었다. 엄청난 생활환경의 변화 속에 학교 친구들과 사귀며 즐거운 서울 학창 생활을 시작하게 되었다. 이 모두 하느님께서 도와주시지 않으면 불가능한 일이었다.

아빠는 가난한 교육자로 너희 4형제를 키워 오면서 돈 걱정을 크게 하지 않고 살아왔다. 생활하다 보면 날마다 돈이 필요했다. 집에 돈이 없었는데도 쓸 일이 생기면 돈이 마련되어 쓰고, 또 쓸 곳이 생기면 이를 해결할 돈이 또 나타나 쓰기를 거듭했다. 몇 십 년을 이렇게 살면서 다른 사람에게 도움을 받지 않고 잘도 견뎌냈다. 물론, 엄마가 고통스럽게 모든 일을 해결했지만 엄마 힘만으론 어림도 없었다. 열심히 살다 보면 반드시 부족한 점을 채워주시는 하느님!

"하늘의 새들을 눈여겨보아라. 그것들은 씨를 뿌리지도 않고 거두지도 않을 뿐만 아니라 곳간에 모아들이지도 않는다. 그러나 하늘의 너희 아버지께서는 그것들을 먹여주신다. 너희는 그것들보다 더 귀하지 않으냐?"(마태복음,6,26)란 성경 말씀대로 하느님께서 살펴주실 것을 믿고 이제까지 큰 문제없이 즐겁게 살아왔다. 물론 너희들이 불편했고 마음고생이 많았을 것이다. 돈이 꼭 필요해도 부모 눈치만 살피고 돈을 달라고 할 수 없었던 너희들 마음도 잘 알고 있다.

문희가 대학생 때의 일인가보다. 네가 친구를 따라 백화점에 갔는데 친구는 사고 싶은 대로 옷가지를 사는데, 너는 살 수가 없어 구경만하고 집에 와 엄마 앞에서 펑펑 울었다는 말을 엄마로부터 전해 듣고 마음이 몹시 아팠다. 괴로웠다.

여기서 아빠는 예수님께서 행하신 빵 다섯 개와 물고기 두 마리로 오천 명을 먹이신 기적을 생각했다. 그 오천 명의 '비움과 나눔의 마음!' 우리 집이 어려운 시기를 잘 견딜 수 있었던 것은 너희들의 아름다운 배려의 마음이 있었기 때문이라고 아빠는 생각한다. 집안 사정에 잘 따라주었던 너희들에게 고맙게 생각한다.

아빠는 40여 년을 학교 교육현장에서 보냈다. 보람도 많았지만 불만도 적지 않았다. 교육의 본질을 해치는 지시 앞에 고민하고 이를 극복할 수 있는 길을 찾아 나서기도 했다. 직업을 바꿔보고자 여러 번 다른 길을 탐색하기도 했다. 그러나 다른 길에도 부조리한 면면이 상존하고 있음을 알고 마음을 고쳐먹곤 했다. 그리하여 교육현장을 포기하지 않고 열심히 노력하며 기도했다. 아쉬움이 많은 학교생활이었다. 그러나 이 또한 하느님 뜻으로 받아들여 감사의 기도를 올린다.

퇴직 이후 아파트생활을 청산하고 문형산 밑 통점 마을에 전원주택을 짓고 이사를 했었지. 아빠는 전원생활에 매우 만족했으나 미혼未婚으로 함께 살아야하는 근희, 지희는 불만이 끝이지 않았다. 그래도 잘 참아주어 끝내 이곳에 적응하여 산촌생활의 즐거움을 알게 된 셋째, 넷째에게 감사한다.

이후 시간이 많게 된 아빠는 능평성당 신설에 관여하여, 새 성전 건립의 감격을 주신 하느님께 감사를 드린다. 또한 통점골에서의 전원생활과 더불어 신앙생활에 몰두할 수 있어서 더 없이 행복하다.

아빠는 시골에서 가난한 공무원의 아들로 태어나 성장하여 엄마와 결혼하고 너희들을 낳고 살면서 큰 사고, 큰 걱정 없이 살아왔다. 이렇게 순탄한 인생 자체가 기적이며 바로 하느님의 도우심이라는 굳은 믿음을 가지고 있다.

그렇다, 믿음! '믿음은 강산도 움직인다.'했다. 하느님께 대한 굳은 믿음과 사랑이 기적을 만들어 낸다. 이렇듯이 사람 사이에서도 사랑과 믿음이 있을 때 그 어떤 어려움도 이겨낼 수 있다. 그런 믿음은 어디에서 오는가? 그것은 정직한 생활에서 나온다는 소박한 진리를 너희들은 이미 깨우쳤으리라 믿는다. 영국 속담에 "영원히 행복하려거든 정직하여라."라는 말도 있듯이 정직은 행복의 원천이다. 정직하기에 믿음이 생기고 믿을 수 있기에 행복할 수 있는 것이다. 평소 생활에서 절대 정직을 강조한 것도 그것이 인간다운 삶의 기초가 되기 때문이었다. 하느님 사랑 안에 모든 사람들과 더불어 믿음을 나누고 행복하기를 기도한다.

아빠는 너희들과의 아름다운 추억을 되살려 음미하는 시간이 무척 즐겁단다. 너희들하고 어린이날 손잡고 공원으로 행사장으로 구경하고 다니던 때가 엊그제 같은데, 이젠 너희들이 너희 자녀들과 그렇게 하고 있음을 볼 때 아주 신기하고 대견하다. 지희는 잘 모르겠지만 한여름 무주구천동으로 피서 갔다가 방을 구하지 못하여 냇가 바위 위에서 서로 꼭 껴안고 자던 생각도 난다. 와희회瓦喜會 가족들과 야외 캠핑을 하면서 지희가 저만 계속해서 노래하겠다고 나대는 바람에 엄마 아빠가 난처한 적이 한두 번이 아니었다. 지희는 엄마를 닮아 노래를 잘 불러 여러 사람을 즐겁게 해주곤 했다. 그리고 엄마에게 피아노를 배운 문희가 신림 초등교 1학년 때 모차르트의 피아노 소나타를 훌륭하게 연주하여 많은 사람들을 놀라게 했던 감격스런 일도 생각난다. 또한 근희 미대 졸업 작품이 우수작으로 인정을 받아

고가로 팔려나가 교수님이 자랑스럽게 이야기 하시던 모습도 눈에 선하다. 그런가하면 남희가 중학교에서 전교 일등을 하여 선생님으로부터 축하 전화를 받고 기뻐하던 일. 너희들이 학교와 성당에서 크고 작은 상을 타 올 때마다 온 가족이 기뻐하며 즐거워했지. 무엇보다도 어른들의 생신날이면 너희들이 축하의 자리를 마련하고 축하의 글을 각자 써서 낭독하여 큰 기쁨을 선사하곤 했다. 너희들은 언제나 엄마 아빠에게 큰 기쁨을 주었고 삶의 활력을 주었다. 그러나 안타까운 기억도 없는 것은 물론 아니다. 그것은 그것대로 너희들이 성숙된 인간으로 자리 잡기위한 시련이었기에 오늘의 너희들이 있게 된 것이 아니겠니. 이젠 이 모든 아름다운 추억도 망각의 늪을 건너 사라질 날도 머지않은 것 같다. 이 아름다운 세상을 즐겁게 살다 떠나게 해 주신 하느님께 진정 감사를 올린다. 넉넉지 못한 집안에 태어나 희로애락을 함께해 준 너희들에게 고마움을 말하고 싶다.

나는 너희들이 있어서 참으로 행복했다.

류문희! 남희! 근희! 지희!

너희들 이름 앞엔 언제나 설렘이 있다. 너희들 이름은 영원한 그리움이다. 아무리 불러도 지치지 않는 이름. 대답 없어도 웃음 띤 얼굴 솟아나고, 너희들 목소리엔 위안이 있다. 때론 목 메임에 가슴이 저려온다. 무슨 덜된 정서인지 모르겠다. 내 유년의 작은 아픔이 잘못된 감상으로 되살아나나 보다.

나의 딸들아! 아빤 너무도 너희들에게 부족함이 많은 자상하지 못한 아빠였지. 몹시 후회 되는구나. 너희들에게 좀 더 사랑의 기쁨과 희망을 주고 진정한 행복이 무엇인지 몸소 보여주지 못했음을 안타깝게 생각한다. 아빠 유년시절의 목마르고 찌든 사랑의 결핍이 너희들에게 풍성하게 사랑의 꽃을 피울 수 없게 하였을 것이다. 사랑을 받아본 사람이 사랑할 줄도 안다 했다. 이제부터 너희들은 상호 지킴이가 되어 상생相生의 삶을 살아 사랑으로 동기애를 키워 힘차게 살아가거라.

아빠가 이 세상에서 너희들과의 마지막을 예고하면서 다음 몇 가지를 간곡히 권고한다. 아니 철저히 실천해 주기 바란다.

*언제고 하느님 사랑 안에 머물러라.

*엄마 노후를 평안히 모셔라.

*형제간 사랑과 고통을 함께 나눠라.

*각자 가정의 화목을 위해 최선을 다하고 당당하게 처신하라.

*불행한 이웃에 항상 관심을 갖고 힘닿는 대로 도와라.

*자기 계발을 위해 꾸준히 노력하여라.

*가족의 건강유지를 위해 꾸준히 투자해라.

*큰 언니를 중심으로 일치해라.

위의 8가지 마지막 권고는 무엇을 말하려하는지 그 동안의 생활을 통해서 잘 알 것으로 생각되어 부연하지 않겠다.

그리고 약간의 물질이 남을 수 있다. 그것은 큰 언니를 중심으로 의논하여 똑같은 몫으로 처리 했으면 좋겠다. 있어서는 안 될 일이지만, 향후 생계가 어렵게 된 형제가 혹시 있으면 우선 배려하기를 바란다. 쉽게 얻은 것은 빠르게 나가는 법이다. 얼마 안 되는 것 가지고 형제 간 부당한 처신으로 씻을 수 없는 오점을 남기지 않도록 간곡히 부탁한다. 아빠 평소 너희 4자매가 보여준 대로 너희들의 의리와 인격을 믿는다. 형제적 믿음과 사랑으로 몸과 마음이 건강하여 행복한 여생이 되도록 하늘나라에서도 기도하겠다.

"언제나 기뻐하십시오, 끊임없이 기도하십시오, 모든 일에 감사하십시오."의 하느님 말씀을 실천하면 너희들은 반드시 행복할 것이다.

하느님 나라에서 다시 만날 때까지 안녕.

새들의 위험신호

　내가 살고 있는 통점골 집터는 배산임수, 북고남저의 빼어난 자연
환경은 아니다. 하지만 10여 년간 손길이 가고 눈길을 주다보니 이곳
저곳 구석구석이 예사롭지 않은 곳이 없다. 막힘없이 한눈에 보이는
건너편 앞산을 나는 좋아 한다. 산등성이 따라 문형산 정상을 쉽게
만날 수 있고 아름다운 계절의 변화를 빠르게 알려 주기도 한다.

　한층 더 정감이 가는 곳은 뒷동산이다. 뒤뜰과 맞닿아 이웃사촌처
럼 적나라하게 삶의 교감이 이루어진다. 한가한 쉼터로 자리하면서
늘 동산의 숨결 속에 살아온 세월이 친근감을 북돋웠으리라.

　10여 년간의 중산 간 통점골 삶은 이곳 생명의 신비를 소상히 알
게 했다. 숲은 새들을 불러 모으고 새들은 우거진 숲을 만끽한다. 온
갖 텃새와 철새들의 지저귐은 생동하는 숲의 활력이며, 통점골을 대
표하는 으뜸가는 자연의 소리이다.

　참새와 까치, 산비둘기와 까마귀를 비롯하여 봄이 오면 박새와 종
달새, 뻐꾸기, 꾀꼬리, 휘파람새, 딱따구리, 꿩 그리고 소쩍새 등이 하
나 둘씩 이곳에 다시 왔음을 노래로 알린다. 새들의 매혹적인 노래만
즐겨왔지, 모습을 알 수 없는 이름 모를 새들이 아직 많이 있음을 고
백한다. 이름을 불러줄 수 없는 새들의 노래를 들을 때마다 미안하고

언짢음을 속일 수 없다. 더 열심히 공부하여 새들 이름을 불러주고 노래 소리도 마음껏 감상 하리라.

새들 가족은 몹시 부지런하다. 아침 동트기에 맞춰 서로 밤새 안부를 주고받듯 상쾌한 앙상블로 통점골 아침 공기를 가른다. 새들 중에는 환상적 연주를 질투라도 하듯 훼방을 놓는 녀석들도 있다. 합창의 대열에 끼지도 못하면서 조용히 듣고만 있다가 무슨 심술이 났는지, 짜증을 부리는지…

'푸드득 꿔꿩 꿩, 까각 깍!'

거센 소리를 내며 솟구치는 장끼와 까투리!

온 마을을 큰 소리로 휘젓고 다른 새들의 합창을 잠시 멈추게 하고는 거칠게 날아간다.

여기서 문뜩! 아스라이 '고향의 소리'를 듣는다. 60여 년 전 고향 언덕배기 어디서나 들을 수 있었던 그 소리. 고향의 산야는 꿩들의 놀이터였다. 언제나 둔탁, 청량한 소리로 우리 아이들을 놀라게 한 정겨운 그 솟구침. 잊었던 우리네 자연의 소리가 아닌가! 타향에서 듣는 고향의 소리는 더욱더 향수를 부른다. 고향에선 지금도 장끼와 까투리의 솟구침을 만날 수 있는지?

그 정겨운 까투리에 변고가 생겼다.

까투리의 사고사事故死!

소스라치는 통점골 산야! 마음을 아리게 했다.

까투리의 사고사가 있던 그 날은 통점골에 기상이변이 생겼다. 해맑은 아침을 자랑하던 이 산간마을에 3, 4미터 앞을 분간하기 어렵게 안개가 서렸다. 안개에 묻힌 통점골. 움직임이 자유롭지 못하니 답답하기 이를 데 없었다.

애완견 모란이와 성남이에게 아침먹이를 주려고 뒤뜰로 나갔다. 희끄무레 안개 속에서도 꼬리를 흔들며 온몸으로 주인을 반기는 양이 여간 귀엽지 않았다. 기갈이 들린 듯 먹어대는 모습도 밉지 않았다. 이 귀염둥이에게 정신이 팔려 있는데 갑자기 "쌔~액 퍼엉! 드르륵"

자욱한 안개 속을 가르며 대포소리가 지척에서 요란하게 들렸다. 가스통이 폭발 했나? 공포에 떨며 폭발음의 위치를 확인하려 했으나 방향을 가늠 할 수 없었다. 조심, 조심 큰 소리가 난 방향을 더듬어 주변을 살펴나갔다. 작은 나뭇잎의 움직임에도 섬뜩! 놀램으로 소름이 돋았다.

그런데 큰 폭음 뒤 2층 벽 쪽에서 뭔가 '드르륵' 굴러 떨어지는 소리를 들었다. 뒤 곁 2층 밑으로 조심스레 살피며 걸어갔다. 무언가 잿빛 불그스레한 깃털 덩어리가 보였다. 두려운 마음으로 가까이 가서 살펴보니 어미 암탉만한 까투리가 널브러져 있지 않은가. 움직임이 전혀 없는 것으로 보아 이미 죽은 것처럼 보였다.

'어쩌다 이런 변을?'

아무리 짐승의 죽음이지만 처연한 주검 앞에 한참을 내려다보아야만 했다. 깃털을 헤집어 보니 뭉클한 속살에 따스한 체온이 느껴진다. 이 암꿩은 짙은 안개 속의 회색 빛 건물 벽을 미처 감지하지 못하고, 날다가 부딪쳐 변을 당한 것이었다. 뇌진탕이 온 것으로 생각되었다.

큰 폭발음은 스티로폼 드라이비트 2층 벽면에 까투리가 부딪칠 때 벽이 갈라지며 낸 소리이다. 얼마나 세게 부딪쳤으면 깃털의 일부는 벽면에 박히고 몸뚱이는 굴러 떨어져 처참하게 땅바닥에 내동댕이쳐 졌을까…

죽음의 비상飛翔!

언덕백이에 회색 벽 집을 지어 새들이 날아다니는 길을 방해한 내 잘 못이 컸다. 새들에게 장해물이 된 나의 집! 새들에게 매우 미안하다.

초가을 정원 한 모퉁이의 까투리 시체! 뿌연 안개와 더불어 구슬픈 슬픔이 모락모락 피어오른다. 어쩌다 이런 실수로 무참히 죽음을 당해야 했는지. 무엇 때문에 예기치 않은 비운이 여기에 머물러야 했는지. 가련타 못해 묘한 운명의 전율이 심장 박동을 잠시 거칠게 한다. 날아다니는 동작이 서툰 어린 까투리도 아니고 어미 암꿩이 일순의 사고로 죽었다.

안개 속 사고는 문명인 인간들에게만 있는 것으로 알았는데 날짐 승 까투리에게도 예외는 아니었다.

예기치 않은 실수!

우연의 불운은 어느 누구도 막을 수 없다. 불완전한 피조물은 언제나 열려있는 운명이 아닌가. 자연의 섭리는 어느 누구도 거역할 수 없음과 같이.

M. 몽테에뉴는 "최상의 죽음이란 미리 예기치 않았던 죽음이다."라 했으나 까투리의 죽음은 최상의 죽음도 행복한 죽음도 아니다. 나의 집 회색 벽을 극복하지 못한 억울한 죽음이 분명하다. 안타까움이 컸다.

요즘도 우리 집 주변은 많은 새들이 활개를 치며 날고, 가끔씩 장끼와 까투리 떼들이 뒷동산 텃밭에 몰려와 먹이를 찾아 날아다닌다. 날씨가 뿌옇게 흐려오면 불안과 섬뜩함이 스친다. 새들이 우리 집 회색 벽을 감지하지 못할까봐 안절부절 조바심이 앞선다.

회색 벽에 위험신호가 필요했다.

보라매 그림을 또렷이 벽에 그려 새들이 피해서 날도록 해야겠다. 그리하여 안개 낀 날씨에도 안전 비상飛上을 하도록 크고 매서운 보라매를 선명하게 그려 피해 가도록 하자.

새들의 천적인 보라매는 새들에게 위험신호, 교통신호가 충분히 될 것으로 믿는다.

그리하여 새들의 즐겁고 아름다운 하모니가 퉁점골에 언제나 가득하게 하리라.

▲ 흰눈썹황금새   ▲ 동박새

술잔의 심리

취기醉氣가 제법 돌아 여유롭게 신소리를 주고받는다.

"짜아식! 계속 이 모양이야, 넌 언제 사람 될래. 형님께 술 좀 권해 봐라."

E의 빈 잔에 소주를 가득 따르며 K는 큰 소리로 핀잔을 주었으나, 그 소리엔 잔잔한 우정이 묻어난다.

"네 손 모가지엔 금테 둘렀나, 기브스 했나…."

불평을 퍼 부우면서도 K는 E에게 계속 술을 따라 준다. E는 언제부턴가 따라주는 술만 받아 마시고 남에게는 절대 술을 권할 줄 모르는 위인이 되어 버렸다. 자기 술잔은 홀짝 잘도 비워 놓고 이따금 대화에만 끼어든다. 그러면 언제나 K가 술잔을 채워주곤 했다.

술친구 넷이 모였다. 술과 안주를 보면 어떤 약속도 곧장 잊어버렸던 녀석들. 본래 다섯이었는데 술이 너무 과했는지 한 친구는 저 세상으로 먼저 가버렸다. 퇴임 전에는 달마다 두어 번꼴로 술자리를 벌였는데, 이젠 일 년에 서너 번 정도다. 그것도 넷이 다 모이기는 어렵다. 이 주석도 언제 깨질지 시간문제다. 불려나온 한 친구는 뭐 여기저기가 불편하다고 술잔 앞에 묵념만 올리고 있다. 한참 때는 학교 동창을 비롯하여 근무지를 옮길 때마다 군살 붙듯 한 팀씩 모임이 늘어나더니, 이제는 감나무 된서리 맞아 감 떨어지듯 한 팀 두 팀 사라져 버린다.

아직 살아 있는 모임 중 '훈목薰沐'이 제일 오래다. 을지로 2가 명동 입구 훈목다방에서 자주 만나, 자연스레 모임 이름을 '훈목'이라 불렀다. 1970년대 중반까지 '아폴로', '르네상스' 등 클라식 뮤직홀이 성행하더니 없어지고, 뒤늦게 고전음악 전용 다방으로 '훈목'은 꽤나 인기 있던 장소였다. 훈목다방도 장수하지 못했다. 꽤나 버티더니 시류에 밀려 사라져 버렸다. 다방이 사라져 이리저리 전전하니 우리 술친구들도 사라질 날이 머지않았음을 예고하는 듯했다. 그러나 우리들의 우정은 시류를 타지 않았다. 모두가 다른 직업 전선에서 힘겹게 뛰다가 허심탄회 우정으로만 모이는 '훈목'을 늘 그리워했다.

"친구와 술은 오래 될수록 좋다." 하였거늘 옛 친구 술맛에 빠져 취흥에 젖어드니 언제나 시간이 부족했다. 한 놈이 한곳 씩, 세 네 술판이 하루저녁에 벌어지니 언제나 자정을 넘기기 일쑤였다. 아인슈타인의 상대성 원리가 이 술판에서도 통하였나보다.

중학교 이후 친구들이니 술 담배를 같이 배워왔고 세상사 우여곡절迂餘曲折을 함께 넘나들며 정담을 나눠왔다. 철들기 전 인연이 편한가 보다. 분방자재奔放自在 자유를 만끽하면서도 다정다감한 친구들! 이 모임엔 특별한 목적이 없다. 순수한 객기와 술잔이 오갈뿐, 즐겁게 시간 죽이기에 익숙하다. 어려운 시기 시국 돌아가는 소리에도 민감하여 갑론을박 언제나 시간이 너무 짧았다.

이런 와중에 언젠가부터 친구 E는 고고한 자세로 술을 받아먹기만 하고 권할 줄도 따를 줄도 몰랐다. 아니 모르는 게 아니라 아예 무시하는 쪽이다. 이런 술자리가 계속되다 보니 오랜 친구지만 언짢은 생각이 들곤 했다. 여기에 친구 K는 어떤 심사인지 친구 E에게 잔소리를 하면서도 잘도 술잔을 채워 주었다. 술잔은 본래 권커니 받거니 해야 제격이고, 대작對酌엔 공감적 감성이 실려 서로 호응이 자연스러워야 취흥이 살아난다. 한 친구가 리듬을 깨니 불편하고 언짢게 술판이 돌아갔다. 서너 명의 작은 모임이라 더욱 주흥이 반감 되곤 한다. 그래도 술자리는 꾸준히 지속 되었다.

우리 격언에 '친구는 옛 친구 옷은 새 옷이 좋다.'는 말이 있다. 두터워진 옛 정을 지울 수 없고, 또한 오랜 친구를 새 친구로 바꾸는 것도, 열매를 팔아 꽃을 사는 것 같이 할 짓이 아니다. 그저 화제 하나가 더 늘었을 뿐이다.

한번은 친구 E가 모임에 불참하였다. 자연 그 친구의 술잔 매너가 첫 번 화제가 되었다. '오만해졌다. 건방지다. 방자해졌다.'는 등 많은 이야기가 오갔다. 그러나 그렇게 힐난하며 그 친구에게 술잔을 잘도 채워주던 K는 아무 말 없이 술잔만 비웠다. K는 요즘 E의 심기를 잘 알고 있었다. E가 둘도 없는 평생지기에게 사기를 당하여 가사 형편이 몹시 어렵게 되었다는 것이다. 얼마 전에는 살고 있던 집도 정리해야겠다고 풀죽어 말했다고 한다. 잠시 침묵이 흘렀다.

가족들에게도 큰 고통을 안겨준 죽마고우. 정작 그 친구 E가 괴로워하는 것은 어려워진 가정 형편보다도 늙어 가면서 평생 마음을 나눠온 친구를 잃은 허전함이란다. 평생 사랑과 믿음으로 쌓아온 아름다운 우정이 사라진 무상함. 죽을 때도 그 우정만은 가지고 가고 싶어 했는데… K의 이야기는 계속되었다. E는 지금도 사기 친 그 친구를 못 잊어하며 괴로워 한다는 것이다.

P.쿡크 라는 사람은 "너의 친구들을 오래 사귀어 나가는 최상의 방법은, 무슨 일이나 결코 그들에게 부담을 주지 말고, 돈을 빌지 않는 것이다."라고 했다. 친하기 때문에 부탁할 수 있는 일들이 독이 되어 우정을 해칠 수 있다는 말로 들린다. 그러므로 친구 사이에는 돌볼 정도를 잘 헤아리는 지혜가 필요하지 않을까 생각한다. E도 이를 잘 헤아리지 못하여 친구를 잃었고 거기에서 오는 우리들과의 불편한 대작對酌이 되지 않나 여겨진다. 그러나 한편 이해가 난감한 부분도 없지 않다.

어느덧 주석이 무루 익어 모두들 거나해졌다. 중국 설문에 "술은 인성을 선 아니면 악으로 이끈다."했다. 처음에는 모두들 E가 안됐고 가해 친구를 질타하며 위로의 말을 주고받았다. 하나 한 친구가 E의 대작 매너를 지적하자, 이내 모두 동조하는 눈치였다.

"지가 죽마고우를 잃었으면 잃었지, 우리들과 무슨 상관으로 그 모양이야. 우리들은 친구로 보이지 않는 모양이지." 처음에는 벗으로 인정을 베풀다가 나중에는 완전히 타인 취급이다. 술이 변절한變節漢으로 쉽게 작용한 것이다.

그 후 그 친구는 연락이 끊기어 볼 수 없었다. 매우 안타깝고 연민憐憫의 정이 앞선다. 지금은 어디서 무엇을 하고 있는지? 그러면서도 한편, 그때 그 친구 E가 주석에서 보여준 대작 매너에 의문이 남아 씁쓸하다.

과연 그 때 그 친구 술잔의 심리는 무엇이었을까?

싹수는 있다

엊그제는 4월 말인데도 쌀쌀했는데, 오늘은 반소매 여인의 모습이 활기차다. 여자와 사랑과 장미꽃은 사월의 날씨처럼 잘 변한다 했던가. 요즈음 일기는 겨울 끝자락과 초여름의 사랑싸움으로 밀당인 것 같다. 변덕스런 봄 날씨가 우리의 삶을 혼란스럽게 한다. 나이 들면서 추위를 많이 타다보니 훈훈한 기운이 감돌아야 심신의 안정을 찾게 된다. 포근한 햇볕을 즐기며 아내와 함께 서울로 차를 몰았다. 오랜만에 친구들을 만나려는 것이다.

태재고개를 넘어 요한성당을 지나 차는 효자촌 사거리에서 신호대기 중이었다. 우연히 옆 차를 보게 되었다. 벤츠 승용차였다. 운전석 차창이 슬그머니 열리더니 잘생긴 건장한 30대 젊은이가 '피-익!' 반쯤 피우던 담배꽁초를 길바닥에 내동댕이치고 차창을 닫고 있었다. 이 꼴을 보는 순간, 심한 격정에 휩싸여

"당신 지금 뭣 하는 짓이오."

나도 모르게 소리를 버럭 질렀다. 아내가 옆구리를 꾹꾹 찔렀다. 그 젊은이도 순간 당황했는지 차창을 다시 열며 머리 숙여 공손히 "죄송합니다."라고 사과를 했다. 그리고 버려진 꽁초를 집으려 했으나 앞 차가 출발하여 그냥 떠나갔다.

잠깐 사이에 일어난 그 젊은이의 언짢은 행동. 어쩐지 기분이 그리 나쁘진 않았다. 자기 잘못을 알고 사과를 할 줄 아는 젊은이. 오히려 믿음이 엿보였다. 싹수를 보았기 때문이다.

"꼴 보고 이름 짓고 체수體數 맞춰 옷 마른다."란 말이 있듯이 앞으로는 신사답게 두 번 다시 실수를 하지 않을 것으로 생각되었다. 한편 내가 너무 심하지 않았나 생각되어 약간은 미안한 마음이 들었다.

오랜만에 친구들을 만났다. 자리에서 오늘 있었던, 길바닥에 꽁초를 버린 젊은이 이야기를 했다. 친구들은 한결같이 오늘 용꿈 꿨다며 재수 좋은 날인 줄 알라는 것이었다. 한대 얻어터지지 않았으니 천만 다행이라는 것이다. 아내도 또 망신당하는 줄 알고 조마조마했다며 제발 모른척하고 다니라고 화를 냈다.

"못된 것 더러운 것은 못 본 척해야 세상 살기가 편하다."라고 충고하는 친구도 있었다. 그런가하면 잘했다고 박수를 보내는 친구도 있었다. 행동하는 양심의 표본이라고 치켜세우기도 했다.

대체로 남의 일에 주제넘게 왜 참견을 하느냐, 지나쳐 버리면 그만인 것을. 방관자적인 소견이 대부분이었다. 친구들의 의견에서 오늘의 세태를 보는 듯 씁쓸한 마음을 지울 수 없었다. 내게 이익이나 손해가 없는 일에 상관할 바 없다는 것이다. 우리가 사는 공동체의 손익에 무심한 세태. 공덕심을 발휘하다 낭패를 볼 수도, 과잉 친절로 오해를 받을 수도 있으니 무관심이 상책이라는 것이다. 과연 우리 모두는 이렇게 살아야만 될까?

내가 유년시절을 보낸 고향 용인에서는 청소년들이 잘못을 하면

네 집 내 집 아이를 가리지 않고 어른들이 꾸중을 했고, 좋은 일을 하면 모두가 칭찬을 아끼지 않았다. 살기 좋은 동네 분위기를 만들어 보자는 것이다. 그러므로 나쁜 일로 어느 집 누구의 자식이라고 거명되는 것을 부모들은 몹시 두려워했고 자연 자식의 행동거지에 신경을 썼다.

21세기 문명사회의 발전에 따라 다양한 삶의 규범이 서로 뒤섞이어 혼란한 경우가 없지 않다. 그러나 어느 사회건 인간 삶의 근본 양식은 같은 원리에서 나타난다고 본다.

나는 버스나 지하철을 이용할 때, 되도록 좌석을 재빨리 잡아 앉아 버리곤 한다. 그것은 나이 먹은 내가 서 있으면 젊은이들이 불편해 하는 모습이 역력하기 때문이다. 승객들 중에는 나보다도 피곤해 보이는 젊은이들이 많은데 나이 좀 더 먹었다고 건강한 내가 편히 앉아가란 법이 있는 것은 아니다. 그런데 젊은이들은 피곤한 몸을 일으켜 자리를 양보하거나, 양보는 하지 않더라도 불편해 하는 그 마음을 쉽게 읽을 수 있다. 서 있는 노인을 보고 부담스러워 하는 모습, 그 자체가 웃어른에 대한 관심과 염려 아닌가.

편하지 않은 그 마음은 곧장 곱고 아름다운 행위로 이어질 수 있다. 노약자나 임신부에게 자리를 양보하거나 불편함을 도와줄 수 있는 마음이다. 싹수가 확실히 보인다. 남을 의식하고 배려하는 마음이 있으니 조금만 참고 곱게 보아주면 예의바른 언행으로 우리 모두를 기쁘게 할 것이다. 이 싹수를 꺾지 말고 잘 키워주는 것이 어른들의 중요한 일이 되었으면 좋겠다. 젊은이들에게 도움을 받으면 당연하더라도 고마움을 반드시 전해서 그들의 아름다운 싹을 북돋우면 좋겠다. 도움을 받고도 모른 척 당연지사인양 하는 것은 싹수를 잘라버리는 철면피鐵面皮한 행동이라 하겠다.

며칠 전 시내 볼일을 보고 분당선 지하철을 탔다. 자리가 나서 편히 앉아 오게 되었다. 퇴근 무렵이라 차내가 몹시 붐볐다. 복정역에서 60세 중반 되어 보이는 노파 한 분이 타셨다. 이 할머니는 타자마자 자리를 찾고 계셨다. 내 옆에 앉아 있던 어린 여학생이

"할머니 이리 앉으세요"

하고 자리를 양보했다. 할머니는 당연하다는 듯 자리에 덥석 앉고 아무 감사의 말도 없었다. 옆에서 보기가 민망했다. 참으로 예쁜 학생이구나 생각되어

"학생도 피곤할 텐데…."

격려의 말을 건네고 있을 때, 옆 자리의 대학생으로 보이는 젊은 청년이 이 어린 여학생을 자기 자리에 앉히고 자신은 섰다. 오랜만에 흐뭇한 광경을 볼 수 있었다.

한편 몹시 부끄러웠다. 젊었을 때 나는 어떻게 행동했을까?

우리 어른들은 대접만 받으면 되는 것인지. 지금이라도 불편하고 고통스러워 보이는 사람들에게 자리를 친절히 양보하여 젊은이들에게 모범을 보여야겠구나 생각했다.

친구들과 이야기를 나누다 보면 자식들에 대한 불평도 만만찮다. 부인들 모임에서는 결혼시킨 자녀들에 대한 섭섭한 이야기가 많이 나오는 모양이다. 우리들은 젊었을 때 우리 부모님께 어찌했는지 먼

저 돌아볼 일이다. 우리 가정과 사회는 많은 부분에서 수범체제가 확립되어 있지 못함을 인정해야 한다.

요즈음 젊은이들은 버릇이 없고 무례하다고 쉽게 나무라며 부정적으로 말해 버린다. 그러나 우리 기성세대들은 그들의 언행에 얼마나 관심을 가져 주었고, 선도하려고 애써 왔으며 젊은이들에게 무엇을 보여 주었는지 먼저 살필 일이다. 오늘의 이 사회 모습은 모두 우리 어른들이 만들어 낸 결과이다. 사회 모든 젊은이들을 내 자식 살피듯이 사랑으로 감싸 선도하고 모범을 보일 때, 성숙한 아름다운 일류사회를 기대할 수 있지 않을까.

우리 젊은이들 분명 싹수는 있다.

운 좋은 신앙인

서울교구 남성 제 38차 / 능평성당 / 류문수 · 비오

저는 제 인생을 긍정적으로 보는 '적극적 의지'가 나를 자유롭게 한다는 믿음으로 삶을 이어가고 있습니다. 저는 일상 속에 늘 '운 좋은 평범한 소시민'으로 생각하고 살아가며 하느님께 감사를 올립니다. 오늘 이 글도 '운 좋은 평범한 신앙인'이란 글제로 말씀드립니다.

저는 3대 째 가톨릭 가정에서 출생하여 선조들로부터 운 좋게 신앙의 유산을 물려받았습니다. 그리고 일찍이 가톨릭 신앙의 씨앗이 뿌려진 교우촌 용인 양지 본당에서 '운 좋게' 유년기와 소년기를 성당 분위기에 젖어 생활할 수 있었습니다. 저는 고등학교를 서울로 진학하고 대학을 마칠 때까지 신학생이 있는 교우가정에서 내 집처럼 편안하게 하숙생활을 할 수 있었습니다.

저의 최고의 행운은 무엇보다도 47년 전 배우자 체칠리아를 만나 결혼한 것입니다. 결혼 후 딸 넷을 두어 이들이 출가하여 건강한 가톨릭 가정을 이루고 하느님 사랑 안에 삶을 이어가고 있습니다.

무엇보다도 기쁜 것은 고루하고 봉건적 인습에서 헤어날 줄 모르던 유교가정인 처가의 변화입니다. 제가 결혼하면서 홀로되신 장모님께서 세례를 받고 신앙생활을 열심히 하고 계시고, 처조모께서도

대세를 받고 선종하셨습니다. 뒤를 이어 그렇게 완고하던 처가도 가톨릭에 귀의하여 몇 분만 제외하고는 모두 하느님의 자녀가 되었습니다.

또한 하느님께서는 저를 직장과 사회생활에서 당신 사업에 작은 도구로 쓰셔서 여러 사람들에게 당신을 모실 수 있도록 역사하셨습니다.

이런 가운데 신비롭고 감격적인 꾸르실료를 통해 하느님을 더욱 가까이 체험할 수 있었고 신앙적 큰 감동과 자극을 받았습니다.

저는 70여 년간의 보잘 것 없는 평범한 삶 속에서 얼마든지 운 좋았던 이야기를 할 수 있습니다. 저는 여기서 과분하게 주어졌던 여러 행운이 평범한 내 인생에서 차지하는 의미가 무엇인지? 이 행운은 어디에 연유하는 것인지? 사회인, 신앙인으로서 가끔 깊은 생각을 하게합니다.

저는 우리나라 사람들이 즐겨 말하는 모든 일은 인간의 힘을 초월한 운수에 따라 이루어진다는 '운수소관'이란 말과, 독일의 실존 철학자 야스퍼스가 말한 나약한 인간이 어쩔 수없이 받아들여야하는 '한계상황', 또는 각자의 인생은 인과 연에 의하여 결과 된다는 불교철학, 그리고 토마스 아퀴나스 성인께서 말씀하신 '예정설', 그리고 이 예정설과 관련하여 하느님의 '은총론' 등의 말씀이 있습니다만, 이 행운의 의미는 객관적 합리와 이론, 지식만으론 확답할 수 없음을 알게 되었습니다.

그러므로 나 자신의 체험적 생활 속에서 신앙적 확신이 올 때 나에게 끊임없이 주어지는 행운의 참된 의미를 깨닫게 되곤 합니다. 이것은 교부철학의 대가셨던 아우구스티누스 성인께서 말씀하신 "알기 위해서 믿는다."라는 말씀과 같이 굳은 믿음과 체험 속에서 파악되는 것으로 봅니다. 즉, 삶의 대부분의 순간은 성령께서 저를 이끌어 맺어 주신 인연이었고, 그 성령의 인도하심에 따른 치유와 회복을 인간적으로 행운이라 파악한 것입니다.

저는 저의 70여 년간의 평범한 신앙생활에서 얻어진 몇 가지 확실한 믿음과 고백이 있습니다.

첫째, 저는 과분하게 많은 행운 속에 살고 있습니다. 이 행운은 하느님께서 주시는 은혜와 사랑, 하느님의 은총임을 굳게 믿습니다.

둘째로 저의 행운이 하느님의 은총임을 깨닫지 못하고 나의 능력의 결과로 오만할 때, 스스로를 거슬러 반드시 불운에 떨어짐을 굳게 믿습니다.

셋째로 하느님의 은총에 보답하는 생활이 부실했음을 고백합니다. 하느님 사랑 안에 머물러 감사와 겸손, 나눔과 섬김의 생활을 앞세우면서도 실천을 제대로 못했음을 형제자매 여러분께 고백합니다.

그러므로 우리가 받은 자비로우신 하느님의 무한한 생명의 은총과 도움의 은총에 응답하는 신앙생활은 어떠해야 될까요? 신앙인으로서 꾸리실리 스타로서 잠시 생각해 보겠습니다.

"여러분은 그리스도를 믿음으로써 힘을 얻습니까? 그리스도의 사랑에서 위안을 받습니까? 성령의 감화로 서로 사귀는 일이 있습니까? 서로 애정을 나누며 동정하고 있습니까? 그렇다면 같은 생각을 가지고 같은 사랑을 나누며 마음을 합쳐서 하나가 되십시오. 그렇게 해서 나의 기쁨을 완전하게 해 주십시오. 무슨 일에나 이기적인 야심이나 허영을 버리고 다만 겸손한 마음으로 서로 남을 자기보다 낫게 여기십시오. 저마다 제 실속만 차리지 말고 남의 이익도 돌보십시오. 여러분은 그리스도 예수께서 지니셨던 마음을 여러분의 마음으로 간직하십시오."(필립비서, 2장)

위의 하느님의 말씀은 성령의 감화로 서로 사귀고 겸손한 마음으로 남을 자기보다 낫게 여기며 제 실속만 차리지 말고 남의 이익도 돌보라는 말씀으로 요약됩니다.

우리 모두 하느님 사랑 안에 머물러 서로 사귀고 섬기며 나눕시다.

감사합니다.

데꼴로레스!

행복 연대

내가 나가는 성당 구역 내에 어렵게 사는 김 형제 교우의 집이 있다. 이 집은 겨우 끼니를 거르지 않을 정도로 가난하다. 가장은 40대로 일정한 직업 없이 막일을 하는 홀아비다. 아직 미성년 자녀 둘과 건강하지 못한 노모와 근근이 살아간다. 그래서 여기저기서 작은 도움을 꽤 받는 편이다.

그는 근면 성실하여 그를 아는 사람들은 안타까운 마음으로 잘 대해준다. 나도 그를 만날 때마다 한 마디씩 근황을 묻곤 했다. 그런데 이 사람이 몇 달 동안 성당에서 보이지 않았다. 궁금하던 차에 길에서 김 형제를 우연히 만났다.

"요즘 왜 성당에 안 보여? 냉담冷淡한 것은 아니지?"라고 물었더니 아니라고 손사래를 치면서 "먹고 살기 힘들어서….."라며 말끝을 흐렸다.

날씨도 무덥고 하여 김 형제를 맥주 집으로 안내했다. 얼큰해지자 그는 성당을 멀리하는 까닭을 솔직히 말해 주었다. 그는 창피해서 성당에 나가기 싫다는 것이다. 다른 사람들과 너무나 차이나는 몰골이라 정말 난처하다는 것이다. 이 사람은 믿음보다도 타인들의 시선을 많이 의식하고 있었다.

"김 형제, 당신이 세례 받을 때 믿고 의지하려던 '하느님'을 보고 성당 나가지, 누굴 보고 나가나?"라며 여러 말이 오고 갔으나 그는 수긍하려 들지 않았다. 마음은 그러하나 주변을 살피지 않을 수 없는 모양이다.

'가난하면 형제들도 멀어지고 친구들도 떠난다 했다.' 교우들과도 함께하는 것이 불편했을 것이다.

이와 같이 우리 성당에는 가난하기에 신앙을 멀리하려는 사람들이 적지 않다. 이런 현상은 비단 우리 성당뿐만 아니라 타 교구에도 같은 추세이고 점차 그 수가 증가하고 있단다.

과연 교회도 물질문명의 발전 속도에 따라 중산층화 되어, 가난한 사람들은 소외되어야 하는가? 있는 사람 중심으로 세속화되어 끼리끼리의 신앙단체가 되어가고 있지는 않은지? 힘없는 사람들은 교회에서 밀려나야 하나? 교회의 본원적인 존립 자체를 생각해 볼 때가 아닐까 생각된다.

〈가톨릭 신문〉은 교황 방한을 준비하면서 한국 가톨릭교회 구성원을 대상으로 설문조사를 실시했다.(2898호 10,11면) 이 설문조사에서 이슈로 떠올랐던 문제들은 교회의 '세속화'와 '중산층화', 성직자들의 '권위주의'와 '미성숙한 평신도' 등의 문제였다. 이것은 한국교회의 쇄신이 광범위하게 필요함을 드러내주고 있는 문제들이다. 그리고 여기 드러난 네 가지 큰 문제들은 별개의 것이 아니라 서로 간에 맞물려있어 영향을 주고받으며 교회 공동체를 이루고 있다.

특히 교회가 중산층화 되어 '가난'에 힘들어하는 이들이 교회에서 설자리를 잃어가고 있는 안타까운 점을 지적하고 싶다. 교회가 세속 생활에 물들어 본연의 신앙공동체가 흔들리고 있다는 것이다. 어려운 이웃들에게 도움과 위로를 주어야 할 교회가 물질문명의 발전에 따라 가난하고 소외된 이들을 기피하는 꼴이 되었다.

가난한 사람과 가정, 사회복지 시설과 장애인, 열악한 농어촌…

가난하다고 하여 결코 불명예로 여길 일만은 아니다. 그 가난의 원인이 문제다. 자기 탓이 아닌 최선을 다하여 사는 가난도 많이 있다. 우환, 병약함, 지나친 선함, 척박한 환경, 불의의 사고, 사회 부조리 등 가난의 원인은 다양하다. 이런 사람들에게 나는 얼마나 관심을 가졌었나. 교회는 얼마나 이들을 배려하고 있는가?

요즘 성당 주일미사에 참례하러 오는 사람들은 거의 대중교통을 이용하지 않고, 자가 승용차를 타고 온다. 근거리에 주거하는 사람들도 자가용을 이용한다.

승용차 없는 가난한 사람들은 괴롭다. 줄줄이 이어오는 차를 요리조리 피해서 덥고 추운 날씨에 터덜터덜 걸어 오가기란 정말 쉽지 않다. 쉽지 않다기보다는 마음이 허락하지 않는다. 신심이 여간 돈독치 않으면 그 마음을 이길 수 없다.

대부분의 교회는 십 수 억씩 들여 승용차 주차장을 마련하고, 점점 늘어나는 승용차 주차장소만 걱정이다. 가진 사람들만 걱정하지 가난한 사람들의 편리는 눈에 들어오지 않는다. 승용차 없는 사람들, 대중교통을 이용하는 사람들의 편의는 없다. 성당 진입 도로엔 인도와 장애인을 위한 시설이 없는 경우가 많다. 승용차가 우선이다.

있는 사람 중심의 교회 운영.

배운 사람 중심의 교회 조직.

끼리끼리의 유대 관계.

프란치스코 교황은 몇 년 전 방한했을 때 주교들에게

"가난한 이들이 교회에 들어가는 것이 부끄럽게 만들지 않게 해야
한다."고 충고하셨다. 이 말씀은 물질주의의 유혹에 빠져있는 교회에
깊은 성찰과 반성의 기회를 주었을 것으로 생각된다. 교회마저도 부
자가 우대받고, 가난한 사람이 소외된다면 이들이 설 땅은 아무 데도
없을 것이다. 신앙 안에서 다 한 형제라 말하지만 가난한 교우들을
배려하는 세심한 교회 운영 이었나 반성할 일이다.

교황은 부富의 곁에는 가난이 있고 풍요 속에 가난이 자라고 있음
을 잊지 말라고 당부하셨다. 눈을 크게 뜨고 우리 이웃을 살필 일이
다.

가난하다고 하여 연말연시에 몇 푼의 자선을 베풀고 도도하게 굴
지는 않았는지, 집안에서 쓰기 불편한 몇 가지 용품을 주고 공치사를
하지 않았는지, 어려운 사람들의 작은 문제를 해결해주고 오만하게
굴지는 않았는지…

공짜는 없다지만 겸손이 우선되어야 할 교회에서도 일반 세상과
같다면 교회에 나갈 일이 어디 있겠는가. 하느님의 위로가 없는 교회
는 이미 끼리끼리의 친목단체에 불과하다.

사실 가난한 사람이 진정 필요한 것은 물질이 아니라 마음이다. 마

음으로부터 함께 할 때 그들은 힘을 얻는다. 모든 사람들과의 연대 속에 그들의 고통에 동참하고 공감해 줄때 한 형제로 일치 할 수 있다. 진정 위로받는 교회는 영혼과 영혼의 교감 속에서 사랑의 일치 안에 이루어지리라 본다.

만민이 행복한 교회는 우리 마음 안에 있다.

그러므로 교회는 단순한 자선을 넘어서 그들과의 인간 증진을 위해 노력해 나가야 한다는 교황님 말씀에 귀 기울여야 한다. '가난한 사람들과 함께하는 연대'를 그리스도인 생활의 필수 요소로 받아들여야 한다는 가르침이다.

남녀노소, 빈부귀천 차별 없이 다함께 하는 행복연대!

교회공동체는 하느님 사랑 안에 끼리끼리가 아니라 서로 서로 소통할 때 공감을 얻고 행복연대를 만들 수 있다. 모든 교우들이 함께 일치할 때 이보다 더 큰 위안은 없다. 일치는 공감을 낳고 공감은 상대방의 마음을 읽고, 상대의 마음을 품는 '역지사지易地思之'에서 나온다고 생각된다. 여기엔 인간다움이 드리우고 사랑이 깃든다.

예수님의 행적은 모든 사람의 행복을 일구기 위한 공감과 연대의 활동이었다. 그분의 공감은 무엇보다 측은지심惻隱之心이었다. 공감하지 못하는 사회는 죽은 사회라고 생각한다. 하물며 사랑을 실천해야 할 교회가 공감을 외면한다면 존립의 근거를 잃었다고 보겠다.

'5·18' 희생자나 '세월호'의 비참을 보고도 공감하지 못하는 것은 무관심에서 오는 외면이거나 이해관계 때문일 것이다.

김 형제와 같이 가난한 사람도 마음을 활짝 열어 함께하는 행복연대.

슬픔에 빠진 이웃을 홀로 있게 해선 안 된다. 그들을 외롭게 외면하는 것은 그리스도를 외면하는 것이고, 우리 교우 모두가 위선의 공범자임을 자처하는 것과 같다.

그리스도교 신앙은 세상이 못하는 것을 하느님의 이름으로 대신 소통하여 행복연대를 이루는 이들의 모임이다.

신앙공동체 이는 누구에게나 마음의 고향으로 사랑과 평안을 찾아 쉬어가는 곳이다.

"고생하며 무거운 짐을 진 너희는 모두 나에게 오너라."(마태복
11,28)

5부
종착지 퉁점골

교우촌 퉁점골

잔인한 4월이라 했지만 양지쪽 봄볕은 외면할 수 없다. 바람막이 등지고 솜털처럼 따스한 햇볕을 마주하면, 나는 콧노래를 부른다. 고향의 동심이 모락모락 피어나 잊어 버렸던 추억들이 곰실곰실 살아나기 때문이다.

긴 인고忍苦의 터널을 뚫고 소리 없이 대지를 진동시키는 새 생명을 또한 외면할 수 없다.

부활한 새싹들의 생명의 잔치.

생명을 잉태한 산천의 환희합창歡喜合唱!

이 때쯤이면 나는 봄바람을 타기 일쑤이다.

주말이면 분당 인근의 산골짜기를 찾아, 봄의 소리를 듣기 좋아했다. 태재 넘어 광명초등학교를 끼고, 길 닫는 데까지 산속으로 올라갔다. 골짜기 끝자락에 다다르니 제법 운치 있는 마을이 자리 잡고 있었다. 퉁점골이었다. 이리저리 경관을 살피다 내 눈을 의심했다. 이 외딴 산속에 웬 성모상聖母像일까? 반가왔다. 성호聖號를 긋고 경배敬拜를 했다. 2미터는 될 만한 흰색 석고 성모상, 뒤쪽 10여 평 남짓한 허름한 집 추녀 밑엔 농구공만한 작은 종鐘도 걸려 있었다. 빛이 바랜 거무튀튀한 간판이 고개를 쑥 내밀었다.

"천주교 통점골 공소"라고 씌어 있었다.

이곳에 공소公所가 있다니? 뭔가 범상치 않은 마을임을 직감했다.

공소란 가톨릭의 성당聖堂-본당-보다 작은 교회 단위이다. 신부神
父가 상주하지 않고 공소회장 중심으로 공소 교회예절이 행해진다.
박해迫害를 피해 깊은 산골을 찾아 숨어살던 신앙선조들이 떠올랐다.
특별한 연유緣由를 간직한 산간 마을일 것으로 생각되었다. 몇 대를
이곳에서 살아 왔다는 김옥제(안토니오) 공소회장을 만나 이야기를
나누었다. 짐작한 대로 천주교 병인박해丙寅迫害 때 피신한 신자에 의
해 형성된 동네였다.

한국 천주교 병인박해는 조선조 말기 1866년(고종 3년)에 시작되어
1873년 흥선 대원군이 실각할 때까지 계속되었던 박해이다. 피로 얼
룩진 병인박해는 그 규모와 가혹함과 희생자 수에 있어서 한국 교회
사에 유례를 찾아 볼 수 없는 대 박해였다. 헐버어트Hulbert는 로마제
국 그리스트교 탄압과 더불어 세계적인 박해였다고 말한다.

이 박해의 주요 원인은 유교사상에 젖은 보수 지배층이 서학西學을
사갈시蛇蝎視한 데서 비롯되었다. 즉 천주교에 대한 이교도들의 증오
심에서 시작된 사건이라고 볼 수 있다. 이로써 당시 조선 천주교회는
근거를 잃고 처참하게 무너졌다. 처형된 순교자만 8천내지 2만 여명
으로 추정되며 그나마 살아남은 신도들은 집과 재산을 잃고 초근목
피로 겨우 연명해 나갔다.

당시 한양에 살던 독실한 천주교 신자 심홍섭(요셉)은 가솔家率을
이끌고 목적지도 없이 한양을 멀리 등지고 박해를 피해 이리저리 산

속으로 숨어들었다. 그는 광주산맥 남쪽 자락인 문형산(497m)을 동남쪽에 둔, 인적 없는 깊은 산속에서 숨어 살게 되었다. 돌담집을 짓고 피신생활을 시작했다. 그 후 하나 둘 교우들이 숨어들어 천주교 신도 마을을 이루고 박해시대 신자들의 피난처로 자리 잡게 되었다.

이렇게 시작된 통점골 교우촌은 이 땅에 신앙의 꽃을 피우기 위해 헌신한 신앙선조들이 오가던 길목이 되어 우리나라 남쪽지방 선교의 다리 역할을 했던 마을이기도 하다. 특히 이곳은 한국인 최초의 신부神父이며 당시대 선각자였던 김대건 안드레아 성인聖人의 시신屍身이 거쳐 간 길목으로 신앙적 의미를 지닌다. 1846년 새남터 -서부 이촌동 한강변- 에서 순교殉敎한 김신부의 성시聖屍는 관헌의 눈을 피해 40일 만에 수시收屍되어 안성시 미리내로 옮겨 모시게 된다. 새남터에서 남태령을 넘어 하우현을 지나 뫼루니山雲里로, 뫼루니에서 너더리(판교)를 거쳐 태재를 넘어 통점골을 바라보며 힘겨운 행진이 계속 되었다. 통점골을 지나 능골과 참바대로, 태화산을 바라보며 시어골과 가래실을 거쳐 한터와 은이 고개를 넘어 미리내로 이어진 험란한 길이었다. 김신부의 주검은 머리와 몸통이 두동강 난 채 독실한 어린 청년 교우 이민식 원선시오에 의해 새남터를 떠난 지 나흘 만에 미리내에 당도했다. 낮에는 숨고 밤으로는 걸어 운시運屍했다. 후일 이 성시 행진 50여 킬로미터 길 따라, 통점골을 비롯하여 신앙의 꽃이 활짝 핀 교우촌을 이루게 되었으니 결코 우연한 일이 아니다.

서울 '백동(혜화동) 성당 70년사' 기록에 의하면, 1900년에 정식으로 통점골 공소가 설립되었음을 볼 수 있다. 이 마을 최초 정착자인

심흥섭(요셉)이 초대 공소회장이 되어 공소 교회예절을 주관하였는데 이때 벌써 신자 수는 84명에 이르렀다고 한다. 또한 심(요셉) -이름미상- 2대 공소회장의 둘째 아들인 심재덕(마르코)은 1936년 사제서품司祭敍品되어 합덕에서 보좌신부 생활을 하다 선종善終했다. 사제司祭를 배출할 수 있을 정도로 이 마을 사람들은 신앙을 목숨보다도 더 소중히 지키고 가꿔, 예수 그리스도의 가르침을 따라 생활했다. 130여 년의 천주교 역사를 간직한 통점골은 오늘까지도 신앙촌으로서의 전통을 어김없이 이어오고 있는 마을이다.

나는 이 마을에 정착하기 전, 통점 골짜기를 거의 일요일마다 찾았다. 도심에 가까우면서도 경관 좋고 조용하여 피로한 심신의 휴식처로 제격이었다. 모습을 볼 수 없는 이름 모를 새들의 노래와 골바람의 앙상블, 실개천의 투명한 물소리와 어우러진 청아한 개구리 소리, 그리고 싱그러운 산야의 상큼한 풋 내음은 어떤 아름다운 음악이나 향기보다도 청량감을 만끽하게 해 주었다. 후줄근한 몸과 마음이 신약 기운을 받은 듯 활력을 얻곤 했다.

곧 정년停年을 맞게 된 나에겐 여생을 몸담기에 부족함이 없는 곳으로 생각되었다. 때마침 이곳 H사장이 준농림지를 매입하고 전원주택 동호인을 물색 중이었다. 그에게 사정하여 한 필지를 분양받아 집을 짓고 이사하여 살다보니 10여년이 훌쩍 지나 버렸다.

종착지 통점골에서의 제 2 인생.

격세지감隔世之感, 그대로 하루하루 새롭고 신명나는 삶이 이어졌다. 이곳에선 욕심도 경쟁도 그리고 겉치레도 한 점 필요치 않았다.

하느님의 사랑과 섭리攝理가 살아 움직이는 아름다운 골짜기.

때 묻지 않은 인정과 풋풋한 싱그러움이 충만한 공간…

경직된 오랜 공직생활에 보상이라도 받듯, 만족했다.

내 유년시절의 아름다운 추억도 이곳에서 만나게 되었다. 고향의 옛 정취가 살아 있는 곳. 산천은 달라도 삶의 모습은 나의 고향 용인 양지 남곡의 교우촌과 너무도 흡사했다.

통점골은 20여 가구가 옹기종기 문형산 품에 안겨 살아가고 이중 17 가구가 가톨릭 신자이다. 1950년대까지만 해도 마을 전체가 천주교 신자였다고 한다. 갈봄으로 신부님이 방문하여 판공判功 -의무적 고해성사- 이 있게 되면 인근 지역 신자들과 함께 골짜기가 성시盛市를 이룬 듯 북적였다. 300여 교우들이 큰 잔치를 치루며 기쁨을 함께 나눴다 한다.

통점골 공소는 인근 분당 요한 성당이 1993년 1월 창설됨에 따라 마감되었다. 그러므로 공소 예절은 중단되었으나, 가톨릭 신앙촌으로서 아름다운 전통은 계속되고 있다. 이어 2000년 1월 25일 오랜동안 지역사회 신자들의 숙원이던 능평성당(본당)이 신설되어 더욱 활기찬 신앙생활을 꽃 피우고 있다.

이들은 매월 2주와 4주, 수요일 저녁 8시에 각 가정을 순회하며 부부모임(구역 반상회)을 갖는다. 2주간에 있었던 생활을 함께 나누며 기도하는 것이다. 웃음 띤 얼굴을 마주 보고 성가를 부를 때, 이미 이들은 한마음이 된다. 준비된 성경 말씀을 봉독奉讀하고 그 내용을 묵상默想한다. 그리고 하느님의 복음 정신을 일상생활 속에 어떻게 구현하였는지 각자 발표하고 자기 생활을 반성한다. 너무나 진지하고 소박하며 진솔하다.

이들은 남의 허물을 듣지 않고 자신의 잘못만을 반성한다. 이들은 남의 장점을 즐겨 듣고 자신의 자랑을 내세우지 않는다. 회의는 1시간 남짓 진행되고 이어서 집주인이 준비한 다과를 나누며 담소한다. 이렇게 교우敎友 모두가 성서 말씀을 생활화하면서 영적인 활기를 얻고 희망찬 삶을 살아간다. 그리스도 안에서 기쁨과 평화, 그리고 감사가 넘치는 신앙인으로 성숙한 삶이 이어지는 것이다.

무엇보다도 아름다운 전통은 조부모 또는 부모님의 기일忌日을 맞아, 함께 기도하며 음식을 나누는 미풍이 계속되고 있는 점이다. 구역장이 언제 누구의 집에 연도煉禱-죽은 사람을 위한 기도-가 있으니 참석해 달라는 연락이 오면 특별한 일이 없는 한 거의 참석하여 죽은 이의 연령煉靈을 위해 기도한다.

함께 소리 맞춰 기도(연도)하면서 하나 된 벅찬 감격을 체험하게 된다. 기도 후 집주인이 간소한 음식을 교우들에게 대접한다. 얼마간 정담을 나눈 이들은 모두가 감사의 정을 안고 돌아간다.

이들은 나눔의 생활이 일상화되어 있다. 마을에 초상이나 혼사가 있을 때에도 자기 집 일은 뒤로 미루고 모든 주민이 내일과 같이 정성을 모아 기도하고 협력하여 대사를 끝내는 것을 볼 수 있다.

그리고 어른들의 생신이나 별식을 만들었을 때에도 이웃을 초대하여 음식을 나눈다. 나의 유년 시절 고향의 모습 그대로이다. 오랜만에 가슴 뭉클한 짙은 인정을 보았다. 진정 사람답게 사는 정경이다. 예수님께서 말씀하신 "네 이웃을 내 몸과 같이 사랑하라."는 사랑의 계명을 생활 안에 실천하고 있다.

마음을 나누며 정겹게 살아가는 마을 사람들.

경제적으로 넉넉하지 못한 이 마을을 풍요롭게 움직이는 보이지 않는 힘은 과연 어디에 연유할까?

엔네모젤이 "참된 신앙은 모든 힘의 일치다."라고 말했듯이 이들은 하느님의 복음 말씀에서 힘을 얻고 그 안에 일치된 일상이 이어진다. 삶의 본질과 목적이 확실하기 때문에 신앙 선조들이 쌓아온 믿음의 전통과 기풍이 깊이 생활 속에 뿌리 내렸다. 유서 깊은 교우촌 후예답게 남다른 자긍심을 갖고 삶을 가꾸어 나가 어떤 어려움이 있어도 교우 된 도리를 저버리지 않는 갸륵한 모습을 쉽게 접하곤 한다.

신앙 선조들의 체취가 가득한 통점골!

나도 이 마을의 일원이 되었으니 하느님 안에 한 형제 되어, 이들과 함께 사랑을 나누며 오순도순 살아가리라.

동서와우東西臥牛 퉁점골

새벽잠에서 깨어 동트기를 기다리며 멍하니 누워있는 이 시간이 한가로이 편안하다. 약간은 허무가 머리를 지배하지만 아무것도 하지 않는 이 시간이 그냥 늘어지게 좋다.

그렇다고 행복하다는 말은 하고 싶지 않다. 의미 있는 상념에 빠지는 강박 버릇에서 벗어나, 맹탕의 시간을 즐기고 싶은 것이다. 그러다가 공허空虛가 아침 햇살을 반기면 그만이다.

이곳에 이사 오기 전에는 텅 빈 머리가 될 수 없었다. 그러나 이곳 퉁점골에서는 어디에 정신을 묶어두지 않아도 된다. 백지의 우둔한 상태로 머물 수 있게 되어 마음 가볍다, 겨울 소牛를 닮아 가는가 보다.

퉁점골에서 나는 17년째 살고 있다.

분당 남쪽 태재 너머 신작로에서 퉁점골까지는 2.5킬로이다. 이 5리 남짓한 비좁은 포장도를 따라 처음 찾아오는 친구들은 중간쯤에서 실망하고 만다. 그리도 아름답다던 퉁점골 가는 길이 어지럽고 각종 공장들로 산만하기 때문이다. 그러나 골짜기 끝자락이 보이면서 기분이 전환됐다고들 한다. 마을 입구 환경에 대한 불만이 이만저만이 아니다. 이들은 동구 밖 너저분한 공장들을 바라보며 '꽃밭에 불을 지른 격'이라 말하기도 한다.

방문객들은 누구나 집 안마당에 들어서면 마을 지형을 한 바퀴 둘러보게 마련이다.

통점골은 동남쪽 문형산을 머리로 하고 북쪽을 바라보며 소가 누워 있는 '동서와우東西臥牛'의 형국이다. 긴 타원형의 마을은 큰 암소의 거대한 배퉁이에 해당 된다. 산등성이를 따라 남서쪽으로부터 남쪽과 동쪽 끝 문형산 봉우리를 지나 북쪽을 한 바퀴 둘러보고 있으면 동서와우의 라인line이 살아난다. 이렇듯 통점골은 산줄기로 넓둥글게 싸여 엄마의 품안처럼 안온함으로 감싸 있다. 이 지기地氣가 주는 통점 마을은 소의 심성을 닮아 느긋한 평화와 인정이 푸근하다.

"야! 참으로 아름답다. 별천지네…."

"명당이야, 이곳에 이런 마을이 있었다니!" 친구들은 한마디씩 한다.

물론 그들의 찬사는 인사치레의 뜻도 포함 되었으리라. 그리고 그들이 살고 있는 도심 속의 환경에 비추어 상대적인 과장일 수도 있을 것이다. 그러나 한결같이 즐거워하며 돌아갈 생각을 잊고 있는 친구들. 그들의 밝고 신명나는 표정을 바라보며 동서와우의 배퉁이가 주는 상서祥瑞로운 지기地氣가 그들의 기운을 북돋는 것은 아닐까 생각해 본다. 술도 자기 주량의 몇 배를 마셔도 취하질 않는다고 설쳐댄다. 친구들과 함께하면서 통점골이야 말로 명당 마을이란 긍지를 가져 보기도 한다.

유년시절 고향에서 큰 몸뚱이를 우직하게 움직이며 논밭을 갈던 황소가 생각난다.

예로부터 농사짓는 일을 으뜸가는 생업으로 삼아 온 우리 겨레에게 소는 한 가족처럼 소중한 존재였다. 소를 농가의 조상이라고 일컬어 온 것도 소가 없으면 농사를 짓지 못할 정도로 큰 역할을 했기 때문이다. 이렇듯 동서와우의 통점골 형국은 소의 심상心像을 드러낸 풍수의 운을 보듬고 있으리라 믿어본다.

소는 농경민족인 우리네 정서와 일치하여 늘 정감 깊은 좋은 인상을 주는 가축이다. 산야에 누워서 한가롭게 풀을 뜯고 되새김질하는 모습은 평화와 풍요를 한껏 느끼게 해준다. 통점골은 복잡한 성남시와 이웃하면서도 늘 고요 속에 잔잔한 인정이 흐르는 마을이다. 와우 배통이의 여유로운 율동과 같이 마을 사람들은 서로 한결같이 교감한다. 소의 꾸밈새 없는 순박함, 침착하고 무게 있는 되새김, 그리고 느리고 부지런한 움직임. 그러나 어쩌다 이런 유순함이 노할 때는 성난 소리로 마을을 진동시켜, 마치 자기를 불살라 힘차게 나아가려고 하는 것, 또한 믿음직스럽다. 그리고 종국에는 일모일골一毛一骨 자기의 모든 것을 아낌없이 헌신한다. 오늘날은 낙농과 우육용으로 사육되고 있으나 그 느낌은 옛날이나 다를 바 없다.

마을 사람들의 움직임에서 소와 같은 면모를 본다. 우직 소박한 면면이 인간의 원초적 성정性情 그대로 싱그럽기만 하다. 시간이 지날수록 도타와지는 믿음. 동서 와우형의 지기地氣는 피할 수 없는가 보다.

이곳은 사계절 모두 아름다우나 겨울 설경은 더욱 일품이다. 겨울에 눈이 오면 마을 사람들은 백설의 아름다움에 앞서 눈치우기 걱정을 먼저 해야 한다. 교통이 두절되고 위험하기 때문이다. 밤새도록 눈이 오면 새벽부터 '드르럭 드르럭' 눈치우는 소리가 신경 쓰인다. 나도 내 집 앞 도로의 눈을 치우고, 집이 인접하지 않은 도로는 이웃들과 함께 치워야 하는데 내 집 앞도 안 치우고 모르는 척하고 누워있다. 해 뜰 때까지 두문불출이다. 내가 똥배짱이 있는 것도 아닌 터에 이런 무딘 행동에 나도 놀랍다. 이래도 저래도 편안하다.

마을의 우리 집 위치는 암소 배통이의 약간 위쪽 심장 부분에 위치한다. 강심장의 지기가 흐르는 것은 아닌지.

해가 뜨고 나면 온몸을 두텁게 싸매고 집 안부터 눈을 치우면서 도로로 나간다. 눈은 이미 언제나 다 치워져 있다. 미안한 마음이 치워진 길 따라 그칠 줄을 모른다.

옆집 데레사 아주머니를 만났다.

"데레사 자매님, 미안합니다. 제집 앞 눈도 다 치워 주셨네요." 하면

"저도 지금 막 나왔는데 누가 눈을 다 치워버렸어요."라고 웃으며 대답한다.

그러나 눈은 데레사 아주머니가 주동이 되어 동네 사람들이 컴컴한 어둠을 헤치고 다 치워버렸음을 안다. 그래도 번번이 나에겐 모른 척한다. 오히려 날씨도 추운데 혈압 관리 잘 하라고 걱정까지 해준다. 고맙고 미안해서 몸 둘 바를 모르겠다. 언 손을 부여잡고 감사의 마음을 전하고 싶었으나 그러지 못했다. 무뚝뚝한 도림처사桃林處士의 감사가 이런 것 아닐까.

어디에서 비롯된 행운幸運인지!

퇴직 후 제2 인생을 살고 있는 나에겐 통점골은 과분한 축복이다.

통점골에 정착한지 16년을 넘겼다. 환경의 변화는 성품의 변화로 이어지게 마련인가 보다. 이 곳 풍수가 주는 기운氣運에 흠뻑 젖어버린 듯하다. 도무지 걱정이 없다. 어딜 가나 사람은 걱정 없는 삶을 살 수 없다. 끊임없이 이어지는 크고 작은 문제와 생로병사에 따른 고통과 근심걱정 속에 살게 마련인 것이 인생 아닌가.

그러나 일기와 계절의 변화에도, 크고 작은 가사에도 걱정됨이 없으니 무슨 조화造化인지. 다소 언짢음이 스며들면 산책로 따라 와우배통이를 한 바퀴 휘 돌아오면 그뿐이다.

단지 아내만은 안달이다.

"당신 같이 아무 걱정 없이 느려빠진 사람 또 있겠어요!"라며 쪼아대도 화 낼 줄을 모르니, 이곳에 너무 취했나 싶다.

이곳 풍수가 내게 안겨 준 통점골 평화.

느긋한 성품의 우직한 소와 이 아름다운 자연에 따라 살면 그만인 것을…

이제 동서 와우는 우중충한 잿빛 옷을 벗어 버리고 보라 색 속살을 드러내며 화사한 연두로 갈아입을 채비를 서두를 것이다. 나도 통점골의 주인이 되었으니 이곳에 어울리는 옷을 찾아보리라.

* 도림처사桃林處士; '소'를 달리 이르는 말. 주나라 무왕이 은나라를 치고 성새城塞였던 도림에 소를 놓아 기른 데서 온 말.

땅은 살아 있나?

천혜의 명당을 왜 자꾸 깎아 내리느냐고 송형은 안달이다.

굴착기 작업을 당장 멈추라고 고래고래 고함을 지른다. 범상치 않은 지세를 임의로 조작하면 지기地氣가 소멸되어 오히려 화를 입게 된다는 것이다. 그는 정혈定穴을 자꾸 파내니 정기가 흩어져 별 볼일 없는 집터가 된다고 야단이다.

"집터 주인이 풍수를 모르니…."

한심스럽다는 송형의 일그러진 표정을 보며 뭔가 근거 있는 이야기일지도 모른다고 생각했다.

분당에서 광주시로 이사를 결심하고, 오포읍 통점골에 집터를 닦으며 나와 같은 학교 근무하는 송형을 초대했다. S대학 지리교육과를 나와 고등학교에서 지리를 가르치며 풍수에 일가견이 있다는 그는 물 만난 고기인양 풍수이론을 끊임없이 설파해댔다. 그의 말에 믿음이 크게 가지는 않았으나, 그런대로 그의 말을 존중하되 내 의견도 굽히지 않았다. 내 반응이 시원치 않자 송형은 지형과 방향에 따라 사람이 살기 좋은 곳이 분명히 있고 좋지 못한 곳도 있으니 내 말을 믿고 작업하라는 것이다. 끝내는 그의 말을 따르기로 했다. 호형호제

하며 지내는 선배를 홀대할 수 없었다.

　집터 닦기에 송형을 초대한 것은 30여 년 전 서울 신림동 살 때의 기억 때문이다. 성당 뒤 양지 바른 곳으로 이사를 하고, 활력 넘치는 중년을 보내고 있을 때였다. 그 집에서 1, 2년 살다보니 나와 아내는 무언가 무력감에 휩싸여 모든 일에 의욕을 잃고 항상 언짢은 기분으로 살아야만 했다. 밤이면 잠도 깊이 들지 않고 아침에 일어나면 온 몸이 찌뿌듯하고 특히 어깨와 목이 뻐근해서 상쾌한 아침을 맞을 수 없었다. 그래서 우리 부부는 운동도 열심히 해 보고, 병원을 찾아 진료도 받아보며 보약도 먹어 보았으나 전혀 효과를 보지 못했다.

　이런 우리 부부 이야기가 성당의 신부님께도 전해졌다. 하루는 류영도 디오니시오 본당 신부님이 연락도 없이 우리 집을 찾아 오셨다. 대뜸 신부님이 "자는 방이 어디야?, 이 방이지?"라며 우리 부부가 자는 안방으로 들어 가셨다. 신부님은 두 개의 쇠막대기를 양 손에 들고 방안을 뱅뱅 돌아 다녔다. 얼마 후 신부님은 아랫목에서 자지 말고 윗목 서북쪽으로 자 보라며, 수맥이 심하게 흐른다고 걱정했다. 그리고 아이들 방도 모두 점검하고 돌아가셨다. 나중에 알고 보니 디오니시오 신부는 독일 유학 중에 수맥 찾는 법을 배워서 여러 곳에 활용하여 도움을 주셨다고 한다.

　그 뒤 아내와 나는 반신반의 하면서도 신부님 말대로 잠자리를 옮겨 갔다. 동네 토박이 어른들 말에 의하면 우리 집 자리가 바로 샘터였다는 것이다. 무언가 앞뒤가 맞는 것 같아 하루도 빠지지 않고 신부님 말에 따랐다.

잠자리를 옮겨 자기를 얼마를 했는지 신경도 쓰지 않고 잊어버린 채 두서너 달이 지났다. 아! 우리 부부는 우리도 모르는 사이에 가볍고 상쾌하게 아침을 맞고 있지 않은가? 얼마 전 무력감에서 벗어나 시나브로 일상의 활력을 찾은 것이다. 놀라운 변화였다. 이것은 분명 땅속으로 흐르는 수맥파의 작용으로부터 벗어난 체험적 사실이었다. 이때부터 나는 풍수지리에 대한 긍정적 시각이 열렸다. 그러므로 집터를 닦으며 풍수에 관심이 많은 송형의 조언을 구하고자 그를 초대한 것이다.

등산 할 때에도 산세에 따라 그 느낌이 다르다. 어느 등성이에 서면 매우 상쾌하고, 어떤 골짜기에 들어서면 이유 없이 기운이 가라앉고 침울한 곳이 분명히 있다. 그럴 때면 눈에 보이지 않는 그 무엇이 작용하는 것이 아닌가 싶다. 송형는 바로 이것을 기氣의 세계로 본 것이다. 막걸리를 몇 잔 들이 킨 선배는 더욱 신명나게 풍수 이론을 설파해 나갔다.

땅은 곧 살아있는 생명체라고 하였다. 땅을 살아 있는 생명체로 볼때 풍수설은 성립 될 수 있다는 것이다. 우주 천지간에는 기氣가 흐르고, 그것은 우주를 형성하는 기본적인 에너지라고 말했다.

평소 우리는 '재수 없다' 또는 '운이 없다'라는 말을 가끔 듣는다. 이것은 풍수원리로 보면 자연의 에너지를 받지 못하고 있는 상태를 말한다. 자연 에너지에 역행되는 행동양식은 불운의 원인이 된다는 것이다. 그리고 살아서 땅 속에서 꿈틀대는 정기精氣는 우리 몸속의 피처럼 일정한 길을 따라 움직인다는 것이다. 마치 우주 천체에 인력이 작용하는 것과 같은 원리이다. 이 지기地氣를 잘 다스려야 땅의 생명력이 왕성해지는데, 그것을 끊거나 파손시켜 버리면 땅이 죽어 버린다고 하였다.

곧 풍수지리는 사람이 자연과 함께 살며 자연을 잘 다스려 운運을 부르고 낭비 없는 효율적인 삶을 살기 위한 것이라고 했다. 그러므로 집터나 마을 위치, 도읍터, 또는 무덤자리의 좋고 나쁨이 인간과 공동체의 길흉화복에 절대적인 영향을 끼친다는 것이다.

사람은 누구나 안락한 생활을 원한다. 편안한 자세, 높직하고 양지바른 집터, 자연경관이 좋은 마을, 국리민복國利民福을 주는 도읍터, 그리고 죽어서 묻힐 무덤 터까지도 편안히 영면할 수 있는 명당을 찾는다. 그리하여 이런 터에 힘입어 나와 가문과 후손들에게 영광과 영달이 계속되기를 바라기도 한다. 때문에 풍수지리학은 옛 부터 많은 사람들의 관심과 우리 생활문화에 많은 영향을 끼쳤다고 선배는 힘주어 말했다.

19세기를 맞으며 조선 왕조는 안동 김씨 집안에 모든 권력을 빼앗겼다. 임금은 허수아비요, 왕조를 창업한 전주 이씨 문중도 숨을 크게 쉬지 못하고 반세기 동안 살아야 했다. 이때 영조의 현손인 흥선군은 미친 망나니 생활을 하며 세도를 부리는 김씨 집안을 속이고 실질적인 왕실의 복권을 꾀하려 갖은 노력을 다했다.

이를 위해 흥선은 천하 대 명당을 찾아 전국을 헤맸다. 지성이면

감천이라, 명지사인 정만인을 만나 충남 가야산 아래에서 양대에 걸쳐 천자天子가 날 혈처穴處를 찾아내어 그의 가친(남연군)이 죽은 지 오래된 이구李球의 시신을 이장한다. 그 후 흥선군은 큰 황룡이 호수에서 몸을 뒤집고 놀다가 자기 부부에게 다가오는 꿈을 꾼 것이다. 이어 부인 민씨에게 태기가 있어 아이를 낳으니 그 분이 후에 등극하게 된 고종이다. 후일 고종은 대한제국 수립을 선포하고 황제에 오르게 된다. 이렇게 흥선 대원군은 대 명당을 찾아내어 지기를 크게 얻어 안동 김씨 세도를 종식시키고 왕실의 복권을 꾀했다.

　풍수를 모르는 사람에게는 일고의 가치도 없는 허무맹랑한 이야기로 들릴 것이다. 천하 명당을 찾아 조상을 모셨더니 소원을 이룰 수 있었다는 이 이야기. 결국 죽은 이는 물을 얻고 바람을 가두어 더 많은 땅의 정기를 확실히 받아 후손에게 감응感應한다는 것이다. 이 활발한 정기는 자손 대대로 이어져 부귀 영화을 얻을 수 있다 하였다. 이러한 주장은 풍수에서 말하는 동기감응론同氣感應論 또는 친자감응론親子感應論인 것이다. 곧 땅속의 정기는 DNA가 같은 동기간 또는 친자식에게 쉽게 감응 될 수 있다는 주장으로 생각된다.

　과학적인 증명을 할 수 없으니 모두가 근거 없는 이야기로 접어버리면 풍수지리학은 죽은 학문이 된다. 그러나 인류는 역사를 이어오면서 코페르니쿠스적 전환을 많이 경험했다. 무조건 무시할 것이 아니라 진중한 접근이 필요하다는 생각이 든다.

　송형의 주문에 따라 집터 작업을 까다롭게 마칠 수 있었다. 집터의 방향을 약간 남서향으로 잡고 터의 높고 낮은 부분을 조정하며 나무도 살릴 건 사리고 벨 건 베어버려 그의 풍수이론에 따랐다. 과연 여기에 집을 지어 살면서 편안한 여생을 마칠 수 있을지, 지세를 제대로 살렸는지 의문스럽기는 하나 무조건 집터 작업을 한 것 보다는 낳을 것이란 믿음으로 위안을 삼았다.

송형의 풍수이론을 듣고 있으면 무생물인 땅이 생물의 구조로 작용하여 인간생활에 크게 영향을 주고 있구나 생각하게 된다.
과연 땅은 살아있는 생물체일까?

* 혈穴 : 풍수지리에서 산소를 써 그 집의 경사가 있다고 하는, 용맥龍脈의 정기가 모인 자리.

문형산이 부른다

통점골로 이사 오면서 아침 식사만은 온 가족이 함께 하기로 했다. 매우 어려우리라 생각되었지만 이 약속은 별 탈 없이 몇 달째 그런대로 잘 이행 되고 있다. 신기하게 생각되었다. 어른들은 물론이고 아이들도 식사 시간만은 지켜주었다. 이사 전 분당에서는 일주일에 한 번 같이 식사하기도 어려웠다. 그런데 아침잠이 많은 막내딸 지희도 식사 시간만은 어김없이 지켜냈다. 잠꾸러기가 웬일이냐고 물었더니 그 대답은 전혀 뜻밖이었다.

"아빠 저것 보셔요, 바로 저 산수화 때문이에요."

막내는 옅은 구름이 감도는 울창한 앞산을 가리키고 있었다. 항상 바라보고 사는 문형산 이건만 아침마다 새로운 모습으로 다가온다는 것이다. 아침 식사를 하는 것보다도 오늘은 문형산이 어떤 그림을 그리고 있을까? 살아 움직이는 듯, 산의 모습이 더 궁금하다고 말했다. 그리 높지 않은 산(497m)이지만 기류의 변화가 매우 심했다. 특히 기상 변화가 심한 여름철이 되면 산은 하루에도 몇 번씩 다양한 자태를 보여준다.

겨울 기운이 채 가시기 전, 2000년 2월 말 통점골로 이사를 했다.

평소 열망하던 대로 산골을 찾아 전원생활을 하게 된 것이다. 이사 후 아이들에게 불편하다는 투정을 많이 들어왔다. 그러나 딸아이의 예기치 못한 말을 듣고 나니, 안도감과 더불어 흐뭇함을 맛보았다.

'이 곳으로 이사 오기를 잘 하였구나.' 아이들도 자연의 아름다운 변화에 관심을 갖게 되고 자연을 사랑할 줄 아는 계기를 마련한 것 같아 여간 기쁘지 않았다. 집터는 문형산 서쪽 산줄기 중산 간에 자리 잡았다. 높직하고 양지 바른 곳이다. 주택 전면에 식당을 배치하고 큰 창으로 에워싸 주변 경관을 한눈에 바라볼 수 있게 하였다.

식사하면서 제일 먼저 화제에 오르는 것은 건너편 문형산 풍광에 관한 이야기이다. 오늘 아침 아내는 "엊그제 날씨가 쌀쌀하더니 오늘 아침 단풍은 더 짙어 보이네요."라고 말문을 열었다. "한참 아름다울 때가 됐지" 이사와 첫 번째 맞는 가을 산을 바라보며 감탄 겸 감사의 마음을 담아 답했다.

나는 집 앞 동남쪽으로 아담하면서도 믿음직스럽게 우뚝 서 있는 문형산을 좋아하고 아낀다. 나아가 '사랑한다.'란 말을 하고 싶다. 만학천봉萬壑千峰은 아니지만 단아한 산세와 아기자기한 산기슭은 어머니 품처럼 포근하고 부드럽게 다가온다. 언제고 바라보면 한없는 평화가 감돌아 일상의 자질구레한 걱정을 사라지게 한다.

문형산文衡山은 광주산맥 남쪽 끝자락에 자리하면서 광주시를 서남쪽으로 껴안고 있다. 광주산맥은 우리나라 중앙부인 태백산맥의 철령鐵嶺부근에서 분기하여 서울 부근까지 이르는 산맥이다.

이 산맥 북동부에는 명지산(1157m), 국망봉(1176m), 광석산 (1046m), 양평의 용문산(1157m)등 높은 산이 솟아 웅장하게 그 머리를 이루고 있다. 태백 산하의 영기靈氣가 함빡 서린 곳이다. 이곳에 모인 영기는 광주산맥을 타고 뻗어 내려와 서울 주변의 활기를 더해 주고 있다. 남서쪽으로는 서울 부근의 북한산(836m), 도봉산 (710m), 인왕산(338m), 관악산(629m), 청계산(583m)등이 있어 서울시를 포근하게 감싸고 있다. 한반도의 중심부인 서울특별시야 말로 산골 가운데 산골인 셈이다.

그리고 서울 동남쪽으로 검단산(534m), 조선조 굴욕의 한이 맺힌 남한산성이 있는 청량산(475m), 성남시 남쪽의 맹산(437m)이 있다. 이 산들과 연결되는 광주산맥의 남쪽 끝자락에 문형산(497m)이 우뚝 서 있고 서쪽 끝 부분에 불곡산(312m)이 자리하고 있다. 특히 문형산은 오포읍민은 물론이고 광주시와 성남시의 분당 주민들에게도 많은 사랑을 받아 왔다. 특히 최근에는 산악자전거 동호인들에게 애호되는 명산이 되었다.

내가 문형산을 알게 된 것은 서울에서 1993년 분당으로 이사하여 1년쯤 뒤의 일이다. 아내와 함께 주변 지리도 익힐 겸 주말을 이용해 이곳저곳으로 청정식수를 찾아다니다가 통점골을 알아내게 되었다. 이 때 통점골에서 바라본 5월 초순의 문형산은 생명력이 활활 넘쳐 약동하는 별유풍경別有風景, 한폭의 화사한 풍경화였다. 넋을 잃은 듯 문형산 정상을 바라보던 아내가 말했다.

"여보, 한번 올라가 봅시다."

전혀 예상치 않은 말이 아내에게서 나온 것이다. 아내는 20여 년 전부터 심한 허리디스크를 앓고 있었다. 형언할 수 없는 문형산 인력권引力圈에서 헤어나지 못한 우리 부부. 장시간 보행이 불편했으나 이리 저리 산길을 찾아가며 정상을 향해 한 발 한 발 올라가기 시작했다. 가냘픈 연두색 온갖 풀들과 작은 야생화 그리고 나무 잎 새순의 향기가 코끝을 상큼하게 자극해 왔다. 갈참나무, 자작나무, 칭칭나무, 단풍나무, 아카시아 등 숲 사이로 크고 작은 생명의 잔치가 푸짐하게 펼쳐지고 있었다. 그리도 앙상하고 스산했던 산등성이와, 영영 엄동에서 벗어날 수 없을 것 같던 골짜기에 솟구치는 생명의 힘! 연초록 새싹이 줄기를 힘겹게 세우고 꽃대를 삐죽이 솟아내는 신비 앞에 그저 경이의 탄식이 있을 뿐이다. 1시간 반 만에 정상에 다다랐다. 해냈다는 정복감과 성취감으로 맑고도 조촐한 기쁨을 아내와 서로 나누었다. 얼굴과 목 언저리에 마주치는 향긋한 바람이 폐부까지 쾌감을 만끽시키며 살랑댔다.

정상에는 7, 80센티미터 정도의 작은 표석標石이 보였다. 표석에는 광주 문화원이 문형산 소개의 글을 다음과 같이 새겨 두었다.

"고려조 말 어느 예문관藝文館 대제학大提學이 내려와 이곳에 머무르면서 마을 주위의 경치가 하도 아름다워 이 산을 문형산文衡山이라 하였다. 문형文衡이란 뜻은 대제학의 별칭이다."

참으로 정상에서 내려다 본 주변 경관은 산과 내, 들과 촌락이 한데 어우러져 어디를 보아도 거침이 없었다. 마치 고공 비행기에서 무심코 내려다 본 아득한 피안의 세계, 무아경無我境에서 잡힐듯하다가 사라지는 환상과도 같았다. 그러나 몸을 한 바퀴 돌려 북동쪽을 향하면서 눈에 가시가 걸렸다. 짜증스럽게 눈을 자극하는 아파트 군群. 저곳에 왜 엄청난 고층 아파트가 자리 잡아야 했는지… 청아한 물가에서 티끌을 본 듯 뒷맛이 개운치 않았다. 이곳을 즐겨 찾았던 고려 대제학이 오늘의 이 모습을 보고도 이 산을 문형산이라 칭했을까? 안타깝기 그지없었다.

문형산에 매료된 우리 부부는 계절 불문하고 이 곳 통점골을 찾았다. 어떤 마력에 취해있는 것은 아닌지. 이곳은 언제나 우리의 오감五感을 새롭게 자극하여 흠뻑 빠져 버리게 했다. 이곳에서 말없이 오가며 일하는 사람들도 그저 정겹기 만하다. 그들과 짧은 대화에서도 십년지기를 만난 양 꾸밈없이 통하여 편안했다. 자연과 더불어 함께하는 통점골 가족들. 문형산과 함께 살아가는 소박한 이들에겐 산은 친구요, 좋은 이웃이다.

산 정상을 소머리로 하여 비스듬히 남쪽을 바라보고 소가 누워있는 듯한 동서와우형東西臥牛形의 지세는 평화와 태평, 그리고 풍요를 한껏 느끼게 해준다. 이곳의 사람들은 이 산을 안방에서 건넌방 가듯, 자연스럽게 만나며 모든 삶의 애환을 산속에 묻어 풀어버리고 살아간다.

재작년에 칠순을 맞은 김교제 씨는 문형산을 자기 생명과 같이 아끼고 사랑하는 사람이다. 문형산이 스러져가는 자기 생명을 일으켜 다시 살 수 있게 해 주었다고 믿기 때문이다. 김씨는 청소년기를 이곳에서 보내고 서울에서 30여 년 간 건축업에 종사해 왔다. 그러는 동안 병을 얻어 백방으로 치료하였으나 병은 점점 악화되어 갔다. 마지막으로 이곳 고향을 찾아 문형산에 자기 건강을 맡겼단다.

매일같이 문형산에 올라 이 골짜기에서 저 골짜기로 옮겨 다니며 병에 좋다는 각종 약초와 먹거리를 생식하고 산에서 거의 생활했다. 골짜기마다 샘물을 파놓고 이를 마셨다. 김씨는 두세 달이 지나면서 몸에 힘이 생기는 것을 느꼈다. 그는 더 열심히 산행을 했다. 1년 여 접어들면서 건강은 기적같이 회복되어 정상을 찾았다. 건강을 되찾은 그는 생계를 위해 다시 서울 일터로 나가야만 했다. 그러나 오염된 서울 환경이 그를 가만두지 않았다. 1년도 못되어 건강이 다시 악화되고 말았다. 몸은 활력을 잃고 당뇨병도 깊어만 갔다. 김씨는 또다시 이곳 문형산을 찾았다. 10여 개월 산사람으로 생활했더니 건강이 어느 정도 회복 되었다. 그는 이제 문형산에서 여생을 마칠 것을 결심하고 문형산지기가 되었다.

동네 사람들은 김씨를 보고 문형산 박사라고 부른다. 문형산의 지형과 동식물에 대해 물으면 무엇이든지 거침없이 대답한다. 각종 나무와 풀, 이름 모를 야생화, 아름답게 노래하는 새들, 그리고 초목의 생태까지도 그는 소상히 알고 있었다. 어느 골짜기에 가면 도토리와 밤이 많고 다래와 으름이 있는지. 산나물과 두릅, 고사리는 어디쯤 많은지. 옹달샘은 어느 골짜기가 좋은지 등 많은 것을 알려 주었다. 덕분에 나는 문형산을 속속들이 알고 친숙해지면서 산 본래의 정체적 기품을 맛보게 되었다. 등산로도 자세히 알게 되어 적절히 코스별 산행을 주 4회 이상하여 정신과 신체의 건강을 지켜낸다. 특히 중산간

방화선 도로 6킬로미터는 나에게 최적의 조깅 장소이다.

문형산 등산은 통점골을 방문하는 친구들에게 필수 코스다. 이들은 하산 후 맥주 한잔으로 목을 축이며 산을 찬양하기에 침이 마른다. 산이 보기보다 그윽하고 요모조모 등산의 재미를 준다며 자주 이용해도 좋겠다는 것이다. 이들은 이곳으로 이사해야겠다고 말은 많았으나 이사 온 친구는 아직 한 사람도 없다.

사람에게 인격이 있듯이 산에는 산격山格이 있다. 문형산은 다른 어느 산에서도 감지할 수 없는 특수한 분위기 이상의 정감이 있다. 어느 산에 갔을 때 그 산의 분위기를 누구나 쉽게 말할 수는 있다. 산세를 휘둘러보고 그 산의 느낌을 간단히 말하는 것이다. 그러나 그 산만이 지닌 고유한 품격 즉 산격山格 같은 것은 쉽게 감지 될 수 없다. 그것은 오랫동안 그 산과의 체험적 교류 속에서만이 느껴지는 것이다.

나는 문형산의 격조를 말하라면 아담함 즉 조촐함이라 말하겠다. 단아한 맵시로 깨끗하게 다가오는 문형산. 언제라도 쉽게 친숙할 수 있는 높이와 거칠지 않은 산세. 그렇다고 쉽게 얕잡아 보고 함부로 할 수 없는 기품을 간직한 산. 한번 보면 누구나 안겨 보고 싶은 충동에 사로잡히게 마련이다.

노년을 함께하기에 지극히 적합한 산으로 나의 마음속 깊이 자리매김한 문형산! 언제나 흔쾌히 맞아주는 문형산이 있기에 나의 인생 종착지 통점골은 더욱 소중한 기쁨으로 다가온다.

백설이 없는 겨울은 죽은 겨울이다

몇 시나 되었는지 동쪽 창문이 희뿌옇게 밝아 오고 있었다.

벌떡 일어나 창밖을 내어다 본다. 엊그제 부터 내리던 눈이 멈췄다. 좀 더 실컷 내릴 것이지 벌써 멈춰 버리고 말았나. 무슨 고약한 심사인지 모르겠다. 전국적으로 폭설의 피해가 컸다는 엊저녁 뉴스를 들었건만 아쉬움이 가시지 않는다. 날이 밝기를 기다리면서 난로에 장작을 가득 지폈다. 통점골 산야가 또 뭔가 기막힌 모습을 보여줄 것을 기대하면서…

5, 6년 이래로 서울 지방에 눈다운 눈이 내린 기억이 별로 없다. 지구 온난화 현상 때문이라고 말하는 사람도 있다. 생의 황혼을 살면서도 풍성한 눈이 기다려진다. 역시 순박한 마음의 발동으로 보아야 하는가. 겨울은 두어 번 쯤 풍성한 눈 잔치를 볼 수 있어야 겨울다운 낭만이 살아난다고 생각한다.

까칠한 겨울 산야를 백설로 단장하면 나의 마음도 순백으로 온 누리를 맴돈다. 풍성히 내리는 눈송이는 사랑을 잉태하고 너그러움을 날리는 눈꽃송이로 모든 이의 마음에 침착沈着. 이웃과의 서운함도 사라지고, 문득 우리는 착한 이웃이 된 상냥한 너와 나. 백설은 우리들 일상의 조그만 기적으로 사랑을 소복소복 쌓아 푸근한 인정을 낳고, 아무나 포옹하고픈 달뜬 마음을 품는다.

백설白雪이 없는 겨울은 죽은 겨울이다.

가냘픈 움직임도 멈춰버린 텅 빈 대기 속의 스산함을 따사롭게 녹여주고, 청랭한 숲속과 꽃 한 송이 볼 수 없는 산야를 엄동에 움츠려 깊이 잠들고, 얼어붙은 생명들에게 포근한 희망을 뿌린다.

공허와 고독이 난무하여 죽음을 암시하는 계절.

죽어가는 겨울을 화려하게 살리는 길은 역시 풍성한 눈 잔치 그 이상은 없다. 겨울을 아름답게 꽃피울 눈이 왔다. 20여 년 만의 폭설이라고 한다.

눈 속에 갇혀 있다가 나흘 만에 일용품을 구하기 위해 분당으로 내려갔다. 통점골을 다녀간 사람들을 만날 때마다, 눈雪에 대한 인사말을 주고받았다.

"그 곳은 별천지죠! 얼마나 아름다울까!?"

"설화雪花가 한창입니다. 지기 전에, 녹기 전에 한번 오십시오."

어깨를 으쓱하며 자랑스럽게 대답했으나 조금은 켕기는 구석이 있었다. 아니나 다를까 통점골 집까지 차가 다닐 수 있느냐고 묻기에 그냥 다닐 수 있다고 대답해 버렸다. 정확히, 통점골 아랫마을은 차가 다닐 수 있으나 윗마을은 다닐 수 없다고 대답해야 옳았다. 정직하게 대답하기 싫었다. 근래에 볼 수 없었던 기막힌 통점골의 현란絢爛한 설경雪景! 이 순백의 아름다움에 조금이나마 상처를 주지 않을까 걱정되기 때문이다. 아내와 배낭을 메고 2.5킬로미터를 걸어 큰 길까지 내려갔다. 미지의 세계를 새롭게 접한 듯 골짜기마다 고고孤高한 수

목의 자태가 삶에 찌든 우리들을 피하려는 듯 찬란한 광채로 눈目을 가렸다.

사람들은 왜 눈을 좋아 할까?

눈 오는 광경을 보고 짜증내는 사람을 보지 못했다. 오히려 소복소복 눈이 내리면 삼라만상이 고요한 환호성을 열렬하게 외치는 듯하다. 이웃집 강아지의 재롱과, 참새들의 지저귐, 길가는 행인도 더욱 발랄해 보이는 것은 눈이 주는 정겨움이다.

아랫마을 이 씨와 장 씨는 이웃하면서 승용차 주차문제로 서로 다퉈 오랫동안 감정이 좋지 않았다. 두 집에 손님이 올 때마다 주차구역을 따지며 불편하게 큰 소리를 냈다. 그러던 차에 동네에서 공동으로 눈을 치우며 이장이 중재에 나섰다.

"이 사장, 아직도 장 사장과 불편한 마음인가?"

"그 사람하곤 말이 통하지 않네, 말하지 말게. 껵세기가 쇠가죽이여."

저 아래에서 눈을 치우고 있는 장 씨를 이장이 불러 세웠다. 두 사람은 마주 보지도 않고 어색하게 외면하고 있었다.

"이 사장, 장 사장! 언제까지 이웃에서 불편하게 살 건가?"

"내가 어렵게 한마디 하겠네. 우리 모두 불편하지 않게, 즐겁게, 안전하게 살기 위해 함께 눈을 치우고 있지 않은가. 이웃에서 서로 양보하고 도우며 살아가도록 마음을 너그럽게 써야지, 자녀들이 뭘 보고 배우겠는가?" 이장이 젊잖게 두 사람을 나무란다.

"이 사장 댁에 손님이 오면 장 사장이 주차장을 양보하고 도와주고, 장 사장 댁에 손님이 오면 이 사장이 양보하고 도와주면 얼마나 두 집이 편리하고 좋겠는가….”

두 사람은 이장의 푸근한 화해의 말에 마음속으로 동의하고 있었으나, 쉽게 감정을 풀지 못했다.

얼만가 지나서 장 사장이 “미안 하네 이 사장!” 하니까, 이 사장이 손을 내밀어 악수를 청하고 “내가 너무했지, 장 사장 미안하네.” 두 사람의 과거 감정은 포근하게 눈 녹 듯 사라지고 정겹게 두 손을 맞잡았다.

아름다운 백설의 풍성함이 얼어붙은 마음을 따듯하게 감싸 안았으리라. 정겨운 친구를 대하듯 환호 속에 누구에게나 인사하고 싶은 그 순백의 마음 말이다. 춤추듯 가냘픈 눈발이 무뚝뚝한 우리들의 마음을 활짝 열어 용서와 사랑을 잉태하게 하지 않았을까?

포근히 내리는 눈과 더불어 옛 추억을 걸러 되새김하며 아쉬운 상념들을 눈 속에 날려 본다. 앙상한 숲속에 수북이 쌓인 눈을 보면서 각박한 우리들 마음에 풍요와 사랑을 부풀린다.

장독대에 소복이 쌓인 눈에서 어머니의 얼굴을 발견하고 숨바꼭질 하던 순이의 얼굴을 살려 내기도 한다. 빠드득 뽀드득 잊혀진 사람을 그리워하고, 지나간 사랑을 떠올리는 힘. 평화와 사랑이 그리고 감사를 깃들이게 하는 마력이 육각의 눈 속에 감추어 있지 않고서야…

사람들은 눈에 대해서는 매우 관대한 듯하다. 전국에 폭설의 피해가 엄청났건만, 먼 이국의 일인 양 편안하게 이야기를 주고받는다. 지난 여름 폭우 피해를 전해 들으면서 그들은 내가 피해를 본 듯 몹시 걱정했던 사람들이다. 폭우와 폭설, 사람들은 사뭇 다른 이미지로 받아들이고 있었다. 잦은 비는 원망하면서도 잦은 눈에는 푸근하다. 눈발은 즐기며 걸으면서도, 질척하게 내리는 비는 언짢게 한마디 건넨다. 과연 백의白衣민족 다운 정서가 아닌가 생각된다. 조금은 엉뚱하지만…

나는 겨울이 불편한 계절로 다가 오는 게 서글프다. 나이 들면서 신체적 활동을 제한받기 때문이다. 체질적으로 소음小陰인데다 체냉體冷하여 추위에 대한 저항력이 좋지 않다. 그러나 탐스럽고 푸근하게 눈 내리는 겨울의 서정敍情이 달콤한 꿈속을 날 듯 신난다. 온 누리가 백의와 백화로 순백의 풍요가 넘실댈 때면 불편한 겨울을 잊고 만취한다.

아! 포근히 날리는 눈 속에는 대자연이 주는 평화와 사랑. 모든 이에게 축복을 전하지 않을 수 없다.

낯선 모든 이들과도 사랑의 축가를 부르며…

종착지 퉁점골

같은 장소에서 맞는 아침이건만 하루하루가 새롭다.

분당에서 동남쪽으로 5킬로미터 지점의 문형산 기슭. 중산간 퉁점골의 아침은 싱그럽기만 하다. 뭉게구름 뚫고 나무 가지 사이로 청명한 공기를 가르는 은빛 햇살이 눈부시다. 새털 안개가 저 아래 낮은 마을을 감싸 돌아 아득히 설해雪海를 이루면, 문형산 봉우리를 간신히 살려낸 조각구름이 오늘도 소박한 그림을 그린다. 아침 햇살 머금고 펼쳐지는 기류의 향연이 신비롭기만 하다. 참으로 존재의 흐름은 알 수 없다. 무슨 인연이 오늘 나를 여기 있게 했는지…

2000년 2월 말, 겨울 기운이 채 가시기도 전에 이 곳 퉁점골로 이사를 했다. 오랜 동경 끝에 드디어 산촌 마을 가족이 된 것이다. 한참 따지듯 생각해 보았다. 결혼 후 여덟 번째 이사였다. 일곱 번째 이사한 분당이 내 인생에 마지막이려니 생각했었는데… 이젠 이 곳 퉁점골, 경기도 광주시 오포읍 문형산길 267의 5번지야 말로 내 인생의 확고한 종착지가 될 것으로 믿으며 또 다시 이사를 했다.

분당에서 8년간 아파트 생활을 했다. 이전 단독 주택 생활보다 편리한 점이 너무나 많았다. 계절이 바뀌어도 집 관리에 신경을 쓰거나 도난의 염려가 없었다. 근린 시설이 거의 갖춰져 쇼핑, 문화, 보건, 레저 생활 등 어느 것 하나 불편한 게 거의 없었다. 녹지와 공원이 정비되어 쾌적한 휴식 공간을 즐길 수 있었고 주차 공간도 넓고 교통도 편리하였다. 분당으로 이사하여 1, 2년 간은 새록새록 편리한 아파트 생활에 취해 있었다.

그러나, 분당의 편리한 아파트 생활도 해를 거듭하면서 시들해지기 시작했다. 편리함이 일상화되니 타성이 생긴 것이다. 마치 우리 인간이 항시 공기를 마시며 생명을 유지하고도 공기의 고마움을 모르듯, 편리함이 관성화慣性化되니 즐거움이 무디어진 것이다.

일상화 되어 버린 유쾌함과 편리함.

물질문명의 발전은 인류 생활의 불편을 편리로 바꿔 놓았다. 그 편리를 인간은 찬사와 감탄만으로 받아 들여야 하는지… 불편하지만 가치 있는 것이 적지 않으며, 편리하지만 불안을 주는 것들이 얼마나 많은가. 나는 21세기 첨단 문명사회를 지향하면서도 첨단 비대증에 대한 두려움을 감출 수 없다.

공리주의 주창자, J.S 밀은 쾌락에도 질적 차이가 있음을 중시했다. 신체적 쾌락은 지속성이 짧고 감각적이나, 정신적 쾌락은 고상한 기쁨을 오랫동안 우리에게 준다. 이렇듯 인간이 동물과 달리 정신적 쾌락을 추구한다는 것은 존엄한 존재 조건의 하나가 아닌가. 대체로 편리하다는 것은 육체의 만족이고 유쾌하다는 것은 정신의 만족으로 생각된다. 육체의 편리와 정서적 즐거움. 두 부분 모두 채울 수 있으면 좋으련만 함께 조화를 이루기란 쉽지 않다.

분당은 얼마동안은 서울 교외의 쾌적한 신도시로 각광을 받아 왔다. 그러나 아파트 단지가 대형화되어 신갈, 수원까지 이어지면서 사람들의 생각이 조금씩 바뀌었다. 특히 교통 조건이 날로 악화되어 짜증스럽고 공기도 오염도가 높아 가는 걸 느끼게 되었다. 시멘트벽으로 산맥을 이은 듯 거덕치고 황량하게 펼쳐진 아파트 숲과 한정된 공간이 나의 마음을 점차 압박해 오고 있었다. 이럴 즈음 나는 40여 년간의 공직 생활을 청산하게 되었다. 집에 있는 시간이 많아지자 아파트 생활이 더욱 염증나기 시작했다. 산야가 그리웠다. 자유로이 푸르른 창공을 날지 못하고 새장 안에서 푸드덕거리며 고립감을 삼키는 카나리아가 더욱 안쓰럽게 보였다. 지난 수십 년 간 그렸다 지웠다 몇 번을 거듭하던, 전원에 대한 꿈이 다시 살아났다. 제2 인생을 꿈꾸면서 투박한 산촌과 검박儉朴한 전원생활에 대한 그리움이 차곡차곡 쌓여 가슴을 앓게 했다.

고향을 떠나기 전 익혔던 김상용의 전원시田園詩가 간절히 나의 마음을 자연으로 산천으로 달리게 했다.

"남으로 창을 내겠오
밭이 한참갈이
괭이로 파고
호미론 풀을 매지오.
구름이 꼬인다 갈 리 있소
새 노래는 공으로 들으랴오…."

자연을 벗 삼아 자연에 순응하며 건강하고 낙천적인 목가적 무위의 삶을 노래한 이 시가 더욱 절절히 향수에 잠기게 했다.

만용이란 생각도 했지만 용기를 냈다. 여러 어려운 조건을 뜯어 맞추어가며 퉁점골에 집터를 마련하고 집을 짓기 시작했다. 중간에 IMF를 맞는 등 우여곡절을 겪었지만 2년 만에 집이 완성되어 이사를 하게 되었다.

참으로, 감개무량하다는 생각을 하면서 구름에 가려 산중턱이 잘린 문형산을 바라본다. 분당 서현 전철역에서 태재 고개 넘어 광주 간 55번 국지도를 10분간 달리면 광명 초등학교가 나온다. 이곳에서 동쪽으로 2.5킬로미터 떨어진 문형산 중산 간에 위치한 퉁점골은 해발 약 250미터는 될 것으로 동네 사람들은 말하고 있다. 분당보다 기온이 항상 섭씨 2, 3도는 낮다고 한다.

동네 토박이 어른들 말로는 이곳은 옛날에 퉁쇠를 만들던 골짜기였다고 한다. 나의 인생 종착지라 생각해서인지 풀 한 포기, 돌 한 조각도 예사롭지 않다. 좀 더 자세히 이 동네의 고유한 유래를 알아보고 싶었다.

국어연구원에 문의하였다. 퉁점골의 '퉁'은 1)품질이 좋지 않은 놋쇠, 2)퉁으로 만든 엽전, 3)돈의 딴이름 등으로 말해 주었다. 그리고 '퉁점골'의 어원도 알려 주었다. '퉁' 발음은 중국어에서 '동銅'을 '퉁'으로 발음한데서 비롯된 것으로 보고 있다. 그리고 어형의 최초 등장은 중세 국어 문헌인 석보상절에 '퉁'로 기록되어 있다. 즉 '투'에 'ㅇ' (꼭지 이응)을 붙인 자형이다. '점店'의 본래 의미는 토기 또는 철기를 만드는 곳을 가리켰고 근래에 와서는 '가게'의 뜻으로 쓰여 지고 있다.

지명 연구가 조항범 씨에게 전화를 하여 '통점골' 지명의 유래를 살펴 달라고 했다. 그는 생소한 지명이라며 며칠 후에 알려 주겠으니 기다리라고 했다. 그 후 그의 말은 역시 '통쇠를 만들어 출하하던 골짜기'라고 일러주었다. 동네 어른들의 말과 일치했다. 어떻든 새로 이사 온 이 통점골 마을이 옛 부터 뭔가 유래하고 있다는 사실이 흐뭇하고 약간은 자랑스럽게 느껴졌다.

호기심은 계속되었다. 유기鍮器로 유명한 경기도 안성을 찾아 갔다. 나의 고향 용인과 인접한 곳으로 낯설지 않았다. 마침 5일장이 서는 날이라 소박한 장꾼들의 왁자지껄 외치는 소리가 30여 년 전 옛 장터를 보던 그 모습이었다. 또한 각종 농산품, 축산물, 과일, 삿갓, 한지 등에도 정겨움이 어리어 아름다운 그림을 보는 듯 즐겁기만 하였다. 이곳은 '안성맞춤'이란 말을 만들어 낼 정도로 유기그릇을 맞추면 맞춘 대로 정교하고 튼튼하게 잘 만들었다고 한다. 그래서 '계제階梯에 들어맞게 잘 된 일을 두고 하는 말'로 통하게 되었다. 전통 유기 공장 몇 군데를 들러 장인匠人들과 막걸리를 주고 받으며 여러 가지 이야기를 나누었다. 그들의 구수한 인정이 마치 고향 동리에 온 듯 착각에 빠지게 했다.

구리 합금에는 황동黃銅과 청동靑銅이 있다는 것을 알았다. 구리에 아연을 가하여 만든 합금이 황동이며 이를 놋쇠라고도 한다. 그리고 이 놋쇠 중에 거칠게 뽑아진 것을 통쇠라고 부른단다.

황동은 주로 건재의 쇠붙이 장식, 동전銅錢, 식기, 장식구, 휘장徽章, 총탄의 약협藥莢, 농악기의 징 등을 만드는데 쓰였다. 청동은 초기 대포大砲의 포신재, 동상銅像, 지붕재, 물받이, 실내장식용 등으로 쓰이고 있다는 것도 알게 되었다. 언젠가 친구들과 함께 와서 이곳 토산품도 사고 토속 막걸리라도 나누어야겠다는 생각을 하며 안성 장터를 떠나왔다.

1960년대까지만 해도 가정에서 놋그릇이 많이 쓰였다. 놋대야, 주발대접, 놋화로, 놋요강, 놋수저 등 생활 용품으로 많이 쓰였다. 지금은 장식재로 쓰여질 뿐 거의 쓰이지 않고 있다. 더 질 좋고 편리한 재질이 개발되었기 때문이다. 놋그릇 이야기가 나오니 결혼 초에 있었던 일이 문득 생각난다.

나는 1970년 5월에 결혼하였다. 당시 아내는 대학을 막 졸업하고 철부지 그대로 순수하기만 하였다. 신혼 초에 하루는 친척들이 모인 가운데 혼수 구경을 시작 하였다. 고종 누님이 이것 저것 혼수를 보여주기 시작했다. 옷을 싼 큰 보따리의 끈을 풀자마자 놋요강이 요란한 소리를 내고 굴러 나왔다. 이를 본 아내는 '어머나!' 웬 망신이냔 듯이 질겁하여 얼굴이 빨개가지고 놋요강을 부여안고 부엌으로 들어갔다. 들어가더니 '쨍그렁 탱 쨍' 더 크게 놋요강 엎어지는 소리가 나지 않는가. 방안 가득한 식구들은 모두 재미난 듯 웃어 댔다. 무안한 아내는 저녁때가 되어도 부엌에서 나올 줄을 몰랐다. 이후 아내는 처할머니를 원망했다. 처 할머니가 옛날 풍습대로 큰 놋요강을 신부 옷 보따리에 함께 넣어 시댁에 보낸 것이다. 아내의 놋요강 이야기가 친인척 간에 회자될 때마다 한 바탕 웃음꽃을 피웠고 아내는 몸 둘 바를 몰라 했다. 나도 가끔 취기가 있어 집에 돌아와 아내에게 놋요강 좀 갖다 달라고 말하면 사정없이 꼬집혀 곤욕을 치른 기억이 엊그제 같은데 벌써 40여 년이 흘렀다.

통점골이 가톨릭 신앙촌으로 시작된 점도 지나칠 수 없다. 성남시 수진동 성당 50년사에 의하면, 병인 천주교 박해(1866년)무렵 심홍섭(요셉)이 피신하여 다니다가 이곳에 돌 담집을 짓고 은둔생활을 시작한 것이 이 마을의 시초가 되었다고 한다. 그 뒤 이 마을은 박해시대 천주교 신자들의 피신처요, 우리나라에 신앙의 꽃을 피우기 위해 헌신한 신앙 선조들이 오가던 길 몫이 되었다.

150여 년 간의 천주교 역사를 간직한 신앙촌 통점골!

이 곳 교우들은 남다른 자긍심을 갖고 신앙생활을 하고 있다. 유서 깊은 신앙촌 후예답게 언제나 서로 돕고 사랑하며 오손도손 함께 살아가는 소박한 인정과 평화가 가득한 마을. 신앙 선조들의 체취가 가득한 통점골은 신앙인의 마음의 고향이 되기에 충분하다. 가톨릭인의 관심과 사랑이 아쉽다.

이제까지 도심 속의 생활에서 산촌 생활로 삶의 환경이 크게 바뀌었다. 산촌이라 하지만 도시의 편리함을 쉽게 접할 수 있음으로 큰 불편은 없다. 이곳은 나의 정서와 기대에 완전 합치되는 곳은 아니다. 그러나 항시 소시민적 사고에 익숙해서인지 부족하면서도 미완의 이상향이 나의 마음을 편하게 한다.

자연과 더불어 숨 쉴 수 있는 곳!

하느님께서 내게 내려 주신 큰 선물이며 축복으로 생각하고 감사와 기쁨으로 늘 산야를 바라본다. 오늘 아침도 잔잔한 설렘을 안고 현관문을 열었다. 산간에 걸린 조각구름과 수풀과 바람, 새들의 지저귐을 들으며 일과를 생각한다.

나의 인생 종착지 퉁점골!

40여 년 전 나의 사랑하는 아내와 더불어 신혼의 푸른 나래를 펴듯, 이곳 퉁점골에서 나의 제2 인생의 알찬 설계를 펼쳐 보리라.

퉁점 그리고 동막골

내 삶의 둥지요, 꿈의 안식처!

오포 문형산 중산 간, 해발 250미터의 퉁점골.

그리고 이곳을 밑돌아 받쳐주는 아랫마을 동막골.

문형산 품안의 퉁점은 동막의 지붕이요, 동막은 퉁점의 기둥이다.

퉁점과 동막은 마주보고 오가며, 오르락내리락 형제처럼 정겹다. 아랫마을 동막이 있기에 나의 안식처 퉁점의 순수는 아직도 감동이 머문다. 온갖 세상 잡사를 소화하고 막아주는 동막은 퉁점의 관문이다. 문형산 밑 외딴 퉁점은 한적한 은둔지이나, 동막의 나날은 분주다망한 생활 전선이다. 밀려오는 세태와 타협하고 도심都心을 지향하는 다양한 모습으로 일몰이 무시되는 동막. 동막이 있기에 퉁점의 고요는 살아있고, 산촌 그대로의 신선한 정취도 인정도 한가로이 평화롭다.

퉁점이 전통적 보수적 정감이 감도는 산촌이라면, 동막은 현실적 진취적 기운이 살아 움직이는 신흥도시이다. 퉁점은 점잖은 형이요, 동막은 활달한 아우에 비견된다. 문형산을 동쪽으로 형제의 뿌리는 같으나 의식은 판이하다. 자연, 삶의 모습과 정서도 다르다. 두 곳에서 바라보는 새벽 풍광과 하루의 시작인 동트기 또한 서로 다르다.

통점의 동트기는 한 폭의 명화名畵요, 동막은 기상나팔이다. 이 서로 다름이 서로를 지향하고 존중하며 상생相生의 조화를 이뤄낸다. 그러나 요즘 몹시 안타까운 것은 빠른 시대의 흐름을 타고 동막의 거센 바람이 통점의 변화를 재촉하고 있다.

이 곳 통점골의 적막한 숲을 나는 좋아한다. 아니 10여 년 살다 보니 이젠 좋아하는 정도가 아니라 사랑한다. 생기 찬 자연과 소박한 인정에 푹 빠져버린 듯 행복하다. 물론 더 아름답고 멋진 삶터가 많겠으나 내게는 나만의 수수한 정서가 있다.

특히 신비스런 동트기와 고아高雅한 아침을 사랑한다. 삼림 사이로 펼쳐지는 아침 햇살은 배추씨만한 추함도 허락하지 않는다. 어딘들 아침 정경이 언짢겠는가? 그렇지만 사람마다 독특한 정서가 애착의 정도를 가늠하기 마련이다. 퍼뜩 생각한다. 태고의 비경을 통점골 새벽 동트기에서 만날 수 있지 않을까? 나만의 과장에 스스로 도취되어 경쾌한 '봄의 소리 왈츠'가 흥겹다. 새벽 기운이 가득 차 개화를, 일출을 잔뜩 머금었다.

장쾌하고 찬란한 아침을 맞이하기 위해서는 일찌감치 부지런을 떨어 산야보다 훨씬 먼저 깨어 있어야 한다. 새벽잠이 부실한 내게는 제격이다. 언제나 뒤척이며 새벽어둠을 가르는 이 시간이 지리하다. 온갖 상념으로 이른 봄 3월의 밤이 길게 느껴짐은 나이 탓이리라. 여명黎明이 확연히 두리번거리면 밖으로 뛰쳐나가지 않을 수 없다. 거뭇한 숲 속에서 대지의 여신 데메테르Demeter가 기지개를 한껏 켜고 기상나팔을 불어댄다. 피아니시모로 시작된 동트기는 크레셴도로 어둠을 서서히 벗겨 낸다.

마침내 힘차고 빛나는 장대한 일출!

마법사 태양은 환상교향악에 맞춰 태고의 신비를 연출한다. 창백하게 별들이 사라지면 새로운 생명을 잉태한 먼동이 코발트색 감격을 안고 솟아오른다. 산마루로부터 펼쳐지는 오색영롱한 빛의 향연. 어둠의 잔해가 서서히 걷히면서 솟아오르는 은빛 줄기의 금빛 너울거림. 크고 작은 등성이로부터 골짜기 숲 속을 헤치며 실개천 따라 마을까지... 온 산야를 소생 시킨다. 잠자는 음지를 깨우며 번져나가는 햇살이 눈부시다. 종횡무진 춤추는 빛의 오케스트라! 백남준 아트의 연출 장인가, 곡신谷神들의 놀이터인가? 산촌의 아침 향연은 해님 손으로 채색되어 절정을 이룬다.

통점골 동트기 축제!

혼자만의 축제이나 감동은 온 누리를 감싸 안는다. 누구나 함께하면 송두리째 마음을 빼앗기지 않을 수 없다. 이렇듯 통점의 새벽은 매일 매일이 새로운 작품으로 밝아 온다. 오늘의 동트기는 내일 볼 수 없고 내일은 내일 만의 아름다움으로 펼쳐진다. 여기에 계절의 별미가 조화造化를 이루니 작은 산촌만의 축제로는 너무나 아깝다. 천지신명이 철따라 재창조할 때 특별히 통점의 동트기를 신명나게 그려내지 않았을까. 더욱이 백설이 마을과 산야를 뒤덮을 땐 나의 실존을 의심한다.

별유천지!

이곳에 어떻게 내가… '무아경無我境'이란 이럴 때 쓰는 말이 아닐까. 철따라 독특한 향기 가득한 산촌은 최고의 걸작을 선사한다.

드디어 동막까지 환히 밝았다. 짙은 안개 속 동막은 통점을 닮으려나 속살을 감추고 올망졸망 지붕라인이 파도를 이룬다. 아랫마을 동막골이 안개로 가득할 때 통점골은 항상 해맑은 아침이다. 고루한 일상이 거미줄처럼 치열한 차안此岸의 동막. 무욕의 텅빈 가슴으로 맞는 피안彼岸의 세계 통점. 속세와 천상이 합일하려나… 솜털 안개가 몰려오고 있다. 아랫마을 동막 입구에 서리던 안개는 매년 조금씩 동진하여 통점골 입구까지 점령하고 말았다. 병든 파도와 같이 조금씩 몰려오는 안개를 보면서 해맑은 통점의 아침도 그 수명을 다할 날이 멀지 않았음을 직감한다. 안타깝기 그지없다. 어떻든 지금의 통점과 동막의 아름다운 이 아침을 사랑한다. 자연이 주는 귀한 선물. 환상의 새벽과 찬란한 아침은 이곳의 귀품貴品이다.

자연이 주는 힘!

생기 가득한 하루의 시작이 터질 듯 힘차다. 방금 끝낸 동트기 여운을 음미하며 동막을 바라보고 오늘 할 일을 추스른다.

통점골 사계四季

언제나 매혹적인 나의 안식처!

눈을 감아도 통점의 갈 봄 여름 그리고 겨울을 볼 수 있다. 동남쪽 높이 솟은 문형산, 서쪽으로 뻗어 내린 수려한 골짜기. 그 안에 옹기종기 30여 채의 집과 정겹게 살아가는 마을 사람들. 배산임수背山臨水의 빼어난 경관은 아니지만 여기엔 자연과 더불어 소박한 인심과 평화가 깃들어 있다.

오늘도 문형산 등산을 마치고 따뜻한 욕조에 몸을 담그니 산뜻한 피곤이 몰려온다. 눈꺼풀이 내려앉으며 통점의 사계절이 주마간산走馬看山으로 스쳐 간다.

높푸른 하늘 밑 따스한 생명의 기운으로 가득 찬 산야
한기를 쫓으며 봄을 알리는 '개굴개굴' 개구리 행진곡
풋풋한 향기로 외치는 새싹들의 가냘픈 진통
각양각색 풀꽃들의 치열한 자기자랑
매화 벚꽃 산수유, 복사꽃 살구꽃 그리고 진달래… 온갖 꽃들의 향연
이름 모를 텃새, 철새들의 환희합창
생명잔치에 초대된 마을 사람들의 행복한 미소

유순한 대지의 품에 안겨 이웃을 돌보는 형제자매들

청려淸麗한 녹음에서 한담을 주고받는 노인들
정감어린 산수화 전람회 위 구름들의 놀이터
그랜드 쇼우 쇼 쏘! 반딧불이 무도회
먹구름 속 천둥번개 소나기 몰고 오자, 요란한 시냇가

어설픈 색동저고리 만들다 만, 미완의 단풍 미
한잎 두잎 떨어지는 낙엽을 보며 우수에 잠기고
청록 옷 훨훨 벗어버린 나목들의 당당한 모습
몽실몽실 샛노란 감나무는 만추를 알리고
찬바람 뚫고 비상하는 장끼의 울음소리
한가위 밝은 달 아래 한없는 평화가 흐른다.

삭풍朔風에 숨죽인 솔가지의 솔바람, 빈가지에 살바람 소리
써늘한 공기를 가르는 까치와 참새의 상큼한 대화
만산 가득한 순 백설, 은빛 찬미노래
제집 앞 길 따라 이웃집 눈 치우고
먹이 찾아 하산하는 멧돼지 노루 토끼들
눈길에 기어가던 승용차 세워두고 불안하게 걷는 사람들
얼음장 속으로 흐르는 청랭한 시냇물의 속삭임.

두툼한 옷으로 갈아입고 밖으로 나가 몸을 식혔다. 써늘한 바람이 피부를 상쾌하게 감싸더니 이내 한기를 느끼게 한다. 4월이 며칠 남지 않았는데 이렇게 추워서야… 한기 속의 통점골? "금강산도 식후경."이라 마음의 여유가 없어지니 별 볼 일 없구나. 검 보라 빛 앙상한 가지들은 봄바람을 먹어버리고 음산한 골짜기만 한껏 몸을 움츠렸네. 오감만족 욕탕 속 환영은 온대간대 없고 초라한 산골, 통점을 감싸 도는 문형산이 있을 뿐이다.

달을 바라보다 도랑에 빠져 버렸나 그래도 내일이면 통점의 사계는 화려하게 살아날 것이다.

퉁점골의 소나무

만산 아름다운 단풍도 사그라져가던 늦가을이었다.

퉁점골로 이사 온 뒤 처음으로 뒷산을 돌아 산책길에 나섰다. 낙엽을 밟으며 산등성이를 넘어 하산하는 길은 제법 가파르다. 갑자기 큰 집채만 한 푸른 솔숲이 앞을 가로 막았다. 가까이 가보니 한 그루의 거대한 소나무였다. 너무도 신기하여 둥치를 껴안아 돌아보며 위아래를 살폈다. 멀리 떨어져서 이리 보기도 하고 저리 보며 1시간 여 노老 장송長松에 빠져들었다. 참으로 장엄하고도 신령한 기분에 취해 무아지경에 녹아들었다.

'야! 이렇게 우람한 소나무가…'

나도 모르게 가는 탄성과 더불어 가벼운 전율이 온몸을 휘감았다.

용틀임한 역 S자형 굵은 외줄기의 거구. 검은 갑옷을 두른 듯 오르다 서서히 붉어진 고운 수피. 차일遮日을 친 듯 절묘하게 펼쳐져 하늘을 가린 가지들. 창연하다 못해 엄숙, 경건하여 우러르게 한다. 저승사자라도 나타날 듯 묘한 써늘함이 감돌았다.

신기하다. 소나무 한 그루가 사람 마음을 이렇게 깊이 흔들 수 있을까. 평소에 소나무를 좋아했지만 이런 감동은 처음이다. 독특한 카리스마를 지닌 인격체를 대하듯 노송이 뿜어내는 기운이 사뭇 영묘靈妙하다.

통점골 동북향의 노 장송!

동북쪽은 풍수지리에서 귀문鬼門이라했다. 십이지十二支 방위로 볼 때 동북향은 축丑과 인寅으로 맞춰진다. 옛날 도깨비는 소의 뿔과 호랑이의 이빨을 가진 괴물로 여겨, 우리 선조들은 동북쪽을 도깨비의 방위로 보았다. 그러므로 동북쪽으로 액厄이 온다 했다. 악귀 침입이 가장 쉬운 약한 방향 동북쪽을 잘 지켜낼 때 마을의 안위가 지켜진다고 믿어왔던 것이다.

이 노장송이야 말로 통점 마을을 보호하는 수호송守護松으로 여겨졌음을 알 수 있다. 비록 과학적 근거가 없는 이야기라 할지라도 선인들의 마음속에 자리 잡은 생각을 가늠하는데 큰 힘이 된 소나무라 하겠다.

나중에 들은 이야기지만, 마을 사람들은 통점골의 제일 큰 어른 나무로 이 노송을 귀하게 대접한다고 한다. 이 노장송은 마을을 지켜주는 '수송'이라 부르고 있었다. 내가 통점골의 수호송이라 이름 붙인 것과 일치하여 안목을 스스로 칭찬하고 신명나게 거들먹거렸다.

봄이 오면 겨우내 이 마을을 지켜준 수송에게 감사하는 마음으로 노송 축제를 벌인다. 수송 그늘 아래서 마을 남녀노소 모두 모여 봄놀이 겸 친목모임이 되는 것이다. 모임의 첫 번째 순서로는 수송 둘레를 파고 막걸리 한말을 밑동 둘레에 부으며 그간 노고에 감사한다. 이것은 수송에 대한 예의라고 연세가 제일 높은 김옹께서 자랑스럽게 말했다.

'대체, 이 소나무는 나이가 얼마나 됐을까?'

오케스트라의 노 거장 앞에 조아린 단원처럼 그 웅대한 위용에 마음 설레며 그냥 지나칠 수 없게 하는 노장송! 볼수록 그 장중함에 끌리어 발길을 멈추곤 했다. 이보다 더 큰 소나무를 많이 봤지만 나와 무관하기에 관심 밖이었다. 그러나 나의 인생 종착지요, 제2 고향인 통점골 수호송에는 눈이 밝아지지 않을 수 없었다. 소나무의 제원諸元을 임업 연구원에 알려주고 나무 나이를 물었다. 추정 수령은 약 200년이라고 알려 왔다.

"수고 12미터, 줄기 흉고 둘레 2미터, 펼친 가지 지름 10미터"인 이 소나무는 마을이 태동하기 전부터 통점골 동북쪽에 좌정하여 수호송 역할을 맡았음을 알 수 있었다. 온갖 풍상과 수난을 겪으며 마을을 넘보는 악귀들을 물리쳐 동네 안위를 지켜 온 것이다. 숙연히 경의를 읊조리게 한다.

나무는 땅의 선물이다.

고개를 들자, 어느 산에서나 소나무가 가장 먼저 눈을 즐겁게 한다. 우리나라 사람들의 70%가 가장 좋아하는 나무로 꼽을 만큼 소나무는 우리와 친숙하다. 통점을 품고 있는 문형산은 소나무가 뜨문뜨문 귀하다. 낙엽수림 속에 어쩌다 한 그루씩 솟아 있는 푸른 솔. 만나게 되면 반갑기 그지없다. 나도 소나무를 좋아하여 크고 작은 소나무가 집 안에 가득하다. 마을 동북 수호송의 몇 대 현손이 될지 모르지만.

'소나무'는 넓게 쓰이는 일반적 이름이고 한자로 '松'이라 쓰는데 이 자의 오른편 '公'은 이 나무가 모든 나무의 윗자리에 선다는 것을 뜻한다. 이시진의 본초강목에는 소나무는 모든 나무의 어른이라 소개하고 있다.

세계적으로 소나무류에 속한 나무는 100여 종이 된다고 한다. 그중 우리나라에 서식하는 소나무류는 흔히 수피가 붉은 색을 띠는 적송赤松과 피가 검은 해송海松, 잣이 열리는 백송柏松, 그리고 미국이 원산지인 리키다 소나무는 어느 산에서나 흔히 볼 수 있다. 통점골 수호송은 잘생긴 적송이다. 화가가 보았더라면 바로 이젤을 세웠을 것이다.

소나무 중에 으뜸인 적송인 수호송은 애향심을 키우는데도 한몫하고 있다. 타동네에서 나무 이야기가 나오면 통점골 수송이 자랑거리가 되어 긍지를 심어준다. 소나무의 생태는 한민족의 삶의 역정을 잘 간직한 나무로 우리에게 친근감을 갖게 한다. 온대지역의 고산이나 경사면에서 잘 자라 온 것부터 지정학 상 어려운 한반도를 연상하게 한다. 특히 햇빛과 물 빠짐이 좋으면 어디서나 잘 자란다.

"남산 위에 저 소나무 철갑을 두른 듯 바람서리 불변함은 우리 기상일세."

애국가 2절의 소나무는 우리 민족 수난극복의 역사를 상징적으로 잘 표현했다. 우리 민족의 생활과 정서 속에 깊이 뿌리내려 동고동락하는 나무로 겨레의 가슴속에 자리하고 있다. 통점골의 노장송도 갖은 시련과 역경을 헤치며 이리 늘어지고 저리 굽어지면서도 꿋꿋하게 버텨낸 장대한 모습으로 마을을 지켜낸 승리자의 의기와 위엄이 서려있다. 통점골의 역사를 간직한 어른 나무이다.

우리나라 소나무의 대표 격은 많이 훼손 되었으나, 천연기념물로 지정된 속리산 정이품송을 들 수 있다. 1464년 세조가 이 나무 아래를 지나가려 할 때 가지를 스스로 위로 쳐들어서 그 행차를 도왔다 한다. 이에 감탄한 세조는 즉시 정이품의 위계를 하사하고 잘 보호하도록 했다는 일화가 있다. 이처럼 소나무는 다른 나무와 달리 의인화하여 보려는 경향이 있다. 이는 그만큼 소나무가 갖는 내적 외적 삶의 모습과 상징이 우리 생활 속에 깊이 새겨져 있기 때문일 것이다. 통점골 가족들도 동북쪽을 지키는 수호송인 노장송을 마을의 가족과 같이 아끼고 사랑한다.

몇 년 전 광주시청에서 보호수로 지정하겠다는 것을 동네 사람들이 거절했다. 마을에서 보호하겠다는 것이다. 보호수로 지정되면 나무 둘레를 쇠울타리로 막고 노송 가까이 들어갈 수 없기 때문에 나무그늘 아래서 동네잔치도 벌일 수 없다. 이것은 노송과의 가족 같은 관계가 멀어지는 것이기도 하다.

소나무를 바라보면 씩씩하고 강건함, 한결같은 굳은 절개, 깊은 부부의 사랑 등의 정서가 일어나 우리들 의식 속에 관념화되고 있다. 관념화된 소나무는 우리의 행동 규범에도 영향을 주어 삶을 다소간 지배해 왔다. '소나무의 한결같은 삶을 살자.' '변치 않는 우정, 사랑' 등은 소나무의 상징성에서 받은 문화 행동이라 말할 수 있다.

공자는 소나무를 세한송백歲寒松柏이라 하였다. 소나무는 한겨울 대지가 꽁꽁 얼고 눈보라치는 추운 날씨에도 늘 푸름을 잃지 않는다. 소나무와 잣나무의 변치 않는 절개와 지조를 말한 가르침이다. 어려운 처지에 놓였을 때 비로소 그 사람의 진가가 들어 난다는 것을 세한송백에 비유하고 있다. 퉁점골은 가톨릭 신앙촌이다. 마을 사람들은 소나무의 불굴 불변의 정신을 이어받아 하느님께 대한 굳은 믿음을 간직하고 꼿꼿이 살아온 신앙 후예들이다.

특히 아름다운 솔잎은 완전무결한 부부애를 상징하고 있다. 솔잎은 아랫부분이 서로 붙여진 두개의 잎이 한 입자루를 이룬다. 그리고 두 잎 사이에 사이눈 이라는 작은 생명체가 있고 이 두 잎이 늙어 떨어질 때에는 함께 최후를 마감한다. 부부 백년해로의 이상적 모습이다. 그리고 한 엽초(입자루)안에 두 솔잎이 함께하는 것을 보고 음양수陰陽樹라 부르기도 한다.

하루에도 몇 번씩 동북 수호송을 바라보며 살아온 퉁점골 사람들. 그들은 노장송의 기개를 닮지 않을 수 없다. 불변하는 믿음, 우애, 사랑, 인정이 무의식 저변에 잠자듯 저축된 옹골진 마음들이 피어나 허세를 버리고 단아한 교우촌을 이루어 왔다. 퉁점골 사람들의 우직하면서도 굳건한 믿음의 생활과 지극한 부부애도 매일같이 노장송을 바라보며 깊이를 더해가고 있다.

연초록 하늘의 평화가 지붕을 이루고 오순도순 우유 빛 사랑이 넉넉히 감도는 퉁점골! 아름다운 자연이 주는 풍요가 마을 사람들의 성정을 곱게 곱게 다스려 조촐한 오늘을 있게 했다. 동북 수호송이 마을 안위를 말없이 지켜주었기에.

6부
교직 외길 40년

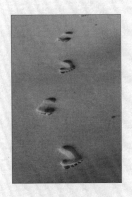

교직 외길 40년
(퇴 임 사)

오늘을 마지막으로 40여 년간 정들었던 교정을 떠난다고 생각하니 새삼 만감이 주마등처럼 스쳐, 갖가지 상념들로 어지럽습니다.

저는 지금부터 40년 전 사범학교를 졸업하고 1959년 5월 23일, 18살에 교편을 잡은 이후 군 생활을 포함하여 초등학교에서 10년, 중학교에서 10년, 고등학교에서 20년 등 40년 3개월간의 정든 학교생활을 오늘 마치게 됩니다.

그동안 교육계에 크게 공헌한 바는 없지만, 시시각각으로 변화하는 교육환경에 잘 적응하여 대과 없이 교직인생 40여 년을 마칠 수 있도록 돌보아 주신 하느님께 먼저 감사를 올립니다.

그리고 여러 가지로 불민한 저를 애정 어린 손길로 가르쳐 주시고 보살펴주신 존경하는 교육 선배, 동료 여러분께 머리 숙여 깊은 감사를 드립니다. 특히 교직 생활 마지막 장에서 믿음과 사랑으로 함께 해 주신 신명의 교육가족 여러분께 더 없는 고마움과 인간적인 애정을 간직하게 됩니다.

저는 일제로부터 조국이 광복되기 4년 전인 1941년 경기도 용인시 처인구 양지면 남곡이라는 가톨릭 신앙촌에서 3대째 가톨릭 신자 가문에서 태어났습니다. 제가 출생하여 유년시절을 보낸 그곳은 무척 가난한 농촌이었지만, 신앙 안에 하나 되어 사랑과 평화가 늘 감도는 따뜻하고 인정어린 곳으로 기억됩니다.

제가 초등학교 3학년 때 동족상잔의 6·25 전쟁이 발발하였고 4·19, 5·16, 5·18 등 정치적, 사회적으로 대 혼란기인 한국 현대사의 최대 격동기에 청소년기를 보냈습니다. 기억에 남는 것은 가난, 배고픔, 질병, 혼란, 공포 등 인간 삶의 최악이었습니다. 삶의 절박함을 견뎌, 생명 유지에 급급한 상황이었고 직업 구하기가 시쳇말로 하늘에 별따기였던 시절이었습니다.

저는 가톨릭 가정에서 신앙교육을 받고 성장하면서 성당에서 여러 사람을 위해 봉사하고, 하느님께 미사를 봉헌하는 신부님이 되는 것이 최대의 꿈이었습니다. 이후 저는 그 꿈을 실현하기 위하여 시골에서 중학교를 졸업하고 서울 혜화동의 소신학교에 입학하여 성직자의 길을 걸으려 하였으나, 집안 어른들이 장남은 가정을 지켜야 한다고 강력하게 만류하므로 차남인 저의 동생이 신학교에 보내지고 저는 서울 사범학교에 입학하게 되었습니다. 이어 3년 후 사범학교 졸업과 동시에 초등학교 교사가 되어 첫 부임지인 성북구 삼선초등학교에서 교직인생을 시작한 이래 지금까지 교직 외길 인생을 걸어, 오늘에 이르게 되었습니다.

저는 학생들과 함께 하는 시간이 늘 즐거웠습니다. 그들은 내가 공들인 만큼 언제나 정직하게 내게 예쁜 모습으로 다가왔습니다. 나름대로 열심히 준비하여 지도하는 데 따라 그들이 소박한 심성으로 공감해주고 만족스러워하며 인간적인 믿음이 쌓여 나를 신뢰하고 따를 때 나는 참으로 행복했습니다. 나는 학생 개개인의 진로지도와 특기지도에도 관심을 갖고 연구하며 학생들을 위해 더욱 정성을 기울이곤 했습니다.

저는 아버님의 권유에 따라 교직을 택했지만, 점차 교직생활의 매력도 찾을 수 있었습니다. 그리하여 부지런히 연구 노력하면, 교직도 내게 보람과 행복을 가져다 줄 수 있다는 확신에 이르렀고, 또한 당시 나의 가치인식과 적성에도 어느 정도 부합됨을 느끼게 되어 오늘에 이르게 되었다는 생각이 듭니다.

당시 같이 근무하던 선생님들 중에는 교직생활에 회의를 느끼고 항상 불평불만에 싸여 근무하시는 분도 많이 계셨습니다. 저는 이분들의 생각도 이해하고 있습니다. 당시, 정통성을 제대로 확보하지 못한 정부와, 교육의 중요성을 절실하게 인식하지 못한 위정자들은 너무나 형식적인 교육 투자로 일관했고, 정권 유지를 위한 정권 안보 및 홍보를 위해 교육계를 정치적으로 이용해왔습니다. 더불어 계속되는 교직자 경시정책은 교사들의 의욕과 교육열을 도산시켜 교육의 보람과 긍지는커녕, 교직을 호구지책으로 전락시켰습니다. 따라서 교육은 성직이 아니라, 교육 말직으로 전문성이 철저히 무시되었던 기막힌 시절도 있었습니다. 이러한 교육자 경시 경향은 작금에 와서 최고조에 달하지 않았나 생각되어 분노와 슬픔을 금할 수 없고 앞으로 국가 사회의 장래가 걱정되는 바 큽니다.

교육에 있어서 교육자의 책무와 역할의 중요성은 아무리 강조해도 부족함이 없는 절대적 당위입니다. 오늘날 우리 사회는 교육자의 역할과 중요성에 비해, 그 사회적 경제적 처우가 매우 미흡합니다. 우리 교육자들이 미래 지향적 사명감을 확고히 가지고 교육 활동에 매진할 수 있도록 교육 여건 및 환경의 개선과 더불어 경제적 사회적으로 존중될 수 있기를 간곡히 바라 마지않습니다.

또한 능률과 실질, 방법과 결과만 중시하는 사회풍조가 교육현실에도 팽배하여, 공부 잘하는 학생만 인정받고 대접해주는 교육의 보편성과 개별성이 무시되는가 하면, 학교는 학원교육보다도 못하다는 비판을 들으며 사회로부터 질타 당하기도 했습니다.

이런 교육현실에서 성실과 인내로써 교육본질을 찾아 학생들의 인격과 정신적 가치를 존중하고 높이기 위해, 좀 더 적극 교육활동을 하지 못한 것을 깊이 반성하고 있습니다.

저는 40여 년간의 학교생활을 하면서 연중 가장 중요한 학교행사인, 입학식, 졸업식을 제대로 치른 경험이 별로 없습니다. 학생들의 여린 마음을 활짝 열어주지 못하는 교육현실, 무한한 욕구와 호기심을 채워 주지 못하는 교육활동, 거대학교, 다 인구 학급, 비인간적 교육환경 등이 한계라고 변명하면서도 늘 학생들에게 미안했고 이러한 비교육적 상황이 사회 공동체 생활에 미치는 영향을 생각할 때 괴롭고 안타깝기 그지없었습니다.

교육동지 여러분!

모두 좋은 분위기에서 식사도 하고 차도 마시며 좋아하는 사람과 담소 나누는 것을 즐기시지요. 이제 교육 활동도 무드가 없으면 교육효과가 반감되고 학생들의 공감도 얻을 수 없는 시대인 것 같습니다.

교회 예배에 째즈 음악이 등장하고 있지 않습니까? 잠재적 교육환경이 매우 중요시되는 시대에 우리들은 살고 있다고 보겠습니다.

아버지 사무실에는 냉난방기가 설치되어 있어서 쾌적한 환경에서 능률적으로 일을 할 수 있는데 우리들의 가장 사랑스런 귀여운 자녀들의 교실은 왜 이토록 잔인하게 방치되어야 합니까?

구청과 시청, 경찰서는 호텔과 같이 화려하고 웅장하게 건축하면서 학교는 포로수용소와 같이 수 백 명의 학생들이 복닥거리는 짜증나는 학교 교육현장은 언제까지 계속되어야합니까?

민주주의와 인간존중의 가치를 가르치는 학교 교육투자야 말로, 미래 선진 사회 건설의 지름길이 아닌가 생각됩니다.

저는 오늘 '명예퇴직'이라는 미명하에 교직 인생을 끝마치지만, 그 동안 학생 교육활동에 끝까지 최선을 다하지 못한 점, 교육가족 여러분께 따뜻하게 일관하지 못한 점, 저희 가족들에게 너무 지나치게 내 핍생활을 강조한 점 등 많은 아쉬움과 부족함만 남기고 떠나게 되어 교육 가족 여러분께 죄송스러울 뿐입니다.

그러나 점차 개선되어가는 교육 환경과 믿음직한 교육동지, 후배 여러분들이 계시니 저의 아쉬움과 부족함은 충분히 보충되어 모든 학생들에게 활력과 희망을 주는 교육환경으로 전환되리라 믿어 의심치 않습니다.

저는 이제 여러 아쉬움속의 인생 전반을 마치고 후회 없는 제2의 인생을 준비하고 있습니다. 한번 밖에 주어지지 않는 나의 소중한 남은 인생을 보기 좋게 늙어가면서 언제나 넘치는 생명력으로 내가 계획한 일에 최선을 다 할 것입니다.

저는 비록 교육계를 떠나더라도 마음은 항상 교육자로서의 긍지와 사랑을 간직하고 새로운 세계에 적응하도록 노력하겠습니다. 앞으로도 여러 선생님들께서 변함없는 우의와 사랑으로 대하여 주시기 바랍니다. 저는 이제까지 짧은 식견과 인생을 경험했지만 개인 생활의 측면에서 가장 중요한 것 세 가지를 들라면,

첫째 건강,

둘째 직업,

셋째 결혼이라고 말하겠습니다. 이 세 가지는 사회생활과 개인 생애의 기본을 이루고 평생을 두고두고 작용하기 때문입니다. 이 세 가지를 잘 가꾸어 나갈 때 결국 성공할 수 있고 행복해 질 수 있으며 보람찬 인생을 맞이할 수 있을 것입니다.

저는 누구나 기도하는 마음이 필요하다고 생각합니다. 기도할 때 나를 알게 되고 허욕에 빠지지 않습니다. 저는 기도로써 나의 모든 희망을 이루었습니다. 저는 저의 소시민적 소박한 가치 기준 때문인지, 아쉬울 게 하나도 없이 모두 충만 되어 행복하기만 합니다.

여러 선생님들 모두 행복하시기 바랍니다.

인간이란 가치관에 따라 관점을 조금만 바꾸면 평소 소중한 것과 하찮아 보이던 것이 쉽게 바뀌어 지기도 합니다.

부디, 꾸준히 건강을 위해 노력하시고, 긍정적 인간관계와 직장생활로 나의 발전과 사회에 기여하며, 가정에 무엇보다도 충실해서 부부화합을 이루어 향기로운 가정, 행복한 가족 되도록, 이제 저의 이름

은 여러 선생님 앞에 점차 사라지지만 멀리서, 뒤에서, 간절한 기도를 하느님께 드리겠습니다.

제가 이 자리에서 말씀드릴 것은 못되지만, 저는 그동안 아내에게 너무나 많은 짐을 지워주고 40여 년간 고생을 시켜왔습니다. 이제 저의 아내 짐도 덜어주고, 남은 인생을 좀 더 자유로운 의지대로 제가 하고 싶은 일을 구가하며 어려운 사람들을 찾아 나설 것입니다.

이제 끝내는 말씀으로 교육동지 여러분과 나의 가르침에 잘 따라준 사랑하는 제자들, 그리고 물심양면으로 진정 학교 교육 발전을 위해 협력해 주신 학부모 여러분께 감사의 정을 가득 안고 이 정든 자리를 떠나고자 합니다.

그간 여러분께서 보여준 우의와 사랑을 간직하고 몸도 마음도 건강하게 살아갈 것입니다.

이제 자주 뵐 수 없게 되겠지요, 그래도, 앞으로 여려 선생님 가정의 대소사에 어김없이 연락 주셔서 변함없는 우정과 사랑의 징검다리가 될 수 있기를 소망합니다. 거듭, 여러 선생님과 가정에 건강과 행복이 충만하시기를 기원하며 모든 일에 하느님의 축복이 늘 함께 하시기를 기도드리겠습니다.

안녕히 계십시오.

1999. 8. 31

작품해설

· 이철호 문학평론가
· 박상률 작가

파동치는 삶의 지향성이 빚어내는 사유의 윤슬

주께서 원수들 보라는 듯 상을 차려 주시고 기름 부어 내 머리에 발라 주시니 내 잔이 넘치나이다. – 시편 23:5

어찌 70 평생 웃을 날만 있었겠는가. 평화롭고 걱정 없는 날만 있었겠는가.

가슴을 찢는 날은, 고통으로 긴 밤을 지새운 날은 없었겠는가. 혹 떠나가는 사람으로 그리움의 눈물을 흘린 적은, 고대했던 기다림이 허무하게 무너져 내린 일은 없었는가.

그렇다고 생이 고통만은 아니었던 것을, 잠잠히 그대를 바라보며 가슴 벅찬 날이 얼마였던가. 오랫동안 바래왔던 것이 꿈처럼 이루어졌을 때 세상은 또 얼마나 살만한 것이었던가. 거리를 따라 꽃들이 산들거리고 흰 구름이 야트막한 산위로 흘러가고 있던 그 여름은 또 얼마나 뜨거웠던가.

그렇다. 살아왔던 지난날들을 돌아보며 '내 잔이 넘치옵니다.'고 고백할 수 있는 사람은 과연 몇이나 될까. 목숨같이 사랑했다. 때로 죽을 만큼 아팠다. 한 순간 순간 최선을 다하며 살았다. 지나간 삶의 발자국이 충일한 기쁨으로 다가올 수 있는 지금, 생은 충분히 아름답다.

처음 그 아름다운 생이 시작되었던 곳은 어디일까.

남곡 마을의 곡창이었던 벌터는 옛날 고향사람들의 생활터전이었다. 가을이면 풍요가 넘실거리며 평화와 기쁨이 마주하던 들녘은 찾을 길이 없다 …
나만의 상처이며 허탈인지… 고향을 등지고 돌아오는 곳곳의 풍광도 다를 바가 없었다. 저녁연기 모락모락 한가롭던 고향은 이제 나만의 환상이 되어버렸다.

친구의 장례절차를 끝내고 무덤가 언덕배기에서 내려다 본 고향마을은 뿌옇고 희미하게 어른거린다. 친구가 화사하게 웃으며 다가왔다 사라진다.
무디어진 고향 마을에 겹쳐진 얼굴. 끝내 아쉬움을 그리며 사라지는구나!
사라진 친구는 그리움으로 다시 만나리라. 그리고 고향을 속삭이리라.
고향은 잃어버린 것이 아니고 사라지는 것이로다.

1940년대부터 50년대 중반까지 어린 시절 작가의 갖가지 추억이 깊이 새겨진 고향산천이 아무렇지도 않게 변해가는 모습을 안타깝게 묘사하고 있는 작품 〈사라져버린 고향〉이다. 고향은 '잃어버리는 것이 아니고 사라지는 것'이라고 작가는 말한다. 그렇다면 잃어버리는 것과 사라지는 것의 그 차이점은 무엇일까. 잃어버리는 것이 완전한 상실을 의미한다면 사라지는 것은 불완전한 잃음 즉, 반쯤의 잃음을 의미하는 것일까. 존재하지만 실재하지 않는 고향에 대한 안타까움이 잘 그려져 있다. 그러면서 작가는 개인적인 자신의 일에서 사회적인 현상으로 관점을 확장해 간다. 즉 "W.H 화이트는 현대 문명은 고향을 떠나는 데서 시작된다고 말하고 있다. 그러면서 고향을 등진 사람을 '조직인'이라 부른다."라며 현대의 문명이란 고향을 잃어버린 뿌리 없는 삶임을 역설하고 있다.

또한 작가는 고향이 물리적인 장소의 개념만이 아니라 고향을 지키고 있는 친구가 고향이라는 정서적인 개념으로서의 고향에 더 깊은 의미를 두고 있다는 것을 발견하게 된다. 결국 우리는 서로에게 고향과도 같은 존재가 될 수 있기에 〈사라져가는 고향〉을 두고도 여전히 웃을 수 있는 것이다.

작가의 안타까운 심정 가운데서도 암묵적인 논리 전개가 유려하다.

〈누구시더라?〉는 한편의 콩트 같이 알콩 달콩한 맛이 일품이다. 가감 없이 드러나고 있는 감정의 추이들을 따라가다 보면 미처 알지 못했던 사람의 심리를 알아간다는 묘한 쾌감을 불러일으키기도 하며 별로 다루어지지 않았던 소재가 주는 호기심도 독자의 재미에 한 몫을 한다. 맛깔스런 아줌마의 수다를 듣는 듯 세세한 감정의 마디들을 짚어가며 이야기를 끌어가는 작가의 역량이 돋보인다.

특히 아내와 동행할 때 가끔 섭섭한 생각이 들 때가 있다. 아내가 거리를 두고 따라 오거나 아는 사람을 만나도 모르는 척 하는 모습을 보이면 고깝다 … 그러나 어찌하랴. 느낌에는 윤리성이 없다하지 않았는가.

…

순간. 아내의 체온이 느껴지며 아내의 눈을 통해 '간곡한 염원'이 내 몸에 닿아 있었다. 어느새 잘잘못과 가치를 따지고 싶지 않았다. 외모나 돈 문제가 아니라 아내의 마음만 헤아리고 싶었다.

…

내가 보아도 10년은 젊어 보였다. 이리 보고 저리 보며 아내는 더없이 만족스러워 했다. 마트를 나와 아내는 오랜만에 팔장을 끼고 기고만장하여 거리를 활보하였다. …

젊어진 외모는 좋은 일이나 이제 아는 사람을 만나면 어쩌나 하는 걱정이 앞섰다. … 그러나 언젠가 모두 한번은 부딪힐 것 아닌가. 내가 죄를 지은 것도 아니고 부끄러워할게 뭐 있나. 이럴 때는 용기가 아니라 뻔뻔스런 뱃심이 필요했다.

그렇다. 작가의 반짝이는 머리로 인해 가발을 맞추는 일련의 상황 속에 변화하는 작가의 감정이 속도감 있게 잘 표현되어 있다. 이러한 긴장감 있는 심리묘사는 독자의 시선을 집중시킬 뿐 아니라 한편의 짧은 소설을 읽듯 흥미진진하게 독자를 작품에 빠져들게 하는 것이다.

한편, 세족벌洗足罰은 참으로 감동적인 글이다. 차라리 숭고하기까지

하다. 사람이 성숙해지고 성장한다는 의미는 무엇일까. 그것은 한 사람으로서 당당하게 설 자립을 넘어서서 사람을 사랑할 능력을 갖추는 것이 아닐까. 이 땅에서 사람을 세우고 사랑하는 일만큼 더 큰 일이 있을까.

　　크리스천인 L선생은 언제나 학생들을 자기 자식 대하듯 사랑으로 지도하였다. 교육활동 모든 분야에 조금도 소홀함이 없이 교사로서의 책무를 빈틈없이 해 나가는 것을 볼 수 있었다. 특히 이 분은 학생 생활지도가 잘되면 학습지도는 저절로 잘된다는 교육신념을 갖고 있었으므로 꾸준히 성실하게 학생 생활지도에 온 힘을 기울였다.

　　…

　　"왜 이러세요 놓으세요! 그만 놓아요!" 흥식이는 양말을 벗지 않으려고 몸부림치며 몹시 저항했다. 선생은 힘으로 양말을 벗기고 미리 준비한 물 대야에 학생의 발을 넣었다.

　　"내가 네 부모라고 생각해라. 부모가 자식 더러운 발 못 씻어 주겠니?" 흥식이는 얼굴이 붉으락푸르락 어쩔 줄 몰라 하며 발을 비비꼰다.

　　"그만 하세요!"

　　"이 더러워진 물 봐라, 가만있어라." 선생이 의자 밑에서 발을 골고루 씻기자, 강심장의 흥식이도 어쩔 줄을 몰라 하며 몸을 뒤틀었다.

　　…

　　L선행은 흥식이의 발톱을 깎기 시작했다. 그리고 새 양말을 책상 서랍에서 꺼내 신겼다.

　　…

이후 흥식이의 언행이 돌변한 것을 보고 모든 선생들이 놀라워하며 그를 지나칠 적마다 한마디씩 칭찬을 아끼지 않았다.

여러 선생님들의 진심어린 칭찬을 들을 적마다 흥식이는 은근히 기분이 좋았다.

L선생의 세족벌 착상도 교회 세족례에서 비롯되었을 것으로 생각된다. 가장 낮은 자 되어 사랑으로 가르칠 때, 이 사랑의 교훈은 어떤 두터운 벽도 가볍게 허물 수 있으리란 믿음이 있었던 것이다.

L선생은 단지 선생이라는 직업으로 학생들을 대하지 않았다. 진심어린 마음으로 학생 한 사람 한 사람 충일한 삶을 살아가길, 그 미래가 빛나길 바라는 깊은 사랑이 있었다. 그렇기에 아프고 힘들어하는 어린 싹을 어떻게 하면 바르게 지도할 수 있을지를 고민하며, 진정 자신의 마음을 온전히 드러내는 한 방법으로 '세족벌'을 생각해 낸 것이리라. 아마도 크리스천인 L선생은 깨어져 아파하는 어린 학생들을 예수님과 같은 심정으로 바라보았을지도 모르겠다.

작가는 같은 학교 선생으로서 L선생에 대해 이야기하고 있다 다른 선생들이 시기하고 질투하는 가운데 조용히 L선생을 지켜보았던 작가. 비록 자신이 아니었을지라도 그렇게 진정한 사랑으로 제자를 돌보는 L선생에 대한 작가의 시선이 따뜻하다. 사랑의 마음은 사랑으로 통하기 때문이다.

하지만 여기서도 작가의 사고는 유연하게 확장되어간다. "사랑할 줄 아는 자는 벌할 줄도 안다."는 프랑스 속담을 들어 잘못된 체벌은 진정 사랑할 줄 모르기에 비롯된 것이라며 무분별한 체벌도 문제지만 어떤 체벌도 금하고 있는 현 교육적 현실에 대한 안타까움을 토로한다. 그러면서 L교사의 세족벌에서 교사직의 어려움과 깊어가는 교육일선의 고뇌를 보게 된다고 말하고 있는 것이다.

한편 학교 선생인 작가에게서 다소 의외로 느껴지는 제목, 〈술자리! 이승에서 저승으로〉는 도대체 작가가 어떤 이야기를 할 것인지 잔뜩 호기심을 자극한다. 술자리란 말이 제목으로 나서기도 쉽지 않은데 '술자리'와 '이승에서 저승으로'의 연결고리도 선뜻 떠오르지 않기 때문이다.

글은 이렇게 시작된다.

술은 인류와 함께 해 왔다. 술의 역사는 어찌 보면 인류의 역사이다.
술은 인간의 정서를 지배한다. 그러므로 술은 살아있다.

'술에 대한 철학'이다. 대번에 독자들은 작가의 이 특별한 사랑을 알아채고 그것의 정체가 무엇인지 궁금해진다.

술의 매력은 무엇보다도 목마름을 풀어 주는 데에 있다. 몸과 마음의
갈증, 육체의 목마름과 심정적인 마음의 목마름을 풀어 주는 데에 술의
고마움이 있다. … 낭만과 우정과 인정이 춤추는 멋진 주정酒酊의 자리
이다. 정의와 의리가 살아있고 절개가 대쪽 같아 두려움이 사라진 호방

한 자리이다.

작가가 술을 사유思惟할 수밖에 없는 이유를 이렇게 말하고 있는 것이다. 그러면서 순수한 사람의 정을 나누어야할 자리가 속이고 속는 거래의 자리가 되는 것을 안타까워한다. 그러면서도 예전 같지 않은 몸상태 때문에 애주하지 못하는 서글픔을, 더욱이 인생의 끝자락에서 하나 둘 스러져가는 친구들을 보면서 술자리를 옮기고 싶어 하는 작가의 애절함을 그냥 웃고 넘기지 못하는 이유는 무엇일까. 작가의 술에 대한 애정은 결국 사람을 이어주고 맺어 주는데 있기 때문일 것이다.

이제 남은 친구 옹기종기 모여 슬프고 가여운 술잔이 몇 순배 오갈 뿐이다. 이승에서 저승으로 술자리를 옮길 날이 머지않은 것 같다. 저 세상에 가서 다시 만나 더 좋은 술 마시면 되지 않겠나.

오랫동안 바라고 소원했던 일이 이루어지면 어떨까. 늘 꿈꾸고 바랐던 일이 이루어진다면 좋을 것이다. 이 세상을 다 가진 것처럼 기쁠 것이다. 그런 한편, 우리를 깊은 내면에서는 그것이 현실화 되지 않기를, 깊숙한 내면의 것이 드러나지 않은 채 여전히 꿈꾸며 그 꿈의 자리에 머물러 있길 바라는 마음은 없을까. 이러한 심상의 일면을 보여주고 있는 것이 〈시간의 굴레〉이다.

시계 바늘이 새벽 2시를 가리킨다. … 신문과 잡지를 뒤적이고 음악을 들으며 온갖 공상에 빠지기도 하고 TV를 켰다 껐다 몇 번을 반복해보지만 잠은 오지 않는다. 그래도 잠이 오지 않는 이 새벽이 마냥 즐겁고 한가롭다. 몇 달 전 40여 년 간의 직장생활을 마친 나는 오랜 감옥 생활에서 벗어난 듯 마음도 몸도 더없이 자유롭다.

아! 이제 나는 먹고 싶을 때 먹고 자고 싶을 때 자며 신나게 여행도 즐기리라. 읽고 싶은 책과 듣고 싶은 음악, 만나고 싶은 사람들… 이렇게도 홀가분하고 느긋하게 시간을 즐길 수 있다니… 꿈속 환영에 잠겨 노니고 있는 것은 아닌지.

시간에 대한 작가의 다각적인 시선이 흥미롭게 이어진다. 끝없이 펼쳐진 수평선을 따라 보이는 모두가 나의 것이다. 그렇다. 시간, 주어진 전부가 나의 것이다. 그런데 왜 망망대해에 선 것처럼 불안할까.

두 달, 석 달 … 시간이 흐름에 따라 이상기류가 짙게 드리워지기 시작한다. 넉넉하고 태평한 이 방만한 시간의 자유로움은 신혼의 꿈을 깨듯 알 수 없는 불안으로 살금살금 다가와 내 마음에 초조와 공허를 잉태하고 있다. 언젠가는 폭발하지 않을까 두려움마저 깃들고 있다.

그러면서 작가는 시간에 대한 새로운 성찰로 나아가며, 주어져 있는 것에서 표류하지 않는, 새로운 삶의 주인공, 시간의 경영자로 설 것을 결단하고 있다. 이는 시간의 눈덩이 아래 깔려 버둥대는 것이 아니라 깃대를 꽂으리라는 다짐이며, 이러한 다짐을 하는 작가의 모습이 천연스런 소년같이 새롭다. 그 새로움은 '과연 불완전한 인간에게 완전한 시간의 굴레를 벗어날 자유로움은 존재하는 것일까'라는 작가 스스로의 물음을 무색하게 하고 있다는 것을 작가는 아는지 모르는지.

무엇인가 누군가를 좋아한다는 것은 그만큼 생의 에너지가 많다는 것을 의미한다. 말하자면 '좋음'은 끌어당기는 힘으로, 스스로 나아가고자 하는 자발성이다. 그러므로 좋음은 결국 무엇을 향한, 누군가를 향한 지향성으로 나타난다. 그 좋음이 존경이란 이름을 얻는다면 지향성은 더욱 강화되어질 것이다.

> 마지막 숨을 거두시는 순간까지 저희들에게 귀한 가르침을 주셨습니다. 죽음은 또 다른 삶으로 이어져 그리스도인에게는 희망의 문턱이요, 영원한 삶의 시작이라는 굳은 믿음을 주셨습니다. … 어떻게 살아야 죽음이 두렵지 않은지 보여 주셨습니다. 새로운 생명에의 희망을 주시고, **죽음까지도 구원의 빛으로 맞으셨습니다.**

〈추기경의 선종〉은 김수환 추기경의 죽음을 맞아 깊은 애도와 존경심을 표현하고 있는 작품이다.

작가는 추기경이 선종했다는 T.V 뉴스를 듣고 한참동안 아무 생각도 할 수 없었다고 한다. 그만큼 작가에게 추기경의 죽음은 구체적이고 실질적으로 다가온 사건이었다. 지극한 존경심으로 추기경과의 첫 만남의 순간을 기억하며 평소 추기경의 가르침이 어떠했는지를 돌아본다. 추기경의 가르침은 여전히 마음의 지향점이 되어 작가를 달려가게 할 것이다.

그렇다. 존경은 마음과 생각이 가야할 방향을 가리키고 있는 것이다.

한편 〈어이 맞을까 죽음을〉은 "친구 J가 운명했다."며 말문을 연다. 대문 밖이 저승이라지만 엊그제 전화 통화를 하고 온천엘 가자했던 친구가 운명한 것이다.

속절없이 떠나가는 친구들을 보며 자신의 차례 또한 얼마 남지 않았다는 것을 예감하며 죽음이 무엇인지 깊은 상념에 잠겨 독자들에게 삶의 소중함을 다시금 일깨우고 있다.

> 악몽 속에서 그림자 밟듯 흐릿하게 마음 한구석에 새겨져왔던 죽음. 이제 아주 가까이 도사리고 있음이 친구들의 죽음을 통해 직감하게 된다.
> 저 멀리 미지의 시베리아 북극성 밑에서 얌전하게 졸고 있는 죽음이 지금도 기척 없이 졸고만 있는지, 아니면 험상궂은 얼굴로 달려오고 있는지, 달려와 창문 너머로 노려보고 있지는 않은지. 홀연히 아무 예고 없이 찾아오는 죽음이기에 어둠 속에서 미친 듯이 춤추며 날아드는 갖가지 상념들이 제멋대로다.

작가의 말대로 죽음을 멀리 바라보고 묵상 없이 사는 삶은 분명 무디고 안일한 삶이다. 죽음을 의식하지 않은 '깨어있음'이 있을 수 없기 때문이다. 인간의 불완전성은 한계성의 분명한 자각 없이는 그저 흘러가는 대로 표류할 뿐인 것이다.

삶에 만약 죽음이 없다면 그 의미를 잃고 무력하게 펼쳐질 것이다. 죽음이 삶을 보듬어 주기에 그 삶은 보람으로 채울 수 있고 그 진가도 높아만 가고 아름다움을 지니리라.

그러면서 결국 작가는 아름다운 마무리를 위한 성숙하고 품위 있는 죽음에 대한 생각에 이르게 되면서 죽음이 있기에 삶은 더욱 아름답다는 사실을 확인하고야 만다.

어떤 생의 마감이든 자연의 섭리를 거스르는 추한 죽음이 아니라 이에 당당하게 호응하는 죽음이 되었으면 좋겠다. 생이 의도된 시작이 아니 듯 죽음도 때가 되면 당당하게 맞이하는…
"사람아 흙에서 왔으니 다시 흙으로 돌아갈 것을 생각하여라. (창세기 3:19)"
그러나 죽음을 자각하면 할수록 삶이 더욱 소중하여지니 이 아름다운 생…

죽음을 당당하게 기쁨으로 맞이하는 가장 행복한 인생을 산 사람이고 싶다고 말하고 있는 것이다.

이렇듯 죽음에 대한 성찰은 현재의 있는 모습이 얼마나 귀하고 소중한지를 일깨우기에 충분하다. 당당하게 죽음을 맞이하는 이에게도 여전히 가족과의 이별은 슬픔일 수밖에 없기 때문이다. 그렇기에 〈저녁이 있는 삶〉은 제목 그 자체만으로 가족의 따뜻함과 삶의 여유를 느끼게 한다.

행복은 빛나는 태양처럼 뜨겁게 다가오지 않고, 거대한 파도처럼 밀려오지도 않는다… 행복은 잔잔하고 고요하게 스쳐지나가는 미풍과 같아 바쁘고 산만한 사람은 느끼기 어렵다. 그것은 삶의 여백에서 꿈틀거리며 불어오는 미세한 파동 또는 훈풍이라고 할까.
… 아무리 바빠도 마음에 자리를 내어 준다면 여유가 생기고 그 미세한 공간에서 행복이 꿈틀거린다…

둘째 딸 남희는 아들 형제를 낳으면서 집안에 TV를 없애버렸단다. 그러면서 스마트폰이나 텔레비전을 보는 대신에 책을 읽고 함께 이야기를 나눈다고 한다.

그러면서 딸 내외는 소소하게 반복되는 일상 자체가 행복하도록 '저녁이 있는 삶'을 매우 중시한다고 한다. 직장이나 친구들, 학원에 저녁을 뺏기고 아등바등 살아가는 대부분의 사람들을 보면 '저녁이 있는 삶'의 추구가 얼마나 가치 있는 생명의 순순환을 불러오는지 잘 보여주고 있다.

그렇다면 작가의 일상에서의 소소한 삶의 행복은 무엇일까. 〈야생화의 속삭임〉이 일상적인 소소함에서 찾는 작가의 행복론이라고 말한다면 지나친 비약이 될까.

> 벌써 현인능 꽃시장은 만원이다. … 아내가 선호하는 꽃은 매년 거의 같다. 카멜레온, 포테리카, 임파첸스, 배고니아 … 이 꽃들은 봄부터 피고 지고를 계속하여 눈과 마음을 즐겁게 해준다.
>
> … 그 이듬해에도 다시 꽃을 피워주었으면 좋으련만 몹시 아쉽다. 봄이 다시 왔을 때 그 꽃들을 또 사다 심지 않아도 그 예뻤던 꽃을 보았으면 … 그래서 생각한 것이 한해살이 꽃보다 여러해살이 꽃을 선호하면 매년 심는 노력 없이 그 아름다움을 즐길 수 있지 않을까 하는 것이다.

그래서 우리나라 재래종이나 야생화를 심기로 한 후 꽃의 특성을 알지 못해 실패하였던 경험, 우리 꽃 야생화의 매력에 흠뻑 빠지게 된 경위들이 소상하게 묘사되다가 결국 작가는 야생화와 같으셨던 어머니를 떠올리게 되는 것이다. 객관적인 묘사와 작가의 서정성이 잘 어우러져 아름다운 풍광을 만들어내는 작품이다.

한편 〈살붙이 아가씨, 하나 둘 셋 넷〉은 딸들에 대한 작가의 애정이 애틋이 녹아 있는 한 가정의 가족사이다.

각기 재능과 특성이 다르지만 네 딸들이 잘 자라 주어 가정을 이루어가는 분가의 과정을 작가는 이가 빠지는 것으로 비유하였다. 그 만

큰 작가에게는 딸들을 여의는 아픔이 크다는 의미이다. 딸 한 사람 한 사람에 대한 아빠의 각별한 애틋함이 아비의 마음 또한 모성일 수밖에 없음을 보게 한다. 어찌 이런 아름다운 딸들을 두고 야생화가 예뻐 보일 수 있었을까? 아마도 '이 없으면 잇몸으로 산다'거나 '궁하면 통한다'는 뜻이 이경우가 아닐까 싶다.

불같은 성격에 대쪽같이 곧은 큰애가 신랑과 시댁과의 푸근한 조화를 이뤄낼지 크게 걱정이 앞섰다. …

한곳에 집중하면 주변을 두루두루 살필 줄 모르는 둘째가 시댁에서 잘 생활할 수 있을지, 걱정이 되어 혼사를 거두어들일까 고민하기도 했었다.

셋째는 유독 혼인엔 무관심하고 친구들만 들끓었다. 인정이 많고 퍼주기를 잘하며 놀기를 좋아해서 걱정이었다. 성격은 느긋하고 낙천적이기는 하나 매사 합리적이고 확실하게 처신하기에 그다지 걱정을 하지 않았다. … 일곱 식구에서 피붙이 세 식구가 제짝 찾아 날아가 버리니, 까마귀 절간을 배회하듯 집안이 허허롭고 썰렁하기만 했다.

셋째가 결혼하자마자 넷째가 결혼하겠다고 서둘렀다. 대학생활에서 짝될 사람을 사귄지 몇 년이 되었고 … 넷째는 신랑 될 사람을 성당에서 세례를 받도록 준비시켜 가톨릭 신자로 만들고 둘이서 결혼 허락을 받으러 왔다. 자식 이기는 부모 없다고 저희들의 지극한 사랑을 외면할 수가 없었다.

…

이젠 멀리 날아가 아낙이 되었으나 내겐 영원한 살붙이 하나, 둘, 셋,

넷! … 꽃들도 서러울까. 봄은 분명 봄인데 공허한 가을 하늘이 흐른다. … 살붙이가 주던 평화와 행복! 아름다운 추억으로만 살 수 있을까? 이 없이 잇몸만으로 밥을 잘 먹을 수 있을까?

역시 아무리 아름다운 야생화일지언정 살붙이 딸들이 가져오는 기쁨과는 전혀 비교될 수 없는 것인가 보다. 살붙이 딸들보다 더 아름다운 야생화가 어디에 있겠는가.

자녀들이 떠나고 난 빈 자리에는 오도카니 부부 내외만 남았다. 나이는 어쩔 수 없는 듯 부부에게 망각이 찾아들기 시작했다. 〈행복한 비역사적 인간〉은 그렇게 탄생하였다.

> 니체는 현재의 삶을 있는 그대로 받아들이지 못하는 사람을 '역사적 인간'이라고 불렀다. 이 역사적 인간들은 현실에서 불행한 삶을 숙명적으로 짊어질 수밖에 없으므로, 행복해지기 위해서는 망각의 능력을 키워야 한다고 말했다. 망각을 중시한 셈이다. 지금 우리 부부에게 이보다 더 큰 위로가 없다. … 우리 부부는 지금 망각을 통해 행복을 가꾸고 있는 중이다.

니체의 〈역사적 인간〉론을 빌어 와 부부의 행복론을 이야기 하고 있는 작가의 역설이 그다지 억지스러워 보이지 않는다. 현재를 받아들여 감사하고자하는 마음이 자연의 순리를 따라 흐르고 있기 때문이다. 이런 부부의 노년의 삶의 근거지는 〈퉁점 그리고 동막골〉이다.

내 삶의 둥지요, 꿈의 안식처!

오포 문형산 중산 간 해발 250미터의 퉁점골

그리고 이곳을 밑돌아 받쳐주는 아랫마을 동막골

문형산 품안의 퉁점은 동막의 지붕이요, 동막은 퉁점의 기둥이다.

퉁점과 동막은 마주보고 오가며, 오르락내리락 형제처럼 정겹다. 아랫마을 동막이 있기에 나의 안식처 퉁점의 순수는 아직도 감동이 머문다. 온갖 세상 잡사를 소화하고 막아주는 동막은 퉁점의 관문이다. 문형산 외딴 퉁점은 한적한 은둔지이나, 동막의 나날은 분주 다망한 생활 전선이다. 밀려오는 세태와 타협하고 도심을 지향하는 다양한 모습으로 일몰이 무시되는 동막. 동막이 있기에 퉁점의 고요는 살아있고, 산촌 그대로의 신선한 정취도 인정도 한가로이 평화롭다.

이 작품에서 먼저 눈에 띄는 것은 유려하면서도 아름다운 문체이다. 문장의 수려함이 동막과 퉁점의 묘한 매력에 빠져들게 하여 마치 살아있는 동막과 퉁점의 심장 박동소리를 듣는 듯하다.

이런 곳에서의 삶이 어찌 늘어질 수 있겠는가. 이곳 퉁점에서 사라진 고향이 노년의 심장에서 또렷이 고동치기 시작하는 것이다.

생기 가득한 하루의 시작이 터질 듯 힘차다. 방금 끝낸 동트기 여운을 음미하며 동막을 바라보고 오늘 할 일을 추스른다.

성경에서 3이라는 수는 완성과 완전함을 의미 한다. 삼위일체 하느님에서의 3은 하느님의 세계를 뜻하고 예수님은 죽음에서 3일 만에 부활하셨다.

이렇게 3의 상징화로 작가의 삶과 영혼의 근간을 이루고 있는 신앙이 고백되어지고 있는 것이 작가의 수필 〈33〉이다.

즉 〈33〉은 어쩌면 작가에게 가장 어렵고 힘든 시기의 하나였던 군생활에서, 지급된 M1 소총 개머리판에 쓰여진 '33'을 예수님의 인간 구원을 위한 삶과 죽음과 부활의 33년간이란 의미와 통하여 군생활을 충실하게 잘 이겨내었던 신앙 고백적 수필인 것이다. 매 순간마다 세상에서 수고수난하신 예수님을 떠올리며 어려움을 이겨내고 또 도우심을 요청하였던 것이다. 그러한 작가의 신앙은 그것이 비록 외부적으로 생경하게 드러나지 않더라도 작가의 풍성하고 아름다운 삶의 뿌리로서 기능하고 있으리라.

나는 3대째 가톨릭 신자이다. 그동안 모든 생활이 신앙 안에서 이루어졌다. 나는 예수님께서 이 세상을 구원하기 위한, 강생기간 33년을 연상했다. 이 세상의 구원 사업을 위해 수고수난하신 예수님을 생각하며 힘들다는 군생활을 33번 M1 소총과 함께 잘 이겨내 충실히 해 내리라, 굳게 마음 먹었다.

,,,

번번이 두려움 없이 크고 작은 사고에서 나를 비켜가게 한 힘은 과연 무엇일까?

…

절대자를 신앙하는 힘은 인간의 정신력을 초월할 수 있는 위대한 힘
으로 여기서 보게 된 것이 아닐까?

그렇다. 작가의 생의 중심부를 유유히 흘러가며 무수한 생명의 기
운을 불어 넣었던 것은, 의심 없이 생을 받아들이고 도전의 순응을
이끌어내었던 것은, 깊이 내화內化된 작가의 신앙이었으리라. 그것은
삶과 분리될 수 없는, 일체화된 신앙과 삶이 가져오는 지향점을 향한
역동성이었으리라. 작가의 수필집 제목 〈내 잔이 넘치옵니다〉에는
고요한 감사가 흐르고 있다. 신앙의 향기가 기도처럼 부드럽게 발목
을 적시고 있는 것이다.

오랫동안 책 읽기와 글쓰기에 몰두한 작가의 열정이 작품의 곳곳
에 배여 있다. 광범위한 철학적 지식은 작가의 사고의 지경을 넓혀
주고 삶의 새로운 안목을 열어주었을 터, 작가의 글을 읽으며 작가의
시선에 서게 되니 별다른 수고 없이 편견과 아집의 턱들을 넘어 독자
로 새로운 평원에 세게 하는 듯하다. 또 그리하여 새로운 기쁨을 얻
는다.

뿌리를 찾고, 기둥을 세우는 글쓰기

류문수의 글쓰기는 크게 세 가지로 나눌 수 있다. 하나는 고향과 일상, 그리고 자신의 신상에 관한 것이다. 또 다른 하나는 평생 봉직한 교직 생활 동안 겪은 일이나 얻은 교훈이 그것이며, 나머지 하나는 신앙 이야기이다.

세 가지 모두 그에겐 다 중요한 일이지만, 그 가운데서도 특히 천주교 신앙은 그의 모든 것을 있게 하는 뿌리이다. 신앙을 뿌리로 하고, 나아가 현실의 다른 일로 기둥을 세우는 게 그의 삶이었다고 해도 지나친 말이 아니다.

고향에서의 일상은 성당을 중심으로 이루어졌다. 부모님을 따라 매일 같이 아침기도와 미사 그리고 저녁기도를 성당에 가서 바치곤 했다. 교리문답을 가르쳐 주시던 어머니의 낭랑한 목소리가 솔바람에 실려 정신을 가다듬게 한다. 교리를 가르쳐 주시는 시간만은 종아리채를 옆에 두고 무서운 어머니로 돌변하셨다. 나는 이곳에서 하느님의 존재를 어렴풋이나마 마음 깊숙이 받아들이기 시작했다.

– 〈고향은 어머니〉 중에서

그의 신앙의 뿌리가 아주 깊다는 것을 알 수 있는 대목이다. 그는 천주교 모태신앙인이다. 그의 신앙은 어머니와 고향을 따로 떼어서 말할 수 없다. 고향을 떠올리면 자연스레 어머니와 성당이 떠오른다. 그는 '고향은 어머니'라고 말한다. 어머니는 곧 천주교이다. 그런데 일곱 살 되던 해에 어머니가 세상을 떠난다.

> 일곱 살 되던 해 2월.
> 겨울 기운이 채 가시기도 전에 어머니의 죽음을 받아 들여야만 했다.
> 어머니의 사랑과 평화가 산산 조각 되어 날아가 버리는 것조차 알지 못
> 하고 어머니 죽음을 받아들여야만 했다.
>
> ―〈고향은 어머니〉 중에서

어린 나이에 어머니를 잃는다는 것은 상상 이상의 결핍감을 안긴다. 그도 그랬다.

> 어머니를 여의고 나는 어린이답지 않게 어른스런 점잖은 아이로 살아
> 야만 했다. 어머니의 사랑 결핍증 환자로 시들어 버린 소년기를 주어지
> 는 대로 버텨야만 했다. 어른들 요구에 따라 자기주장을 포기한 눈치 빠
> 른 아이. 어리광 한번 부려보지 못한 풀죽은 무기력한 아이로 뒤편에 항
> 상 서 있었다.
> 이 아이를 보고 어른들은 착한 아이, 일찍 철든 아이라고 말했지만,
> 실제로는 욕구불만이 가득한, 가식에 익숙한 아이였다.
>
> ―〈고향은 어머니〉 중에서

겉으로는 아무 문제가 없어 보이는, 되레 의젓하기 짝이 없는 '착한' 아이였지만 속으로는 욕구불만에 가득 차 있었던 아이였다는 진술. 어찌 그러지 않았겠는가?

친구의 장례절차를 끝내고 무덤가 언덕배기에서 내려다 본 고향 마을은 뿌옇고 희미하게 어른거린다. 친구가 화사하게 웃으며 다가왔다 사라진다. 무디어진 고향 마을에 겹쳐진 얼굴. 끝내 아쉬움을 그리며 사라지는구나!
사라진 친구는 그리움으로 다시 만나리라. 그리고 고향을 속삭이리라.
고향은 잃어버린 것이 아니고 사라지는 것이로다.

-⟨사라져버린 고향⟩중에서

고향을 지키며 살던 친구의 죽음을 맞아 '잃고 싶지 않은' 고향에 대한 그의 속내를 알 수 있다. 그래서 그는 고향이 그냥 '사라졌다고' 느낀다.
그의 잃지 않고 싶은 고향 애착은 지금 살고 있는 터전인 '문형산 퉁점골' 사랑으로 이어진다.

하느님의 사랑과 섭리가 살아 움직이는 아름다운 골짜기.
때 묻지 않은 인정과 풋풋한 싱그러움이 충만한 공간…
경직된 오랜 공직생활에 보상이라도 받듯, 만족했다.
내 유년시절의 아름다운 추억도 이곳에서 만나게 되었다. 고향의 옛 정취가 살아 있는 곳. 산천은 달라도 삶의 모습은 나의 고향 용인 양지 남곡의 교우촌과 너무 흡사했다.

-〈교우촌 통점골〉 중에서

통점골은 20여 가구 가운데 17가구가 천주교 신자란다. 1950년대까지는 마을 전체가 다 천주교 마을이었단다. 그래서 그는 통점골에서 신앙 선조들의 체취를 느낀다. 그래서 그 마을에서 오순도순 살아가리라고 다짐한다.

그의 통점골 사랑은 '통점골 소나무', '통점골 사계', '종착지 통점골' 등 많은 글을 낳는다. 그가 통점골을 무척 사랑하고 나아가 다시 만난 고향으로 느끼고 있음을 알게 하는 글들이다.

류문수는 그의 교직 생활 동안 만난 교사와 학생을 두고두고 기억한다. 그냥 특이한 존재들이라서 기억하는 게 아니고 그들의 '사고방식과 행동'이 기억하지 않을 수 없게 한다.

L선생이 담임하는 학급 학생들이 제일 무서워하는 벌이 이 세족벌이다. 학생들은 선생님께 모질게 맞을지언정, 세족벌은 결단코 싫다는 것이다. 몹시 두렵게 생각하며 조심한다고 했다. 선생님께 지적당했을 때 대야에 물을 떠오라는 말씀만 없으면 한숨 돌리며 고맙게 생각한다는 것이다.

-〈세족벌〉 중에서

L선생은 다루기 힘든, 이른바 문제아로 거칠기 짝이 없는 학생들의 발을 씻겨줌으로써 아이들의 마음을 열어 훈육하는 독특한 교육관을 실천하는 교사였다. 물론 예수의 '세족례'에서 '세족벌'을 착상했으리라고 지은이는 생각한다. 하지만 안다고 실천하기는 쉽지 않다. 그런데 L선생은 '세족벌'이 '체벌'보다 효과가 훨씬 더 크다는 것을 일찌감치 알고서 실천했다. 지금이야 체벌이 학생들에게 효과가 없고, 오히려 교사의 감정이 과하게 실리는 경우가 많아 금지되었지만 예전엔 학생들을 혼낸다는 것은 체벌을 가한다는 것이었다. 그때 이미 체벌을 대신할 효과적인 지도방식을 개발했으니, L선생 같은 이가 참교육자이리라.

교사의 훈육방식만 눈여겨 본 것이 아니다. 학생 가운데서도 깨달음을 주는 이가 있었다.

J군은 체격이 크고 강건하며 운동기능도 좋아 교내외 체육대회에 나가면 언제나 승리를 이끌곤 했다.(…) "야 이 녀석아! 넌 도서실보다도 운동장에서 많이 보내니, 대학 포기했냐"라고 하면 '씨~익' 웃으면서 "네, 이제 노력하고 있으니 문제없습니다."라고 소리쳐 대답했다. "열심히 하겠습니다."가 아니라 무어라 말하면 말끝마다 "~문제없습니다"라고 대답하는 습관이 있었다. 그래서 J군에게는 '문제없는 녀석'이란 별명이 붙게 되었다.

-〈문제없는 녀석〉 중에서

이런 제자가 자신이 하고 싶은 운동과 공부를 병행할 수 있는 전공을 하여 대학 졸업한 뒤 주례를 서 달라고 찾아온 이야기를 썼다. 지은이는 '문제없다'는 제자의 말에서 '자신감'과 '자기적성과 일치된 투지' 등을 보았다.

류문수의 글감은 신앙생활과 교직생활에만 국한되어 있지 않다. 그의 수필 소재는 도처에 널려 있다. 특히 술을 좋아하는 그이기에 술과 관련한 이야기도 빼놓을 수 없는 중요한 글감이다. 그는 '술은 인류와 함께 해 왔다. 술의 역사는 어찌 보면 인류의 역사다. 술은 인간의 정서를 지배한다. 그러므로 술은 살아 있다. 〈술자리, 이승에서 저승으로〉를 말한다. 또한 술의 속성을 지적하는 걸 잊지 않는다.

> 로마 격언에 "첫잔은 갈증을 면하기 위하여, 둘째 잔은 건강을 위하여,
> 셋째 잔은 유쾌하기 위하여, 넷째 잔은 발광하기 위하여 마신다."는 말이
> 있다. 그 마지막 딱 한 잔이 문제이다. 그 한 잔의 유혹이 쉽지 않다.
>
> ―〈술자리, 이승에서 저승으로〉 중에서

그가 젊었을 때, 막 군에서 제대한 뒤 사촌 형의 결혼 때문에 형수가 될 신부 댁에 따라가게 되었다. 지금 생각해도 가장 맛있게 느껴지는 술을 그때 신부 댁에서 마셨다. 밤새 그런 술을 마셨으니 취할 수밖에.

> 더 큰 문제는 잠자리에서 일어났다. 자다가 소변이 보고 싶어 일어났
> 다.(…) 일어나려는데 이게 웬일인가. 참으로 큰 일이 벌어졌다. 하체가

축축 묵지근하여 정신이 번쩍 들어 살펴보니 깔고 자던 요가 흠뻑 젖어 있었다. (…) 꾀를 내었다. 우물가에 있는 큰 양푼을 집어들고 방으로 들어왔다. 그리고 젖은 요를 창가로 밀어놓고 맨바닥에 자는 척하고 누워 있었다.

–〈술이 이불을 먹어버리고〉 중에서

입에 착 달라붙는 맛 좋은 술이기에 밤늦도록 마시고 자다가 처음 간 사돈댁에서 이불에 오줌을 쌌다. 난감하기 그지없는 상황이다.

이윽고 날이 활짝 밝았다. 걱정스레 누워 있는데 방문 두드리는 소리가 나더니 문이 열렸다. 처남 될 사람이 편히 주무셨냐고 아침인사를 건네며 아침식사가 준비됐으니 일어나시라고 말했다. 나는 이때다 싶어 벌떡 일어나서 "자다가 하도 목이 타서 물을 마시다고 물을 요에다 엎어버렸으니 어떡하지요?" 하고 큰 양푼을 창가로 밀어 놨다. 처남 될 사람은 주위를 둘러보더니 "괜찮아요, 햇볕에 널면 되지요. 뭔 문젠가요."라고 가볍게 대답했으나, 내 말을 믿어주었는지 지금도 의심스럽다.

–〈술이 이불을 먹어버리고〉 중에서

수필의 묘미다. 실수한 상황을 세세히 묘사하고, 너스레를 떨며, 알고도 속고, 지금도 긴가민가 하는 모습을 굳이 그린 것. '고백 문학'으로서의 수필을 보여주고 있다.

그의 고백은 '머리털'로 이어진다. '넓은 이마만 아니면 류선생님은 아직 40대인데…〈넓은 이마의 변〉 이런 말을 자주 듣는 것은 이른바 '대머리'여서 이마가 넓은 탓이다. 하지만 그는 자신의 신체 조건을 고백하면서도 해학을 잃지 않는다.

본업인 변론 못지않게 문필 활동을 활발히 하는 한승헌 변호사는 그의 수필이 웃음을 자아내는 것은 무엇보다도 자신을 낮추기 때문이라 했다. 자기 비하라고 할 만큼 낮추어야 '유머'가 되는 경우가 많다고 했다.

류문수의 수필에서도 '머리'를 이야기할 때면 한없이 자신을 낮춤으로써 웃음을 자아내게 하여 좋은 글이 되게 한다. '넓은 이마가 좁은 이마를 제압했구나! 〈넓은 이마의 변〉 하며 너스레를 떠는 상황, '대머리가 소머리보다는 좋지 않나? 〈넓은 이마의 변〉 하고 정겹게 말할 줄 아는 여유를 갖게 되는 상황 등을 그린 수필을 보면 '고백 문학'으로서의 수필이 품위를 잃지 않으면서 웃음을 자아내게 하는 걸 알 수 있다.

머리숱이 너무 적은 걸 걱정한 아내의 성화에 못 이겨 하는 수 없이 가발을 쓰게 되었다. 가발을 쓰고 성당에 나가면서 갑자기 청년머리가 되어 나타난 그를 보고 교우들이 웃어댈 것을 걱정했다.

내가 죄를 지은 것도 아니고 부끄러워할 게 뭐있냐. 이럴 때는 용기가 아니라 뻔뻔스런 뱃심이 필요했다. 가발을 멋지게 쓰고 주일미사에 나가 자연스럽게 교우들에게 인사를 했다.

"신부님 안녕하셨습니까?" 신부님이 깜짝 놀라며

"누구시더라?" 자세히 살피며

"아~ 류 회장님!" 신부님이 박장대소하지 않은가. 주위의 여러 교우들도 박수를 치며 웃어댔다. 유쾌하게 악수를 나누며 순간 무안했으나 배에 힘을 주고 "어제, 저녁을 잘 먹고 잠을 실컷 잤더니 이렇게 머리가 났습니다."라고 능청을 떨며 얼버무렸다. 만나는 교우들마다 빙글빙글 웃어댔다.

-〈누구시더라〉 중에서

그의 능청은 여기서 끝나지 않는다.

한번은 처삼촌이 돌아가셔서 문상을 갔다. 문상을 마치고 친척들에게 인사를 드렸다. 그중 처당숙에게 인사를 드렸더니 의아스러운 표정으로 아내와 나를 번갈아 보셨다. 그러면서 처에게 너의 새남편이냐 애인이냐 묻고 이혼은 언제 했으며 재혼은 언제 했냐며 종주먹을 대서 두고두고 웃은 적이 있었다.

-〈누구시더라〉 중에서

류문수의 수필은 엄숙한 교육자 내지는 고답적인 종교인의 글에 머물지 않는다. 이는 수필의 본질을 꿰뚫고 있다는 얘기이다. 그러나 70 평생의 저편을 정리하는, 자신의 정체성을 이루던 것들을 정리하는 자리가 필요하다. 이번 수필집의 역할은 무엇보다도 그런 것이리라. 벌써 다음번 수필집이 기다려진다.

내 잔이 넘치옵니다
류문수 비오 수필집
전　화 010-9018-7318

초판인쇄 2018년 2월 6일
초판발행 2018년 2월 14일

지은이 류문수
펴낸이 노용제
펴낸곳 도서출판 한국문인
주　소 서울특별시 중구 창경궁로 1길 29 (3F)
전　화 02-2272-9280
팩　스 02-2277-1350
이메일 rossjw@hanmail.net
ISBN 978-89-93694-45-1 (03810)

값 13,000원